名探偵の証明

密室館殺人事件

市川哲也

[illegible]呼ばれる館の一室にいた日戸涼。名探偵・屋敷啓次郎に傾倒しているミステリ作家・拝島登美恵が、涼を含めた男女8名を館に監禁したのだ。8名の中には顔を兜で隠した男など、明らかに不審な人物に加え、若き名探偵として誉れ高い蜜柑花子までいた‼ 館内で起こる殺人のトリックを論理的に解くことができれば解放する、と拝島は言うが果たして？　出口のない館の中で次々に起こる殺人事件。トリックの解明に挑む蜜柑花子の苦悩と渾身の推理、さらに“名探偵の宿命”をフレッシュな筆致で描くシリーズ第2作、待望の文庫化。

名探偵の証明

密室館殺人事件

市　川　哲　也

創元推理文庫

THE DETECTIVE 2

by

Tetsuya Ichikawa

2014

名探偵の証明

密室館殺人事件

蜜柑花子

蜜柑 花子（みかん はなこ、1993年12月25日－）は、日本の探偵。類まれなる推理力で数々の事件を解決に導いている。大学に通いながらタレント活動もしていたが、現在は探偵業に専念している。

みかん はなこ **蜜柑 花子**	
生年月日	1993年12月25日
現年齢	20歳
出身地	● 日本・東京
血液型	B型
身長	167 cm
職業	探偵

目次［非表示］

来歴

初めて事件に関わったのは中学時代。中学校内での殺人事件だったが、調査に基づく推理により見事解決した。以後数々の事件に巻き込まれることになる。当初はその推理力等をもてはやされていたが、三度事件が続いた時に周囲の空気が変わるのを感じたという。澄雲高等学校を卒業。中学時代の経験から、在籍時に自身の推理力を発揮することはなかったという。

タレントとしてテレビやラジオ等で活躍していたが、2013年の6月をもって芸能活動を引退。フォロワー数100万人に達していたTwitterのアカウントも閉鎖した。さらには大学も自主退学している。引退の理由については引退会見で「あたしは今まで屋敷さんに甘えてた。もう甘えてられない。タレント、大学生、探偵、三足のわらじを履くのは無理。明日からはあたしの使命、探偵としてがんばる」と答えている。

ファッション

大きな黒縁の眼鏡と金髪がトレードマーク。服装は明るく派手な色を好んでいる。スタジャンにプリーツスカートというスタイルでいることが多かったが、引退会見ではデニムを穿いて登場し、以後もスタジャンにデニムというスタイルで仕事に当たっている。

密室館見取図

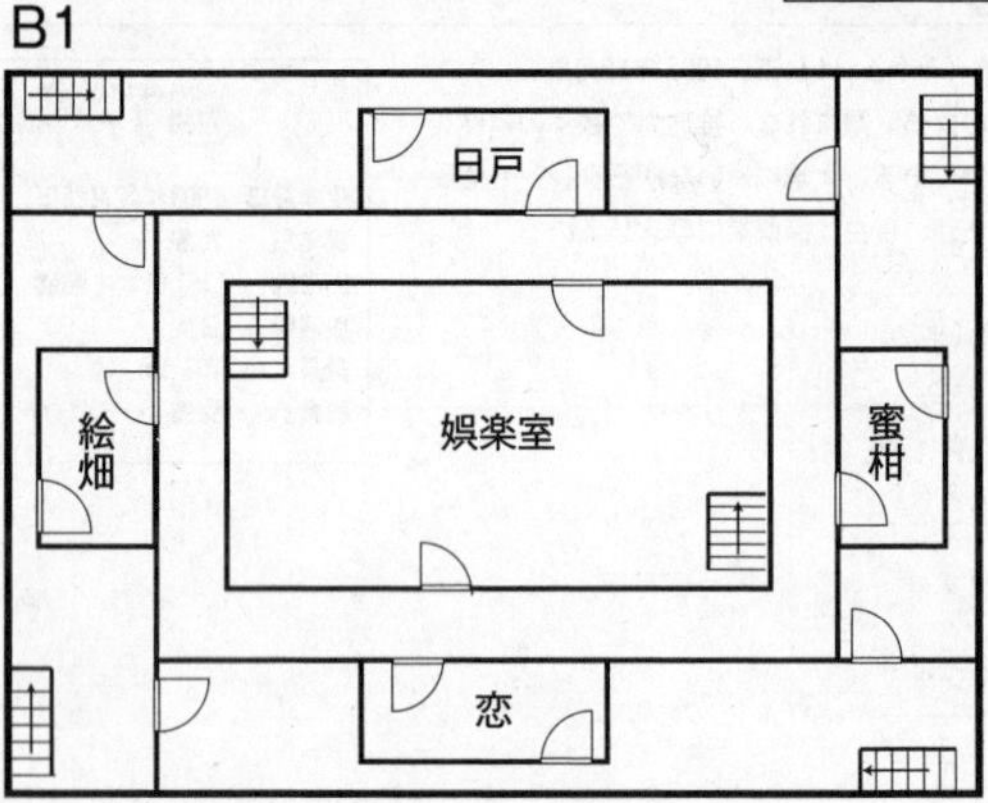
B1
日戸
絵畑
娯楽室
蜜柑
恋

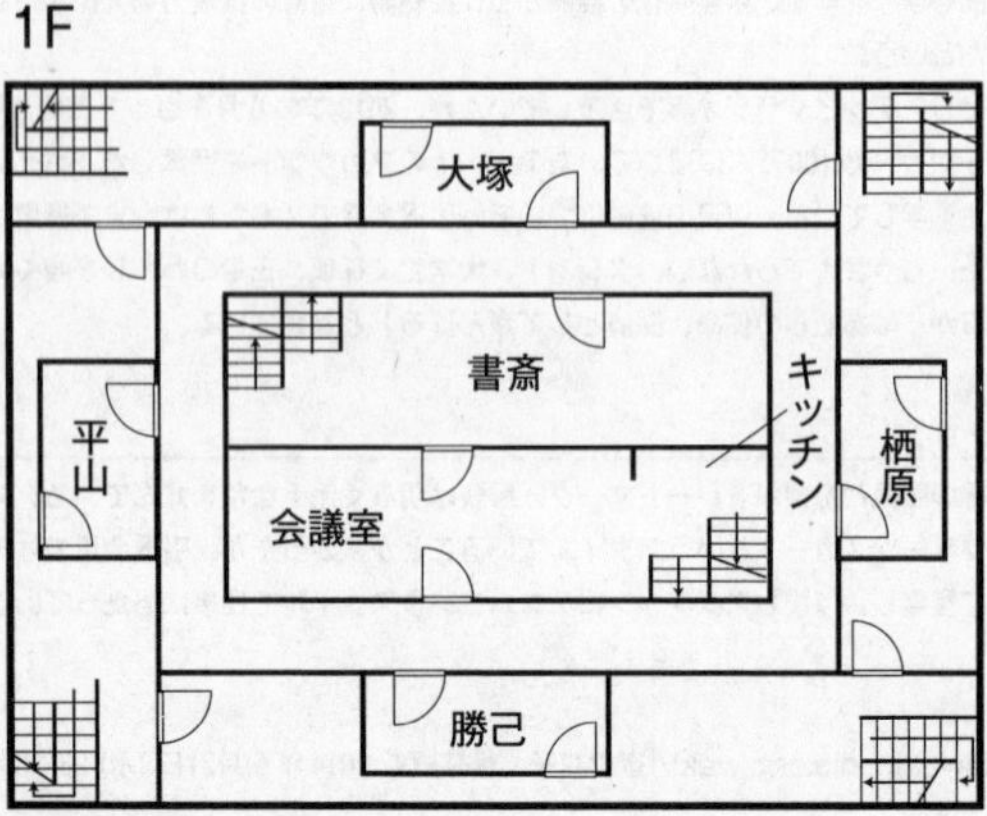
1F
大塚
平山
書斎
キッチン
栖原
会議室
勝己

2F

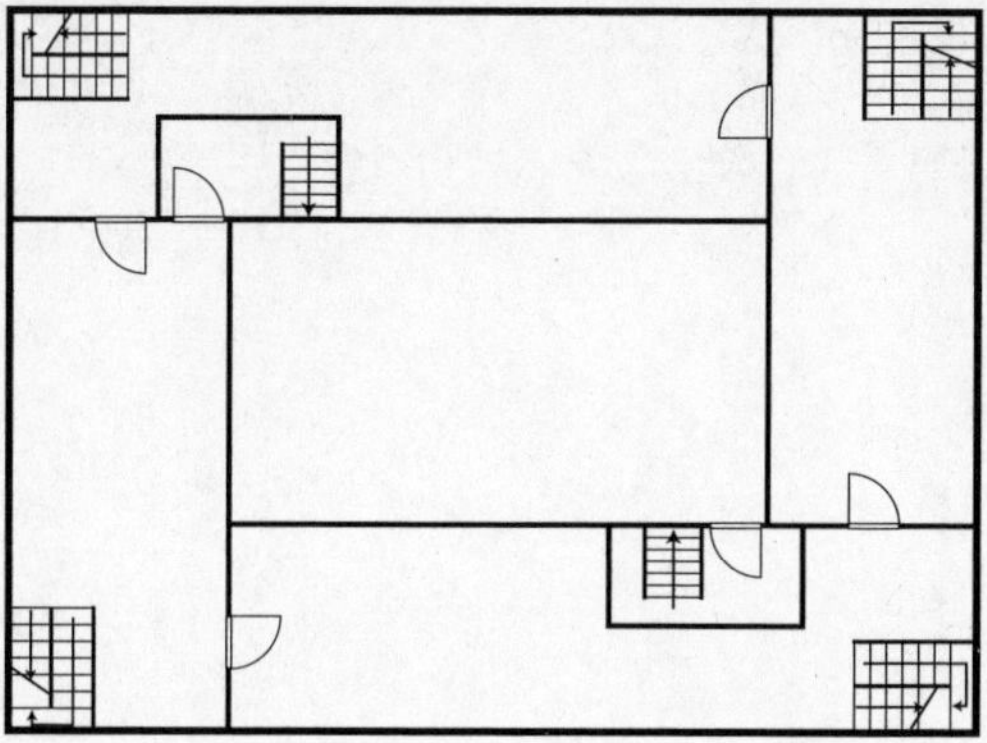

3F

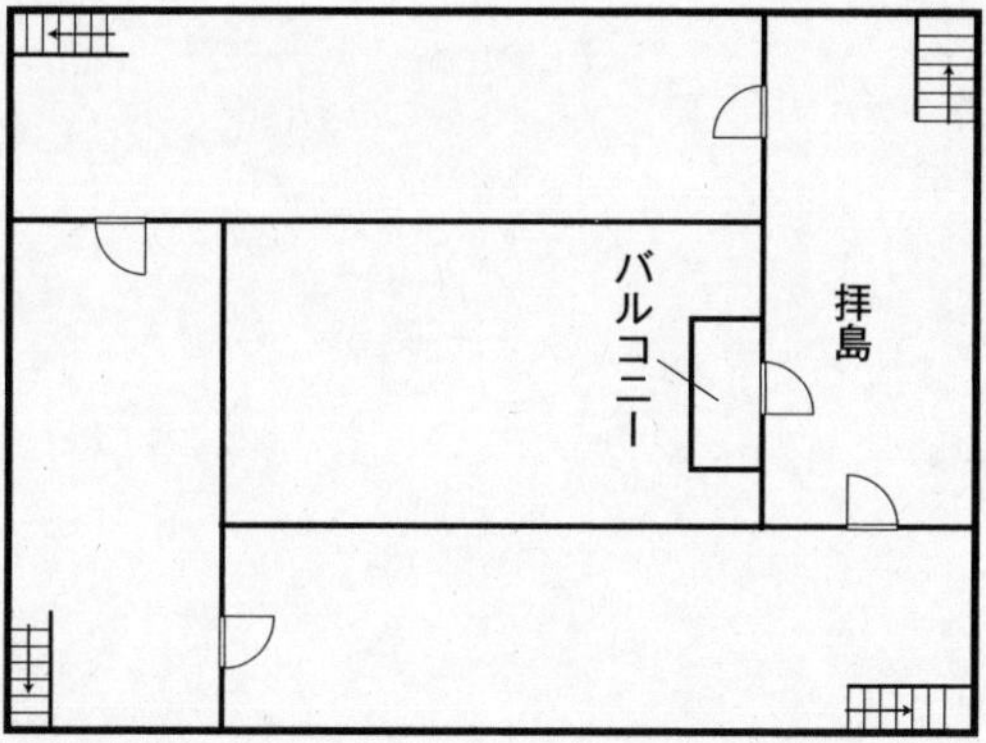

絵に描いたような閑静な住宅街に、その家はあった。

うちのアパートの前の通りは人やバイクでやかましいってのに、ここは蝶の羽音が聞こえてきそうだ。上品そうなおばさまがマルチーズをつれて散歩している。なんか犬まで上品に見えるな。この辺は広い庭付き一戸建て、外車所有が当たり前なのか……場違い感がすごいな。

だがここに父さんと、その家族がいるんだ。俺は病床での母さんの言葉を思い出す。

『涼《りょう》も二十歳でしょう。いつまでもお父さんと会うのを避けないでちょうだい。私たちはいがみあって別れたんじゃないの。いろいろどうしようもないことがあっただけなのよ』

母さんの遺言だからきているが、気は進まなかった。

なにがあったか知らないが、父さんは母さんを忘れて再婚している。それがどうしても許せない。母さんはずっと独身で、女手ひとつで俺を育ててくれたってのに。父さんはなんの援助もしなかった。どうせ母さんは忘れられた元妻で、父さんは新しい家族と和気あいあいとやっているのだろう。母さんは私が援助を断ったんだと言っていたが、そうだとしてもほっとくなんてありえない。そのせいで母さんは死期が早まったのかもしれない。傍観した責任は重いし、

よ その神経を疑う。

そんな男だ。どうせ俺が会いにいっても迷惑そうな顔をするのだろう。

それでも、葬式のことを知らせなければいけない。母さんの生前にどんな仕打ちをしていようが、葬式は最後の神聖な別れの時なんだ。謝るなら最後のチャンスだし、謝らないまでも母さんの死を直接悼みにくるべきだ。生前に迷惑をかけたのならなおのことだ。

おっと、さっきのおばさんが俺を訝《いぶか》しげな目で見ている。マルチーズも牙を剝いて警戒中だ。

長居は無用。さっさと葬儀の日程だけ話せば、母さんへの面目も立つだろう。

俺は門扉横のインターホンを押した。

どちら様ですか？　と訊くので日戸《ひのと》ですと返事をした。するとなにやらどたばたわいわいやったあと、

「お入りください」

女性の声があった後に自動で門が開く。俺はご立派なもんだと毒づきながら、敷地へ足を踏み入れた。

石畳を歩き玄関までくると、ドアが開いた。これも自動ドアか、なんて思っていると、

「涼！」

突然抱きつかれた。いきなりだった。驚き固まるしかできない。見たことのないおじさんが俺を抱きしめる。いや、でも見覚えがある顔だ。どこで……そうだ、鏡。毎朝鏡で見る顔だ。

「きてくれてうれしいぞ、涼」

俺を抱く男性は顔を真っ赤にして涙を流していた。

ちょ、ちょっと待てよ。不意打ちだろ。そんなの卑怯だ。会ったこともないのに。そんなことされたら、俺……許してしまうじゃないか。母さんと父さんが愛し合ってたって、わかってしまうじゃないか。

玄関口には、四十ぐらいの女性と、俺より少し年上っぽい男がいた。女性はハンカチで顔を拭い、男の方も何回もまばたきしながら上を向いている。

なんなんだよ、これは。なんであんたらまで泣いてるんだよ。反則だ。堪《た》えられるかよ、こんなの。

限界だった。強がれなかった。俺は悲しみも喜びもひっくるめて、泣いた。

＊

霊安室は静寂が統《す》べていた。耳鳴りがするほど静かだ。叫び声のようでもあり、泣き声のようでもある。地獄とはこういう世界なのかもしれない。

父さんと義母《かあ》さんの顔面にいくつかの穴が開いていた。血の気が失せた顔は苦悶と驚愕に歪んでいる。散弾銃で撃たれたのだから、体にはもっともっと穴が開いているのだろう。ふたりとも絶叫コースターが苦手だったが、そのときでもこんな顔はしたことがなかった。もう恥ずかしがりながら家族で遊園地にいく、なんてこともないのか。

義兄《にい》さんの首にはナイフが刺さっていたそうだ。穏やかそうな顔をしているが、動くことも話すこともない。見た目はチャラそうだが、真面目で人がよくて、相談によく乗ってくれた。もう一生あの親身で的確なアドバイスはもらえないのか。

新発見だ。悲しすぎると涙って出ないんだな。

代わりに怒りの感情がすごい。誰でもいいからぶん殴りたいなんて思ったのは思春期以来だ。ああ、でも思春期の方がマシだったか。結局喧嘩なんてせずに学校を卒業したからな。

頰骨をさわると、激痛が走った。

人が急いでるってのにぶつかってきたあげく、因縁までつけられたから、くるのが遅れただろ。警官が話のわかる人でよかった。連行するなんて言われてたら暴れて、もっと遅くなっていただろう。

俺は家族の遺体から視線を逸らした。目を閉じる。

年末年始を母さんの実家ですごそうとするんじゃなかった。でも母さんが亡くなって悲しいのは俺だけじゃない、年越しぐらいばあちゃんのところにいてあげたかったからな。それでも脅迫状のことさえ知っていれば……。

選んだ過去は変えられない。だが、選ばなかった未来も夢想してしまう。

俺も父さんの別荘で家族といれば、もしかしたら事件は回避できたかもしれない。まあ俺も一緒に殺された可能性の方が高いが、それならそれでよかった。

悲しみも後悔も一粒残らず怒りに転換されていく。

因縁をつけてきた奴なんか、どうでもいい。俺が殴らなければいけないのは、犯人の野郎だ。

でも、無理なんだよ。犯人はもうこの世にいないんだ。自分勝手に俺の家族を殺しといて、
自分勝手に死にやがったんだと。

この怒りって、どこへ持っていけばいいんだ。

教えてくれ、母さん。父さん。義母さん。義兄さん。

俺は、どうすればいいんだよ。

1

ただの回想だ。そう、すべては過去のことだ。それなのに鮮烈な体験は当時の肌感覚や光景、思考までを鮮明に思い出させる。

記憶力はいい方で、大学受験もほぼそれだけで通過したぐらいだ。感謝するときもあったが、それがこんなにも疎《うと》ましくなるなんてな。記憶喪失にでもなった方がマシだ。

俺はコップの水を一息で飲み干した。深い息を吐いて、座椅子に背を預ける。

一年もたてば悲しみも薄れる。夢の途中で飛び起きることはなくなった。いずれは夢さえ見なくなるだろうか。

六畳一間のアパートの一室は、夜中とはいえ、俺以外の人間が消え失せてしまったかのように静かだ。賑やかな家庭のさざめきはもうない。静寂だけが鼓膜を侵蝕してくる。部屋を彩り、甘美な物語の世界へと俺をいざなってくれる小説も虚しく見える。

床に放りっぱなしだった本を拾い上げる。

『名探偵の証明』。

主に一九八〇年代から九〇年代に活躍した名探偵、屋敷啓次郎《やしきけいじろう》の自伝だ。解決した事件の数々について語られている。これと続編の『名探偵の証明 弐《に》』と共に、当時は百万部以上売れたらしい。

「こんな本が百万部かよ」

この本は言い訳と自己弁護の塊だ。

探偵は事件の原因ではない。探偵は事件に呼ばれるのだ、という言い訳。事件を解決したことによって救われた人々の逸話を羅列することによる自己弁護。それが何百ページにも亘って書きつらねられている。

名探偵の自伝だけあって、謎やトリックなども掲載されていたが、どれもミステリとしては単純で簡単なトリックばかりだ。少なからずミステリを読んできた俺にとっては物足りないレベルだ。

さすがに天空城事件は昭和史に残るだけあって驚いたが、トリックだけを抽出すれば大したものでもない。天空城事件が歴史に刻まれたのは、その動機や犯人が意外だったからだ。こんな本がバカ売れするほどだから、当時の屋敷啓次郎の人気は常軌を逸していたのだろう。

まあ、屋敷啓次郎自身はミステリとして書いたわけではないだろうから、そうした評価をされても迷惑だろうが……そんなひねくれた読み方をしなくても、率直に読み物としておもしろくはない。屋敷啓次郎の威光がなければ、描かれているのはやれ遺産争いだ恋愛のもつれだといった下世話でありがちなものだ。作曲家のゴーストライター問題でよくわかったが、ある商品の売れ高は出来の良し悪しだけではなく、外的要因によっても決定されるということだ。でなければ、こんなにも売れるはずがない。

噂によれば蜜柑花子《みかんはなこ》はこの本に影響を受けたせいで、いまだに性懲《しょうこ》りもなく探偵を続けているらしい。くだらないくせに蜜柑によけいな影響は与えて、まさに悪書だ。

この本さえなかったら、もしかしたら父さんたちは……。

俺はそのまま『名探偵の証明』を手から放した。両手両足を広げた死体のように本は落ちて広がる。

目をくれることなく、パソコンの前に座った。ガチャガチャと音を立ててマウスを動かし、スクリーンセイバーを消す。メディアリテラシー概論のレポートを閉じた。お気に入りから、まとめサイトへ移動する。

【佐田智世《さたともよ》の痛い発言集】

佐田智世。昨年屋敷啓次郎と蜜柑花子を襲撃し、逮捕後の支離滅裂な発言からネット上では有名人だ。サイトには佐田智世がTwitterや2chなどに残した言葉の数々が列挙されていた。

『名探偵とは死神だ』『奴らこそ事件の元凶だ』『排除すべし』『正義漢気取りの悪魔を調子に乗らせるな』『『名探偵の証明』なんて文章も下手ならミステリとしてもつまらない駄作だ』

これらの佐田の言葉に対するコメントは否定的なもの、嘲笑するものがほとんどだ。もはやただの晒《さら》し者になっている。異常な論理を掲げて名探偵と称される者を襲い、無様に蜜柑に返り討ちされた人間に同情の声はほとんどない。佐田智世の発言を取り上げた掲示板も巡ってみたが、わずかな賛同を除けばどれも似たり寄ったりだった。

俺は小一時間かけてめぼしいサイトやコメントを見終え、マウスを手放した。

「狂ってるな」

佐田の年齢は五十一歳。中年の女だ。ちょうど世間が屋敷啓次郎に熱中していた世代に入る。もしもこいつが二十代だったなら、新旧名探偵のどっちを先に襲っただろうか……。

マウスを握り直す。ページを切り替え、俺のブログを表示した。飾り気のない、テンプレートのままのブログだ。キーボードに指を走らせる。

『名探偵とは死神だ。俺は佐田智世を断固支持する。もし蜜柑花子と俺が会ったなら、なにもしない自信はない。なにをするかはわからないが』

理性が正論を理解していても、感情とは子供だ。コントロールできるとは限らない。野性の部分は爆発を求めている。いまの俺は、混沌と渦巻き弾《はじ》けそうになっている感情を上下左右から抑えこみ、どうにか平常心を保っているにすぎない。

蜜柑が、いまだに各地へ出向いて不幸を振りまいているかと思うと、ネットに書きこみでもしないと収まりがつかない。嫌いな芸能人の記事をわざわざチェックして、わざわざヤフコメに批判コメントを書きこむ奴らの気持ちはよくわかる。言わばガス抜きだ。これぐらいのことを他人にとやかく言われる筋合いはない。

なぜなら、蜜柑花子とは——名探偵とは——死神なのだから。抗議行動は正当な行為として認められるだろう。

しかし、マイノリティは叩かれるのが世の常だ。

コメント欄を覗いてみた。

罵詈《ばり》雑言《ぞうごん》の嵐。よくこれだけ罵倒、侮蔑《ぶべつ》の言葉が出てくるものだ。ボキャブラリーの豊富さに感心する。その無邪気さにも。

『名探偵と事件に因果関係がないのは明らか。因果関係アリと本気でほざいているんだとしたら正気を疑う』

「アホかこいつは。因果関係ありまくりだろ。名探偵へ挑戦ふっかけてくるクズは毎年一匹はいるだろうがよ。世間知らずのチューボーが常識人面《づら》してんじゃねえよ」

『名探偵は望まなくても事件に遭うのです。なぜだかわかりますか？ 使命だからです。天より与えられし使命を蜜柑さんはまっとうしているのです。その否定は正義の否定です』

「アホ二号だな。使命だってのは百歩譲って認めてやる。だがその使命を全然まっとうできてないだろうが。何度も事件に遭遇してるくせに、毎度死人を出してからじゃないと解決できない。そんな無能者に使命があることを嘆いてんだ。無能じゃないんだとしたら、事件を楽しんでるとしか思えないね。快感を長引かせるために推理をダラダラとやってるんじゃないのかよ」

どうせ非を認めはしないだろうが、こいつらにもしっかりと返答してやらなければ。

「味方が多いようでなによりだな、蜜柑。なにが第二次名探偵ブームだ。ふざけやがって」

と、マウスホイールを動かしていた手が止まった。

「珍しいな」

コメント欄にあったのは、初めての同意コメントだった。

2

闇から意識が浮上する。かすかな明かりが、視界をこじ開けていく。

「うっ!」

鈍痛に頭を押さえた。ずきずきと断続的に痛む。なんだ、二日酔いか?

違うな。脳というよりは頭蓋骨が痛む感じだ。完全に目を開いてみると、白い天井が見えた。

頭に当てた手を見てみるが、血はついていないようだ。Tシャツとデニムにも破れや汚れはない。

起き上がろうと突いた手が沈んだ。見ると毛足の長い絨毯が敷かれている。この上で寝ていたらしい。ずいぶん高級そうだが、ここは……。

上半身を起こし、周りを見回した。部屋の広さは俺のアパートの部屋の三倍以上はあるだろうか、かなり広い。一流ホテルにありそうなダブルベッドがあり、横にはミニテーブルが備えられていた。その上には分厚いメモ帳。ペン立てにはボールペンや鉛筆が挿さっていた。テレビモニターや桐のタンス、クローゼットに小型の冷蔵庫まであり、磨りガラスの壁の向こうには浴室も見えた。ゴミ箱まで漆《うるし》塗りの高級そうな品だ。壁掛け時計も太陽を模したしゃれたデザインをしている。

それらのなかで一際《ひときわ》異彩を放つ陳列物に目をやった。

出入口だと思われるドアは手前と奥にひとつずつある。手前のドア近くには、禍々《まがまが》しさを放つ武具や防具が、鎧《よろい》立てやケースに収めて並べられていた。重量を感じる西洋剣、見るだけで首筋が冷えてくるような日本刀は、レプリカだとは思えない存在感がある。それにあの木の金《かな》槌《づち》みたいなのは棍棒だ。ボウガンや弓矢、スタンガンに特殊警棒まである。

それだけではない。ヨーロッパの騎士が身につけるような鎧もある。たしかリネン素材で作られた布の鎧だ。いかにも脆《もろ》そうだが、弓矢を防いだ映像をテレビで観たことがある。鎧とセットなのか兜《かぶと》もあった。フルフェイスのヘルメットに似た形状で銀色に光沢を放っている。他にも中国武術の達人が使用しそうな槍、中世を扱った映画でしか見ないような鉄仮面や籠手《こて》がずらりと鎮座していた。

天井の隅にあるのは監視カメラだろうか。部屋全体をカバーできる位置に筒状のカメラが設置され、黒い目をこちらに向けている。

ホテル然とした部屋とはあまりにアンバランスな調度品に、目が眩《くら》んだ。動悸がする。粘り気のある唾液を喉へ流しこんだ。

どうなっている？　思い出せ……俺はたしか、呼び出されて……。

徐々に記憶がはっきりしてくる。

そうだ、俺は作家の拝島登美恵《はいしまとみえ》に取材させてほしいと呼び出されたのだった。それで約束の喫茶店で待っていたら電話がきて……待ち合わせ場所の変更をってことで町外れの妙な建物までくるよう言われて……対面したあと拝島の願いで携帯を箱に入れ、促されて階段を下りていたところで……。

記憶はそこまでだ。

なんだ。記憶をたぐってみればなんのことはない。階段から落ちて気絶していただけだ。

「泣けるほどドジだな」

歩き始めたばかりのガキじゃないんだぞ。蜜柑についてのインタビューだからって勇み足もいいとこだ。

苦笑いしながら体を起こす。

どうせならベッドで寝かせてくれても、とは思うが拝島も還暦を超えてるからな。気絶した男を運ぶのは重労働だったろう。ドジを踏んだのは俺だ。床に転がされてても文句は言えないか。それはそれとして、主はどこにいるんだ？

「拝島さん？」

反応はない。二度、三度と呼んでみるが、無反応だった。

手前のドアに向かう。武器や道具に興味を引かれたが、まずは拝島に会うのが先だ。

ドアには出窓がついていた。目線の高さにあり、横六十センチ、縦三十ほどのサイズだ。前方に二十センチは出ている。覗けば百八十度の範囲が見渡せた。正面には廊下をはさんで別室のドアがあり、左右には無人の廊下が延びている。なんとなく不気味さを覚えながら、ドアレバーを下ろしてみた。数センチしか下りない。鍵がかかっているようだ。

額に滲《にじ》んでいた汗を手で拭き取った。

どうも様子がおかしい。なんで鍵がかかっている。俺が放置されていたのは、拝島の体力面から納得できる。だが閉じこめられているのはなぜだ。他の部屋を見られたくないのだとしても、鍵までかけるか？　見られたくないのなら、こんなところを取材の場にしなければいい。

それにあの武器や防具、レンズを光らせている監視カメラ。おかしさしか感じない。

振り返る。真新しい家具家電たちが無言で立っている。広く居心地がよさそうな部屋だ。しかしドアには鍵がかかっている。用途不明な武器や防具があり、いるのは俺ひとり。おかしさをとおり越して異常だ。

大股で奥のドアへと向かう。手前のドアと違い頑丈そうな鉄製だ。

施錠の有無を確認しようとして、手が止まった。ない。ノブがどこにもなかった。上や下を目視してみるが、やはりない。押しても蹴ってもびくともしない。

いよいよ、異常さが極まってきた。いったいここは……。

「皆様、ごきげんはいかがでしょうか」

突然声がした。周りを見回すが、誰もいない。

「ようやく準備が整いました。ゲームのルールを説明いたしましょう」

いつの間にかモニターの電源がついていた。画面に映っているのは老女だった。ドレスを纏《まと》った小ぎれいな身なりで、皺の刻まれた目尻を下げている。拝島登美恵だ。

「拝島さん、どういうことか説明してくれ」

俺が訊くと、拝島は笑顔で、

「おそらく皆様、なにかしら画面に向かってお声をかけていることかと思います。しかし生憎《あいにく》ですが、語りかけるのはわたくし側からのみとなっております。皆様のお気持ちはお察しいたしますが、いましばらくお耳を傾けてくださるようお願い申し上げます」

慇懃《いんぎん》に話しているが、口調には強制の響きがあった。俺は拝島の右手に鋭利なナイフが見えたような気がし、続きの言葉が出てこない。この線の細い年寄りのどこからこんな威圧感が出てくるんだ。

「皆様は『ＳＡＷ』や『インシテミル』という映画をご存じでしょうか。昨年は『ダンガンロンパ』というアニメもありましたね。いずれも俗にデスゲームと呼称されるジャンルを題材としております。概要といたしましては、なんらかの目的で参加者が集められ、一定のルールに則ったゲームが執り行われる、というものです。その多くでは、参加者の命がゲームを活況させるスパイスとなっております」

あまりにさらっと言われ、その意味がすぐには気づけなかった。

命。

命、だと。なに言っているんだ、こいつは。

「もうお気づきでしょう。そう、これから皆様には、わたくしが主催するデスゲームに参加していただきます。拒否はできません。参加は必定。生き残るために全力を尽くさねばなりません」

「ふざけんな！」

聞こえていないとわかっていても、叫ばずにはいられない。

「ですがご安心ください。生き残れるかは、あなた方次第です。皆様の知恵や勇気、高潔さなどがあれば、全員が生存する結末もありうるでしょう」

これはなんらかのイベントか冗談の部類だ。そう疑うのが常識だろう。だが俺の第六感は、遊びでも冗談でもないと大声で警告していた。

「重要なのはここからです。皆様、どうかご静聴ください。そうでなければ、損をするのはあなた方となりましょう」

慈愛に満ちた笑顔に、ぞわりと総毛立った。俺の喉は締め上げられたように窄《すぼ》まる。

「わたくしは皆様の殺害にトリックを用意しております。要求するのはそのトリックの解明です。ただし、直感やなんとなくでの解答は、たとえ正解でも受理いたしません。わたくしの書くミステリの感想で、あの人が犯人だと〝思った〟だの、トリックは〝予想どおりだった〟などとおっしゃる方がいらっしゃいますが、それは謎を解いてはいません。たまたま想像や予想が当たっただけです。そのような解答は、非常に不本意ですし、なにより読者と作者の知的ゲームとして興ざめです。おわかりですね。求めるのは物理的、心理的証拠にもとづいた〝論理的な〝解明です。繰り返します。本ゲームのクリア条件は、殺害トリックを一定水準以上の論理によって解明すること。ご理解いただけたでしょうか」

「いただけるわけないだろうが」

モニターを摑んでゆさぶった。拝島はゆれながら余裕の笑みを湛《たた》えている。体が発熱するのに反比例して、心臓は極寒の冷たさに収縮している。

「皆様のなかにはお疑いの方もいらっしゃるでしょう。本当にできるわけがないと。それは大いなる見込み違いと申しておきましょう。わたくしはこのゲームが完結したあかつきには、自らの命を絶つ所存でございます。どのような結末になろうが、生き残るつもりはございません。なにが起ころうと誰がどうなろうと、すべての罪を背負い、すべての秘密を握ったまま地獄へ旅立ちます。もう一度言いましょう。よくお聞きください。なにが起ころうと誰がどうなろうと、すべての罪を背負い、すべての秘密を握ったまま地獄へ旅立ちます。死ぬ気になればなんでもできる、とはよく言ったものですね」

拝島は上品に笑う。

「とはいえ、言葉だけでは信憑性《しんぴょう》に欠けましょう。そこでわたくしの決意をご披露いたします。こちらをご覧ください。目を逸らすことは厳禁といたします」

拝島が小さくなっていく。手にはリモコンを持っていた。遠隔操作でカメラをズームアウトさせているようだ。撮影範囲が広がる。

拝島のとなりにもうひとり女性がいた。目隠しをされ、猿轡《さるぐつわ》を嚙まされている。見た目は四十代か五十代だ。車椅子に両手足を縛られ座らされている。車輪が鳴るほどの震えは見ていて痛々しい。

拝島は優雅に椅子から立ち上がり、女性の元へと歩いていく。肩を叩くと、女性はびくんと反応した。何事か訴えるように、呻《うめ》き声を上げる。

意に介したふうもなく、拝島はこちらに顔を向けた。

「これより、この方を殺害いたします。わたくしが本気であると伝わることを願って」

朝のあいさつのような口ぶりだった。冷水をぶっかけられたかのように、俺は震撼する。拝島は穏やかだ。とても人を殺すような表情ではない。それがとてつもなく怖ろしかった。

拝島が天上の滑車から下がったロープを引っぱる。先は輪になっていた。女性は危険を感じ取ったのか、でたらめに頭を振る。慌てず騒がず狙いをつけ、女性の首にロープをかけた。女性が精いっぱい叫ぶ。拝島はロープを上下左右に引く。ロープが抜けないかたしかめているかのようだった。うなずき壁際へ歩いていく。そこにはふたつのスイッチがあった。女性がなおも力の限り叫ぶが拝島に躊躇《ちゅうちょ》はなかった。無情にスイッチを押す。

ギィィと唸る機械音が女性の声を呑みこんでいく。たるんでいたロープが上へ上へと引っぱられる。やがてロープが直線となり、輪っかが女性の喉元に喰いこむ。車椅子が跳ね、くぐもった悲鳴が尾を引き、滑車は回り続ける。

ついに車椅子の車輪が浮いた。無慈悲にロープが巻き取られていく。十センチ。二十センチ。まるで釣りゲームでもやっているようだった。それほどに非現実的な光景だ。女性がおもちゃのように震える。不規則に車椅子を打ち鳴らしながら。ズボンの股間の色が濃くなる。わずかなタイムラグのあと、水がしたたり落ちてきた。真下にはご丁寧にシートが敷いてある。

俺はそうした成り行きを、突っ立ったまま眺めていた。叶うならドラマか映画の一場面であってほしいと願いながら。

だが、すべては克明でリアルだ。演技や映像トリックの臭いはない。画面越しでも漂うリアルだけがそこにあった。

女性はすでに不随意運動も途絶えていた。ロープの振り子運動でゆらされているだけだ。まるでオブジェのようだった。

こうも容易《たやす》く、人は死んでしまうものなのか。

瞬間、家族の遺体が網膜に蘇った。

吐き気に、口元を押さえる。

「ご覧のとおり、わたくしは本気です」

拝島は死体を示した。

「悲観することはありません。ゲームであるからには、あなた方にも防衛策はあります。それが部屋にある古今東西の武具や防具です。防御《ぼうぎょ》を重視してつかうもよし。身軽さを重視してつかわぬもよし。ご自由にどうぞ」

数分たったころ、拝島が壁のスイッチを押した。機械音が鳴り、ロープが徐々に伸びていく。女性がようやく床に降ろされた。もう叫ぶことも暴れることもない。これが未来のお前の姿だ、そう暗示されているかのようだ。

息苦しさを感じ、喉元をさわる。

ロープなどかかっていない。当たり前だ。息苦しさはイメージの産物なのだから。それなのに、息苦しさは消えない。

「では詳細なルール説明と質疑応答、参加者の顔合わせもかねて、一度全員で集合いたしましょう。参加者は八名ですが、混乱を避けるため、四人ずついらしてください。まずは最初の四名の部屋のロックを解除いたします。ドアを出て廊下の向かいの部屋に入ると階段がありますので、そこをお上がりください。最上階でわたくしは皆様を待っています」

拝島が一礼すると、画面が暗くなった。

緊張の糸が切れた。一気に体が弛緩していく。いつの間にか息を止めていたのだと、いまさらながら意識し、重い息を吐き出した。

あの女性の死は、まぎれもない現実だった。夢やドッキリ、映像トリックだと思いこめるほど俺はおめでたくない。嫌でも受け入れるしかない。デスゲームとやらに、俺は巻きこまれたのだと。強制的に、無理やりに。

「出来が悪すぎるだろ。この人生」

なんでまたこんな目に遭わなきゃならない。前世でどっかの小国でも滅ぼしたのか。母さんが死んで、親父と仲直りして、親父の家族はめっちゃいい人ばっかで、でもみんなクソみたいな動機で殺されて……。

ただでさえ艱難辛苦《かんなんしんく》にまみれた人生だってのに、今度は監禁されて命を賭けたお遊びにつき合わされるのかよ。どんな確率だ。笑えない。最悪だ。

俺がなにをしたっていうんだ。理不尽だ。平凡に暮らさせてくれ。俺を帰せ。元に戻せ。

頭皮に爪を立てると、ぎぎっという音が頭蓋骨に伝った。痛みはなかった。

うんざりだ。自分の人生が。ムカつく。拝島っていうババアが。絶望する、なにもできない俺自身に。

「くそっ！」

行動するしかない。

大股で出入口へいき、ドアレバーを下ろすが、小さく上下するだけだった。二度三度レバーを下ろしてみるが、開かない。ドアを殴るが、成果は拳の激痛と痺れだった。

うしろからはずっと声がしている。

「わたくしはこのゲームが完結したあかつきには――」

「やかましいんだよ！　ＣＭのつもりか！」

拝島はさっきと同じ構図で、「わたくしはこのゲームが完結したあかつきには」から「すべての罪を背負い、すべての秘密を握ったまま地獄へ旅立ちます」までを繰り返していた。録画した映像をリピートしているようだ。

ただし相違点もある。画面の右半分は拝島の映像だが、左半分には別映像が映っていた。

広い場所だ。家具や装飾はなにもない。目立つのは強く自己主張する赤い絨毯ぐらいだ。純白の壁とコントラストを成している。二メートルほどの高さから、部屋全体が映るように撮影していた。この部屋にも監視カメラが設置されているようだ。よく見れば画面の端に別の監視カメラが映っている。少なくとも二台はあるようだ。

誰かが画面に入ってくる。その人物がズームになった。短く刈り上げた髪と冬なのにタンクトップ姿。プロレスラーのように筋肉質な体型の男だ。年齢は四、五十代といったところ。表情は険しく、肩を怒らせている。臆することなくずんずんと中央へ向かっていく。

次に入ってきたのは、ほっそりとした男だった。こちらは冬らしく長袖だ。二十代ぐらいに見えるが、猫背でとぼとぼと歩いてくる。動きと姿勢だけならまるで老人だ。目元まである長い前髪の隙間から眼帯をつけた顔が覗いているが、怒りも怯えもなかった。ポーカーフェイスなのか、これといった感情は見て取れない。

三番目に、サイドポニーの女がやってくる。歳は俺と同じぐらいか。猫目で部屋全体を見渡している。サイドポニーにした黒髪は長く、肘の辺りまで下がっていた。ホワイトシャツと黒地にグレーのチェック柄のネクタイをゆるく締めていた。ネクタイと同じ色柄のスカートと、黒のロングブーツを履いた脚を淀みなく運んでくる。態度や足取りからして、この女は怒っているわけでも、怯えているわけでもなさそうだ。それどころかうっすらと笑っている、ように見える。気のせいだろうか？

三人は合流すると、なにやら話し始めた。音声はオフのようで、拝島の演説しか聞こえない。リモコンを探してみるが、どこにもない。こういうのは本体にあるスイッチでは切り替えられないはずだ。しかたなく映像だけを観察する。

筋肉質な男が大声を出し、ほっそりした男がぼそぼそとなにか言っているようだった。サイドポニーの女はそんなふたりを遠巻きに眺め、話を振られても一言二言返すだけだ。たぶん実のある会話になっていない。

拝島はまず四人出すと言っていた。だとしたらもうひとりくるはずだ。そいつはいったい……。

いやに心臓が騒いでいた。

あとから思い出すと、このとき予感していたのだろう。最後の四人目が誰なのか。

数分後。ついに四人目が登場した。

そいつは、俺には狂おしいほど見覚えがあった。

ボブカット。金髪。大きな黒のセルフレーム眼鏡。色白な肌。ピンクのスタジャンにデニム。とぼけた無表情。

間違いない。間違いようがない。蜜柑花子だ。

蜜柑は一切動揺していない。しっかりとした足取りで歩いている。そうとも、これが蜜柑という人間だ。異常な状況に慣れ切っている。イコール、それだけ多くの人の死を踏み越えてきたってことだ。

そうか。やっぱりな。

自然と笑いがこみ上げてきた。

なんてことはない。俺がこんな目に遭っているのは、蜜柑のせいだったんだ。単純な話、またまたあいつが不幸を運んできただけ。拝島の狙いもこれでわかった。いよいよくだらない。

名探偵の、蜜柑花子の存在がすべての元凶だ。拝島は二次的な要因にすぎない。

蜜柑の登場に、他の三人が多かれ少なかれリアクションをしていた。これで四人そろった。

ドアからカチャと音がした。弾かれたようにドアまで走る。ドアを開けて外へ出る。正面のドアを開け、なかへ飛びこむ。

そこはまた一味違った異様さがあった。ダーツマシンやビリヤード台が設置され、棚にはオセロやトランプ、チェスなどがずらっと並んでいる。部屋にあったものよりさらに大型のモニターもあり、各種ゲーム機本体とソフトが何十本もあった。

一瞬足を止めてしまうが、すぐに階段へと走る。

上の階は壁一面が本棚だった。なかにはぎっしりと本がつまっている。今度は立ち止まらない。部屋の隅にある階段を駆け上がる。

そこは小部屋だった。もう階段はない。ドアが一枚あるだけだ。

呼吸を整える余裕はない。ドアレバーに手をかける。荒い呼吸。荒い心音。荒ぶる感情。この先に蜜柑がいる。すべての元凶が。

俺は、ドアを開けた。

大部屋の中央に四人の男女がいた。サイドポニーの女と目が合う。お前はお呼びじゃない。用があるのはただひとり。

「蜜柑花子」

知らず声に出していた。

声が聞こえたわけではないだろうが、蜜柑が俺の方を向こうとする。

まだ俺の感情を晒すべきではない。直感が、俺の表情を瞬時に消した。喉まで出かかった怨《えん》嗟《さ》もどうにか呑みこむ。

蜜柑が振り向いた。相変わらずの無表情だ。なにを考えているかわからない。呼吸すらしているかどうか怪しい。派手な色の服を着ているが、まるで無色透明だった。

「これで五人目か」

タンクトップの男が言った。

蜜柑は反応もなく突っ立っている。こんな異常な状況でもとぼけた態度だ。きっと被害者や被害者遺族に対してもこんな感じなのだろう。そう思うと、胸が焦げるようなムカつきがせり上がってきた。

「おい。突っ立ってないで入ってこいよ」

タンクトップの男が手招いていた。

立ち止まっていたら勘ぐられる。俺は足を動かしたが、踏みしめても踏みしめても床の感覚がない。

と、うしろから足音がした。

反射的に振り向くと、三十代ぐらいの女性が周囲を窺《うかが》いつつ入ってきた。髪をアップにまとめ、細い銀フレームの眼鏡をかけている。グレーのスーツを着ているせいで通勤途中にふらりと立ち寄ったかのようだったが、しきりに視線を全方位に移動させるさまは野生動物を思わせた。

「あなたも、八人のうちのひとりなの？」

スーツの女性は切れ長の一重の目で、無遠慮に俺の全身を眺め回す。

「そうみたいです」

「冗談じゃないわよ。なんでこんな目に遭わなきゃいけないのよ」

激しく同意するが、俺を睨まれても困る。

「おい、お前ら！　そこでくっちゃべってないで、こっちへこいって」

タンクトップの男が今度は両手で手招いていた。

「それじゃ、とりあえずいきま……」

言いきらないうちにスーツの女性が俺の前に歩み出た。追い越しざまの横顔は、まさに鬼の形相だった。タイトスカートが破れそうなぐらいの歩幅で歩いていく。

「なんであんたまでいるのよ！」

スーツの女性が指を突き出す。指された人物はサイドポニーの女だった。

「あ〜、久しぶりっス。元気してたっスか？」

鬼の形相が見えていないのか、笑顔で小さく手を振る。

「元気なわけないでしょう。おちょくってるの？」

「人聞き悪いっスねぇ。アタシは純粋に再会を懐かしんでるんスよ」

「それがおちょくってるっていうのよ。懐かしむような仲じゃないでしょう」

「まー、そりゃそうっスね」

飄々《ひょうひょう》とした口ぶりが神経を逆なでするのか、スーツの女性は湯気が出そうなほど顔を真っ赤にして迫っていく。

「言い争ってる場合じゃないだろうが」

タンクトップの男が割って入った。スーツの女性は巨体の乱入に足を止めたが、鬼の形相は収まらない。サイドポニーの女を睨みつける。

「やめよう」

鋭く明瞭な声だった。スーツの女性が、口を開いたまま止まる。言い合いのなかにあってなお明瞭な声音だった。実力行使よりも、人の注意を引きつける力がある。だからこそスーツの女性は声に従った。従ってしまう。

声の主は、蜜柑花子。

俺自身、たった一言に全注意を持っていかれた。声だけなら、タンクトップの男の大声の何倍も求心力がある。

「喧嘩してるときじゃない。落ち着こう」

スーツの女性がなにか言いたげに手でジェスチャーをするが、呆れるほどの正論に二の句が継げないようだ。その陰で、俺は背中にじっとりと汗をかいていた。

蜜柑の奴、俺に言ったんじゃないだろうな。あたしに敵意を向けている場合じゃない、と。

……まさかな。名探偵は超能力者ではない。俺の思考を読んだのではなく、場にふさわしい論を言っただけだろう。

「全面賛成っス。一時休戦といきましょうよ」

サイドポニーの女がにっこりと笑いかける。スーツの女性は睨み返すが、言い返しはしなかった。

そこへ金属の鳴る音がした。音のする方向を見る。俺たちが入ってきたのとは反対側にあるドアだ。そこにはひとりの人物がいた。

絶句する。

一瞬、コントかと思った。それぐらいおかしく異様な光景だった。この異様な空間においてさらに輪をかけて異様な姿だ。

そいつは堂々と入ってくる。性別は不明。なぜなら、兜のせいで顔が見えないからだ。兜はヘルメット形で中世の騎士が愛用していたような姿。鎧は例の布製のものだったが、籠手や持っている剣は明らかに鉄製だった。コントでなければ演劇か映画か、なんにせよ通常は見ることのない恰好だ。特に兜と籠手、剣の違和感は半端ではない。部屋にあったものだというのはわかるが、動いているのが異様だった。

今度は背後から足音がする。俺たちが入ってきた方のドアだ。見ると、そこにも異様な人物がいた。だが、鎧をつけたり盾を持ったりしてはいない。ブラウンのTシャツとダークグレーのチノパンを着用している。性別は……小柄だが体型からするとたぶん男だ。そいつは頭にすっぽりと袋を被っていた。部屋にあった枕のカバーに似ているが、ふたつの穴が開き、目玉がぎょろりと覗いている。鎧の人物に負けず劣らず異様な恰好だ。

「わお、リアル佐清《すけきよ》……いや、リアルジェイソンじゃないっスか。あ、もちろんパート2の方っスよ」

サイドポニーの女が歓声を上げた。

こいつはなんで笑顔でいられるんだ？　さっきからずっと笑顔でいる。緊張感が欠片《かけら》もない。状況が理解できていないのか？　そうでないのなら、感覚が麻痺しているとしか思えない。外見は美人な部類ではあるが、こいつは内面が異様だ。

サイドポニーの女の立ち居振る舞いを目で追っていると、その視界をタンクトップの男が横切った。

「おいおいあんたら、ショックで頭がおかしくなってんじゃねえか？　なんだその被り物に鎧はよ」

タンクトップの男がストレートに批判すると、鎧の人物は大声で笑った。

「おかしいのは君たちの方だ」

耳障りなぐらいのだみ声だった。声質からして男か。

「聞いていなかったのか。あの女は私たちを殺すと宣言しているのだぞ。だというのに丸腰でいられようか。否。防具と武器を持ち、襲撃に備えるのが当然至極と言えよう。私はむしろ君たちをこそおかしいと指摘する」

鎧の男が大仰に演説した。タンクトップの男は眉をひそめたが、指摘には一理ある。いまのところ、拝島がどんな手をつかって攻撃を仕掛けてくるのかは予測できない。だったら防御を固めて、どんな攻撃にも備えておく。恰好も前時代的なしゃべり方も失笑ものだが、その考えは合理的だろう。

「この鎧は見たとおり軽くて頑丈だぞ。機動性は失われない。兜はつけないまでも、この布の鎧ぐらいは装着することを推奨しよう」

鎧の男が得意げにレクチャーをした、そのときだった。

「皆様。お集まりいただき光栄でございます」

頭上から声が降ってきた。忌まわしい声だ。ほぼ同時に全員が見上げた。

四、五メートルほどの高所にバルコニーがある。拝島はそこから俺たちを見下ろしていた。ヒールを履いてはいるようだが、女性としてはかなり大柄で百八十センチほどありそうだ。その体を煌《きら》めかせる絢爛《けんらん》なドレスを纏い、肘にはハンドバッグを掛けている。白く彩られた空間と相まってまるで女王のようだった。この距離からでも、満面に笑みを浮かべているのがわかる。俺たちは臣下で、拝島が女王。見下ろされる者と、見下ろす者。否応なしに立場の差を突きつけてくる。

「てめえ、下りてこい！　なにが光栄だ！　人おちょくるのも大概にしろや！」

タンクトップの男が真っ先に前へ出た。目を剝き、大きなジェスチャーで下りてこい、と連発する。威嚇することで立場の差を埋めようとしているかのようだった。

「彼に同意する。下りてきて謝罪したまえ。そうすれば、なにもなかったことにしてやろう」

鎧の男があとを受けるが、拝島は穏やかに微笑むだけだ。タンクトップの男がなおも喚《わめ》くなか、スーツの女性が前へ出た。

「拝島さん。こんなの冗談ですよね。そうですよ、いちファンのわたしの相談をやさしく聞いてくれた方ですもの。小説が行き詰まっているだけですよね。それでこんな手のこんだ悪戯《いたずら》をしているだけですよね。も、もうインスピレーションを得ましたよね。そろそろお開きにしてください」

引きつった笑みでとつとつと訴える。なだめるように、説得するように、懇願するように言葉を重ねる。

だが、その願いは届かない。

「あなたの的確で熱心な感想は、執筆の欠かせぬ糧でした。公私ともに大変お世話になりました。作家とファンの垣根を越えて交流してきた時間はかけがえのないものです。心から感謝しております。しかし……少しお静かに願えるでしょうか」

それはショーの観客に注意するかのようで、親しみも敬意も絶無だ。スーツの女性はなにも言えず下顎を震わせるしかなかった。

「うるせえ！　知ったことか！　静かにしてほしけりゃ、おれたちをいますぐ出しやがれ！くっちゃべりたきゃ、それからにしろ！」

代わりとばかりにタンクトップの男が吼《ほ》える。

「聞き分けがないですね。いい大人が情けない。職場でも疎んじられているのでしょう」

「職場なんか関係あるか！　お前みたいな貧乏人と違ってもう働く必要もねえんだからな！　ババアにつき合ってるほど暇じゃねえんだ！　出せ！　出せぇ！」

「立場がまるで理解できていませんね。それとも理解しているからこその虚勢でしょうか」

「ふざけんなババア！　とっとと下りてこいや！」

「やれやれ。聞き分けのない子には行動でわからせるしかありませんね」

言いながらハンドバッグに手を突っこんだ。抜き出されたのは、黒光りする塊。拳銃だった。

その認識と銃声にほぼ時間差はなかった。一瞬にして絨毯に穴と焦げ跡ができている。

タンクトップの男は全動作を凍結させていた。まるで蛇に睨まれた蛙だ。一秒で従順にさせられてしまった。俺も石化したように身動きが取れなくなる。

それは最強の凶器だ。接近する必要もなければ、筋力も必要ない。遠くから引き鉄《がね》を引くだけで人を死に至らしめる、手の平に収まる兵器だ。動けるはずがなかった。あの距離から撃って当たる確率は高くないだろう。だが、当たれば命に関わる。

「射殺するつもりはありません。皆様が大人しくしていてくれさえすれば」

しん、と静まる。もはや逆らう者はいない。拳銃はいとも容易く主導権を確立してしまった。

「わたくしもこんな無粋なものでゲームを飾りたくはありません。ご協力いただければ幸いです」

拝島はにっこりすると、拳銃をハンドバッグへ仕舞った。

「それでは静聴してくださいませ。改めまして自己紹介から参りましょう。わたくしは拝島登美恵と申します。ミステリの執筆を生業《なりわい》としております。三十年の年月を筆一本ですごして参りました」

拝島登美恵。コアなミステリ読みなら知らない者はいない。新本格作家のなかでもトリックの創出力では一、二を争うだろう。だからミステリ読みの俺は取材の依頼をされたとき、なんの疑いもなくオーケーしたのだ。

「わたくしの人生とミステリは切っても切れません。初めて読みふけった小説がミステリなら、初めて原稿用紙に紡《つむ》いだ物語もミステリでした。人生の大半はミステリを読み、書くことに費やしてきました。ミステリはわたくしの人生そのものであると言っても過言ではないでしょう。拙著のいくつかは望外の評価を得、〈日本推理作家協会賞〉もいただくことができました」

どんなに拝島を憎悪しても、そこにだけは異議を挟めない。近年は新作の刊行がなかったが、過去には読者も評論家も唸らせるような作品を多数世に出した。『鴉《からす》を悼む歌』の大トリックは鳥肌が立つほどだった。

「人生のみならず、この血肉に至るまでわたくしはミステリで構築されています。血と魂が要求するのです。謎と驚きとサスペンスを創出し、読者に提示し、多大な反響を得ることこそ至福。そうなれば自然の摂理として夢想してしまうではありませんか。考案したトリックを現実に実行してみたい。作り物ではない本物のサスペンスをこの目で拝みたい。名探偵と台本のない真剣勝負をしてみたいと。それこそがわたくしの望みなのです。それに比べたら金儲けや若返りがなんだというのでしょうか！」

拝島は飛翔するかのように手を広げた。ドレスのラメがぎらぎらと光を放つ。その顔は恍惚に満ち満ちている。遠目だが、それだけは確信できた。

背筋が凍る。魔物というものを生まれて初めて目の当たりにした気がする。その姿は厳《いか》つく禍々《まがまが》しいものだと思っていた。しかし違った。現実の魔物はゾッとするほど美しい。そして窒息するほど怖ろしい。

俺はこんなときだからこそ、意識を蜜柑に移す。

蜜柑はなにも変わっていなかった。とぼけた顔をしたままだ。他の面々が多かれ少なかれ心のうちを表しているのに対して、なんの感情も窺えない。朝礼で教師の訓戒を聞いているかのようだった。

無性に腹立たしい。俺たちが怖れ慄《おのの》いている状況も、蜜柑にとっては日常でしかないのだろう。それはすなわち、俺の家族の死ですら日常だったたってことだ。

捜査一課の刑事も、医者だって人の死は日常だろう。だが被害者や患者が死んだのは彼らのせいではない。ところが蜜柑は違う。蜜柑の存在は明らかに人の死や事件を呼んでいる。少なくとも、この件は名探偵の存在がなければ起こらなかったはずだ。なぜなら……。

「皆様にはわたくしのトリックの人身御供《ひとみごくう》となっていただきます」

拝島が元の穏やかな笑顔で、俺たちへの殺害宣言を下した。

「悲観することはありません。要は謎を解けばよいのです。わたくしのトリックが皆様の命を刈るまでに。そのために名探偵をキャスティングしているのですから。わたくしとしましては、屋敷啓次郎様を招聘《しょうへい》したかったのですが、それは不可能でした。そこで蜜柑花子様に代役として参加を願いました。探偵役として、蜜柑様のみは命を保障いたします。ミステリに名探偵は欠かせませんからね。なにより、ミステリ作家として、知恵のある方と知恵比べをしてこそ腕が鳴るというものです」

やっぱりそうか。やっぱり蜜柑のせいじゃないか。蜜柑という存在が犯罪者を刺激し、俺たち一般人がその渦に巻きこまれるんだ。もし蜜柑がいなければ、拝島はトリックを現実で試そうとはしなかった。生きた死亡フラグめ。

俺の思考を知るはずもない蜜柑は、この期に及んでも無表情で突っ立っている。命が保障された喜びは微塵《みじん》もない。俺たちに配慮したともいえるその態度が、かえってイラつく。

「それでは最後に、いま一度ルールと諸注意を確認いたしましょう。一部重複した説明となりますが、どうかご静聴ください。皆様への要求はただひとつ。今から四日のうちに、わたくしが考案したトリックを看破してください。解くべきはハウダニットです。どのように殺人を実らせたのか。蜜柑花子様。あなたとの知力の真剣勝負こそが、わたくしの生涯最大の願いです。持てる能力のすべてをもってお挑みください。それさえ叶えば、この世に未練はありません。潔くこの館もろとも自らを殺し、地獄で責め苦を受けましょう」

これが本物の狂人。倫理観も理性もない。自己の欲望や目的のみに忠実に邁進する。姿形は人間でも、その存在はもはや怪物だ。倫理観や理性を欠く人間に、一般人は太刀《たち》打ちできない。

それは怖ろしくもあり……本当に、本当にわずかだが、うらやましいと感じてしまう。俺にも理性や倫理観がなければ、蜜柑を……。

「蜜柑花子様以外が謎解きをしてくださっても一向にかまいませんが、注意事項があります。それはあくまで論理的に推理することです。勘や一定のレベルに達しない論理は不正解といたします。トリックを見破った方は、この場にお越しください。わたくし自らジャッジをいたします。推理は何度ご披露されてもけっこうですが、皆様合わせて一日一度までとします。稚拙《ちせつ》な推理を乱発されると、老体に堪《こた》えますので。解答はよくよくご検討ください」

「待って」

蜜柑が言った。はるか高みにいる拝島を、じっと見据えている。

「審判は拝島さん。それだと不公平。さじ加減ひとつで、正解も間違いにできる」

「そんな恣意《しい》の入る余地がない推理を展開すればよいのではないでしょうか？」

「無理。完璧な推理なんてない。どんな推理でも、探せばツッコミどころがある」

「おやおや。とても名探偵、蜜柑花子の言葉とは思えませんね」

「だから科学捜査、警察がある。それでも完璧って言えない。それが現実」

「ならば、蜜柑様がこれまで解決した事件にも、隠された真相があるのかもしれませんね」

「かもしれない。でも、最後には真相を解く。それが……」

ふいに、蜜柑が顔を伏せた。それっきり黙りこんでしまう。まるでスイッチが切れたかのようだった。

「どしたんスかね。花ちゃん」

肩越しにサイドポニーの女が囁《ささや》いてきた。俺は突然のことに驚きつつも、

「さあな。決め台詞《ぜりふ》を忘れただけだろ」

「だったら超かわいいっスね～。萌えるっスわ」

「どこがだ。まぬけなだけだろ」

俺が吐き捨てると、

「そスか」

サイドポニーの女が引っこむ。

「お遊びがすぎましたね。申し訳ございません。蜜柑様の主張が真理であることは理解しております。推理に関してはわたくしを信用してください。天地神明に誓いましょう。推理が一定レベルを超えており、それが事実正解であるのなら、皆様を無事解放すると」

拝島の表情は厳《おごそ》かで、声には真摯さすらあった。これまでのどこか人を食ったような雰囲気はない。声と表情だけで判断するなら、充分に信用できるものだった。

たとえ信用できなくても、俺たちには従うことしかできない。

「ご納得いただけたでしょうか」

「……ん」

顔を伏せたまま蜜柑は答えた。

「おしまいに、重要事項をふたつ申し上げます。午前零時から午前八時までの間、自室からの

外出を禁止といたします。違反された方は、問答無用で命をもらいうけますので、どうかご注意ください。これは蜜柑様にも適用されます。ただ、なんらかの事情が発生する場合もありましょう。なので、各々一度のみ違反には目をつむります。その代わり二度目はありません。よろしいでしょうか」

「了解っス」

サイドポニーの女以外、返事をする者はいなかった。よろしいもくそもない。拒否権などないのはバカでもわかる。

「最後のひとつ。八人もの生身の人間がこの狭い密室で交差するわけです。不測の事態は起こりうるでしょう。ゲーム続行が困難になるトラブルもあるやもしれません。そこで最後のルールはこうです。状況によってはルール変更もありえます。よろしいでしょうか?」

「ざけんな! そんなもん、てめえの気分でいくらでも好き勝手できるじゃねえかよ。勝ち目ねえだろうが」

タンクトップの男が吼えた。

俺も同感だ。ルール変更がありなら、いくらでも恣意的に戦況を変えられる。ゲーム期間は二日に短縮して、二日以内に謎が解けなければ全員処刑とか、なんとだってルールを書き換えられてしまう。それでは勝ちようがない。

「見損なわないでください。わたくしはそのような節操のない人間ではありません。ゲーム続行が困難になるほどの事態が起こらなければ、ルール変更などいたしません。天地神明に誓って約束しましょう。ご理解いただけますか？」

どれだけ不満があっても、いきつく先は同じだ。俺たちに拒否権などなく、唯々諾々《いいだくだく》と従うしかない。

「それでは皆様。ご武運を祈っております。お知恵を絞って、突破口を切り開いてください」

拝島がドアを開け、なかに入っていく。

数秒後、車椅子を押して戻ってきた。座っているのは、映像で見た中年の女性だ。頭をだらりと垂らし、小さな動きにさえ体が翻弄《ほんろう》されていた。まるで精巧な人形のようだ。動くことなく、他者に操られる人形。

拝島はバルコニーの手すりを、ドアのように外側へ開いた。車椅子をその方向へ進める。胸がざわつく。まさか。まさか。

「このような末路を辿らぬよう、ご健闘ください」

穏やかな笑顔さえ浮かべて、拝島は車椅子を宙に押し出した。

鼓膜が痛くなるほどの悲鳴を誰かが上げる。それを上回る衝突音。鈍くバウンドする肉体。もう動かない。誰かの怒りの咆哮が響き渡る。俺も動けない。画面越しではない、圧倒的にリアルな死がそこにあった。これが俺たちに待つ未来なのか。

しかし、なにより怖ろしく、怒りをかき立てたのが。

蜜柑だ。蜜柑が歩いていく。生前の名前も知らないその死体に向かって。

しゃがむと、あさっての方向に捻《ね》じれている頭部の首から唇、目にかけてさわっていく。そしてこう言った。

「人形じゃない。ほんとの人……死んでる」

＊

『平山光一《ひらやまこういち》』

袋を被った小柄な男は、名前を書いたノートを見せた。

俺たちは円卓を囲んで座っている。拝島は遺体を小部屋に移動させるように命じて去っていった。その後、小部屋内にあった見取り図に従いこの会議室までやってきた。部屋にはホワイトボードがありエアコンが完備され、キッチンもあった。食堂の役割も果たしているらしい。部屋の端にある階段は上の小部屋に通じている。

なにはともあれ自己紹介をしよう、というのがいまの流れだ。

平山は手袋をはめた手でページを捲《めく》ると、またなにか書きつけた。ペンを置くと、全員に見えるように前へと突き出した。

『むかし火事で上半身とノドをやいた。そのせいで声がだせず、顔もみせられない』

そうだったのか。場に納得の空気が流れる。多くの奇異の視線が、同情に転じたのを肌で感じた。俺も平山の事情がわかり、異様だなどと思った自分が恥ずかしくなる。

ただし、右どなりにいるサイドポニーの女——祇園寺恋《ぎおんじれん》——を除いて、だが。

「ジェイソンじゃなくて、やっぱ佐清の方だったっスね」

体を寄せてきたかと思うと、さらりと不謹慎《ふきんしん》発言を飛ばしてきた。

「口を慎めよ、祇園寺」

発言が周りに聞こえていないか気にしながら、小声で返した。

幸い、注目は平山の挙動に集まっている。聞こえた人はいないようだ。

「祇園寺じゃなくて恋だって言ったっしょ～」

場違いな声音で唇を尖らせてくる。一息つく間もないほど非常識な言動が止まらないな。

「わかったから静かにしとけよ、恋」

面倒臭いので希望どおりに呼んでやると、恋はにかっと笑った。

「了解っス～」

恋は敬礼のポーズをすると、体を引いた。

ったく。なぜか知らないが、妙に懐かれている。近くで非常識な言動ばかり浴びせかけられ、何回啞然とさせられたことか。この短時間でだいぶ疲れさせられた。恋曰く俺の学校の後輩で一個下だそうだ。何高出身かと声をかけられ、通っていた高校を教えたときの恋の驚きは相当のものだった。俺も驚きはしたが、いまは思い出話をしている場合じゃなかった。十九歳らしいが、とてもそうとは思えない。よく言えば無邪気で純粋。悪く言えばDQN《ドキュン》ってところだ。

今日日《きょうび》、テレビやネットでこういう人物は珍しくないが、実際に対面すると面食らう。

それなのに、なぜか恋の非常識な言動を許せてしまう自分がいる。俺だけではないようで、これまで呆れられはしても、スーツの女性を除いてキレられてはいない。たぶん、恋が生まれ持った雰囲気や容姿の恩恵だろう。なにかがずれていれば、ただの鼻持ちならない非常識な女だったはずだ。その辺りは、ぶっきらぼうで表情に乏しい蜜柑が世間に受け入れられているのと似た感じだろう。万人につうじるとは思わないが、得なスキルだ。

だが俺にも恩恵はあった。恋と話したおかげで、緊張感がずいぶんとやわらいだ。いまだに死の影がちらついているが、あの死体を見たときほど気分が滅入ってはいない。時間がたったこともあるだろうが、ぶっとんだトークを恋がふっかけてくれていたおかげでもある。それでずいぶんと気が紛れた。

だからこそ冷静に考えられる。現状と俺たちが置かれた事態を把握し対策を練り、生き残るための手段を講じなければならない。

俺には別途、蜜柑のこともある。この千載一遇のチャンスをどう活かすか、熟考するべきだ。

蜜柑は俺の左前方で、体育座りのまま椅子に乗っていた。街頭演説でも聞くように、ぽかんと平山を見ている。やがてとなりのタンクトップの男に視線を移す。しばらくすると、平山の反対どなりにいる鎧の男に視線を移した。表情でも観察しているのか？　意味もなくぼけっと眺めているだけにも見える。

『拝島におそわれたのが自宅だったたので、ふだん使用しているマスクをかぶっていなかった。なので、へやにあった枕カバーをマスクに流用した。手ぶくろもそうだ。奇異なかっこうだとは思うが、どうか理解してもらいたい』

「うぃっス！　了解っス。アタシは好きっスよ、そのファッション」

恋が明るく答えた。

「あんたねえ、よくもそんな失礼なことが言えるわね」

スーツの女性が非難するも、恋は何食わぬ顔だ。その女性は恋を睨みながら、しきりに周囲へも視線を走らせている。ずっとこの調子で、拝島の影に怯えていた。

「ええ？　アタシなんか失礼なこと言ったっスか？　ねえ平山さん」

恋がきょとんとした顔を向けると、平山は考えるようにしばらく無動作でいたが、やがてさらさらとノートにペンを走らせた。

『なにも気にしていない』

と書いたノートを見せられると即座に、

「って、書いてるっスけど。絵畑《えばた》さん、見えますかね、気にしていないって読むんスよ」

恋が得意そうに言った。スーツの女性——絵畑というらしい——は悔しげに眉間に皺を寄せる。

「平山さんはそうでも、一般常識的に言って失礼だって言ってるのよ」

「一般常識ってなんスか。って言うか、そういう発言の方が二万一千倍ぐらい失礼だと思うんスけどぉ。皆さんも、そう思いません？」

ね？　ね？　とひとりずつに伺いを立てていく。

このふたりは訳ありの関係という認識で間違いなさそうだ。ことあるごとに反目しあっている。見たところ、絵畑が、恋に対して腹に据えかねるなにかがあるようだ。

この性格だからな。なにがあっても不思議ではないが、これ以上エスカレートするようなら止めないといけないだろう。

「そんぐらいにしとけよ」

タンクトップの男が野太い声を発して立ち上がった。

「あんたらになにがあったか知らんけどな、喧嘩ならここを出てから気のすむまでやってくれ」

恋がりょ〜かい、と小さく答え、絵畑が気まずそうに目を伏せた。俺は浮かしかけた腰を椅子に下ろす。

「おれは勝己正《かつみただし》だ。今年で四十八になる。トラックの運転手をやってるが、そろそろ辞めて都心で悠々自適の生活を送るつもりだ。近々大金を手に入れる予定なんでな。だからおれはこんなとこで死ぬわけにゃいかねえんだ。あのイカレたババアに殺される気はまったくねえし、あんたらも殺させるつもりはねえ。おれたちは運命共同体だ。力を合わせて生き残ろうぜ。よろしくな」

「リーダー気分満々っスね」

また口を寄せてきたので、肘でツッコんでおく。

酷いっスよ〜、なんて言いながら戻っていく恋を横目に、勝己を観察する。

拝島の前では引くほど喚いていたが、生まれ変わったように理性的だ。恋とスーツの女性のいざこざも収拾したし、この集会を発案したのも勝己だった。カオスなこの場で、なかなかできることではない。俺自身、蜜柑のことや殺人のことで混乱して、建設的な行動はなにもできなかった。

蜜柑と比べて体格も言動も頼もしいし、もしリーダーを選ぶなら勝己だろう。欠点と言えば、頭に血が上ると自分を見失うところぐらいだろうか。

「次は鎧のあんたはどうだ」

「よろしい。では、三番手は私がいくとしよう」

勝己が指定すると、鎧の男が立ち上がった。

「私は大塚洋二《おおつかようじ》と申す。役にも立たないパーソナルな情報を述べるより、改めて勧告しよう。全員、私を見習い、すぐにでも防具を身につけることだ。これを身につけないということは全裸でいるも同然だ。いついかなるときに殺人者の凶刃が下るか知れない。ならば、いついかなるときでも身を守るしかあるまい。防具こそが、死を防ぐ定石なのだ」

大塚が大きなジェスチャーと大仰な口ぶりでレクチャーした。

理屈は理解できるが、俺は遠慮したい。布製ではあるが、機動性の減少は避けられないだろう。それにあの兜。格子状に視界が確保されているが、覗ける範囲は狭そうだ。こんなのを被ったら、相当不安感が助長されるだろう。

そもそも……。

「アタシはパスっスね。すっごい蒸れそうじゃないっスか、それ」

恋が真っ先に手をひらひらと振った。

「そんなことで君は命を死の手に晒すのかね？」

「つっても、だいたいその鎧って、女の子にとっちゃ重い部類だと思うっスよねぇ。か弱いんスよ、女の子は。手鏡より重いもの持ったことないんスから」

恋が細い二の腕を揉みながら俺の方に寄ってくると、

「先輩も揉んでみるっスか？　細さのなかに柔らかさがあるっスよ」

「いらん」

「いいんスか～。きっと十年後後悔するっスよ～」

「俺はその鎧で拝島の攻撃が防げるのかってのが疑わしいんですよね」

恋を押しのけながら、大塚に疑問を投げた。

「見たまえ……」

大塚は堂々と所持していた剣の先端で鎧を突いた。めりこみはするが、傷ひとつつかない。

「この鋭き剣で突いてもびくともしない」

「だとしても、拝島は誰かが鎧を着る可能性も織りこみずみのはずですよね。それなら、硬い鎧を貫く凶器なり手段なりを用意してると考えるべきじゃないですか」

「笑止なことを言う。いずれ大災害が到来するのだから、備えをしても無駄だ、とのたまうようなものだ。そんな根性では生き残れないぞ」

この口調でディスられると、軽くイラッとする。

それは俺だけではないようだ。恋が発言したあととは対照的に、みんなの大塚を見る目は厳しい。もちろん蜜柑は例外だ。絵画みたいに変化のない表情で座している。

大塚の顔は兜のせいでよくわからないが、さぞやいいところのおじさんなのだろう。上から目線がナチュラルだ。集まる不快感を気にしている様子もない。もしくは単に気づいていないだけなのか。

「そうかもしれませんけど、俺は機動性重視でいきますよ。いざってときに素早く動きたいんで。布の鎧ならまだ小回りも利くんでしょうけど、強度があると知っててもやっぱ心許ないですよ、布は」

「ならば好きにするがいい。だが、私は脱ぐつもりはない。皆にも懸命な判断を期待する」

大塚がガチャンと椅子に座った。やれやれだ。

「ついでだから、次はあんた、頼めるか」

勝己に促され、俺は椅子から立った。

一瞬、本名を名乗るか迷う。蜜柑が俺と家族の関係に気づくのではないか。そうなればあと支障をきたすかもしれない。

蜜柑を窺う。直接ではなく、視界の端で。蜜柑はなにも変わっていない。膝を抱えぼけっと座っている。

大丈夫だ。家族と俺は結びつかない。どうせ父さんや義母さんも、数ある名もない被害者のひとりとして処理されているんだろうしな。そういう非情な存在だ。名探偵なんていうものは。

「俺は日戸涼。大学生で、他に語るほどのことはなにもないです。生き残るために全力を尽くすつもりなんで……それだけです」

大丈夫だとは思うが、提示する情報は必要最小限に止めておく。あれでも名探偵と称されている女だ。油断は禁物。言わぬが花だ。

「それでアタシが祇園寺恋っス！」

明るい声に思考が吹っ飛ぶ。恋が勢いよく起立して俺の横に並んだ。

「同じく大学生やらせてもらってるっス。先輩とは探偵とその助手ってことでやっていく予定なんで、よろしくっス」

「俺はそんな予定組んでないからな」

絡めてこようとした恋の腕をさりげなくかわす。

「探偵役はゆずるっスから～」

「ちょっと！」

今日、何度目かの怒号がした。もちろん絵畑だ。ただ、これまでより声量も怒りの度合いも大きかった。椅子を倒し仁王立ちしている。俺が怒られたわけではないが、なんとなくかしこまってしまうほどの迫力だ。

「我慢ならないわ。あんたこの状況がわかってんの？　わたしたち殺されるかもしれないのよ。それなのにへらへらして！　これはゲームじゃないのよ！　頭おかしいんじゃないの？　せめていつもみたいに普通にしていたらどうなの！」

いつもみたいに？　普段の恋はこんな感じではないのか？

まったく堪《こた》えていないようで、へらへらしている。

「じゃあ、絵畑さんみたく、ずっと地獄に落ちた子豚ちゃんみたいな顔してたらいいんスか？　それで助かるんならいくらでもするっスよ」

「助かる助からないじゃないでしょ！　空気を読めって言ってんのよ、わたしは！」

「空気って……絵畑さんがただいま絶賛悪化させてるこれっスか？」

「な……！」

絵畑が絶句する。絵畑へのみ非難の視線が集まっている。誰も口にするわけではないが、俺でもなんとなくわかる。

気の毒なほど不公平だ。傍若無人《ぼうじゃくぶじん》がなんとなく許される恋と、許されない絵畑。しかも怒りの感情は人を不快にさせはしても、プラスの気持ちにはさせない。みんな多少なりとも緊張の糸を張り巡らせているのだ。そこへ絵畑の怒号は神経を逆なでし、マイナスの感情をもたらす。

絵畑が言うように、この状況で明るく振る舞うことへ怒りが集まってもおかしくないが、生憎俺も他の面々も恋の振る舞いは許容範囲だった。

絵畑もそれを感じ取ったようで、真っ赤な顔をしたまま椅子を戻すしかない。

「そうだな……次は眼帯の君、自己紹介してもらえるか」

勝己が空気を変えるように水を向けると、男はふらりと立ち上がった。

やはり長髪の隙間の眼帯が目立つ。細い体は、なにかから隠れるように背が丸められている。

そのせいで実際より身長は低く見えた。

「栖原恭介《すはらきようすけ》。一応、僕も大学生やってるよ。まあ他に言うこともないんで……いや、あるんだけど……まあ、それは言うことでもないんで、はい……以上です」

栖原は歯切れ悪く言うと、すぐに座り、次どうぞと手で示した。

あくまで主観だが、恋と栖原は似ている。性格や雰囲気ではない。この状況に対するスタンスというか、感情といったものがだ。俺や勝己、絵畑——大塚と平山は顔が見えないから判断しにくいが——は程度の差こそあれ、この状況に怖れや不安を抱いている。ところが恋と栖原は、内面はどうあれ、外見上に怖れや不安は見られない。恋は性格的なものに思えるが、栖原も同じなのだろうか。

「眼帯少年ってのも萌えっスね。先輩、栖原さんとなら仲よくなってオッケーっスよ」

「萌えないしお前の許可もらう必要もない」

恋がちょっかいを出している間にも勝己は手を絵畑に向け、

「次は……絵畑でいいんだよな」

「ええ。絵畑凪《なぎ》よ」

絵畑が先ほどのこともあるのか、ぶっきらぼうに答えた。

「君は拝島とは顔見知りのようだったが」

「拝島さんの小説が好きだったからね。新作が出れば刊行日に買っていたし、昔はサイン会や講演なんかにもよく通っていたわ。そうしたら顔を覚えてくれたみたいで、いつごろからかかちょくちょく個人的な話をするほどの関係になったわ。家にまで招いてくれたり……なのになんでなのよ。わたしがなにしたってのよ。むしろ応援して、本の感想だって……」

絵畑は頭髪をぐしゃっと握り、誰にともなく恨み節を漏らした。

最も〝普通〟の反応をしているのは、実は絵畑ではないだろうか。取り乱し、過剰なまでに周囲を警戒する。これこそ〝普通〟だろう。

なんの前ぶれもなく監禁され、あまつさえ殺人と死体を否応なしに見せつけられたのだ。〝普通〟なら絵畑のようになってしかるべきだろう。

だが、俺はそうなっていない。おそらく、恋と蜜柑の存在が原因だ。恋の底抜けの明るさと、蜜柑への感情が恐怖を抑えこんでいる。他の面々もなんらかの感情が恐怖を相殺して、または意識的に抑えこんで平静を保っているのではないだろうか。それゆえに〝普通〟の絵畑が浮いてしまっている。

よろよろと着席する絵畑を見ながら、そんなことを思った。

「ありがとう絵畑。それじゃあ、あんたも頼む。紹介不要だろうが、平等にな」

「……うん」

最後のひとり。抱えていた足を床に下ろし、ぎこちなく立ち上がった。ついいまし方まで俺たちを観察するように移動させていた目。それがいまは誰にも合わないように虚空にある。金色の髪をいじりながら、大きな黒いセルフレームの眼鏡を上げる。ゆっくりと薄い唇を開いた。

「蜜柑花子……いちお探偵……よろしく」

俺の家族を死に追いやった女。

＊

「勝負に勝つには、敵を知ることだ。絵畑、あんたファンだったんだろ。拝島について詳しく聞かせてくれ」

勝己が切り出した。全員の自己紹介が終わり、話題はこれから取るべき対策に移っていた。自然と勝己が議長を務めている。

「わかったわ」

いくぶんか怒りが治まったようで、声は落ち着いている。

「拝島登美恵っていうのはペンネームよ。本名は拝島富《とみ》。あの名探偵、屋敷啓次郎さんが契機と言われている新本格ブームに乗って出てきた作家よ。その活躍は本人も言及したように、ブームを牽引するほど鮮烈だったわ。デビュー二作目の代表作『コトリの檻』はもとより、第四十四回日本推理作家協会賞を大沢在昌《おおさわありまさ》先生と同時に受賞した『都会の鵺《ぬえ》』も評論家や作家、一般読者に絶賛されたわ。第一次名探偵ブームに乗って、そうね……最近で言うと『容疑者Xの献身』や『謎解きはディナーのあとで』ぐらい売れたんじゃないかしら。基本的には奇想天外な謎や、美しくも大掛かりなトリックで多くの読者を魅了する作家よ。島田《しまだ》荘司《そうじ》先生とはよく比べられていたわね。それほどのミステリ作家だったわ」

相変わらず絵畑の顔や目はワイパーのように動き回っているが、説明は淀みなく整然としている。会ってから荒れた挙動しか見ていないせいか、少し意外だった。だが絵畑の見た目や雰囲気からは高い知性が感じ取れる。これが本来の絵畑凪という女性なのだろう。警戒しながらも拝島の説明に集中することで、精神が安定してきたのかもしれない。

「この建物は通称〝密室館〟よ。二十年ほど前、自著の『密室館殺人事件』で描いた建物を再現しているの。推理作家協会賞を取って絶頂だったころに建てられたものよ。もともと資産家の生まれで、『都会の鵺』の印税があったからできた拝島さんならではの稚気ね。それに屋敷啓次郎さんのパトロンとして有名で、ミステリ好きでもある不動産会社社長、和歌森喜八《わかもりきはち》さんの助力もあったそうだから、計画は滞《とどこお》りなく進行したそうよ。完成後はミステリの館が現実に建てられたと話題になっていたわ。名前の由来はシンプルよ。外からだと入口がないように見えるから〝密室館〟。そうは言っても建築基準法があるからね。地下は採光用に窓とドライエリアの施工をするしかなかったようだけれど……」

俺の部屋は地下のようだが、窓なんかどこにもなかった。このゲームに際して埋めてしまったのだろう。これでほぼ『密室館殺人事件』に出てきた建物と瓜二つになったってわけだ。必要性からかこだわりかは知らないが、その執着ぶりにはゾッとしない。拝島の本気さが建物自体から滲み出てきているようだ。

「推理小説に出てきたってことは、あれがあんのか。ほら、よくあるだろ。建物のどっかが動くとか消えるとかってのが」

「いいえ、特殊な仕掛けはなかったはずよ。『密室館殺人事件』は、密室で繰り広げられる登場人物たちの殺戮《さつりく》劇にページの大半が割り当てられた作品だったからね。そこにトリックが仕掛けられていたわけだけれど――密室館は装置が稼動するとかではなくて、その名のとおりいかに完璧な密室であるかを追求したものよ」

「天井が落ちてくるとか秘密の抜け穴とかはねえってことだな」

「ええ。当時のままだとするならば、ね。わたしの気づいた範囲では、間取りなんかは変わっていないようだけれど……」

全員が自室の間取りや設備などを証言しあった。

わかったのは全部屋がまったく同一の作りと設備であることだった。

「だとするなら、間取りの面での改変はないはずよ」

「そうか……話の腰を折って悪かったな」

当時と変わらないからといって、改装されていないことにはならない。だが検証のしようもない。午前零時までの時間もわずかだ。各部屋の調査より話し合いが優先だろう。

「でだ、奴は最近どんな様子だったんだ？　よっぽど情緒不安定だったんだろ」

「たしかに数年前まではね。考案したトリックの質や作品の売れ行きなどに関して、わたしに愚痴るときもあったわ。心臓を患ってペースメーカーをつけてからは特にね。長年継続していた創作塾もやめてしまったし……」

拝島は推理作家協会賞を取った時期がピークで、その後は人気も売上もゆるやかに下降していったと聞く。トリックの質が大きく落ちたわけではないが、年間ベスト級の作品は出ていなかった。なにかの雑誌で、このところスランプだと吐露していたのも覚えている。雑誌記者に漏らしてしまうほどだから、相当深刻だったのだろう。ここ四、五年は一冊の著書もなかったのではないだろうか。

「近ごろは体調こそ芳《かんば》しくなさそうだったけれど、とても気力に溢れていたわ。前例のない作品の着想が降りてきたって、うれしそうにわたしに話してくれたわ。次の作品こそは必ず売れるって。どんなトリックなんだろうってわくわくしていたのに、それがまさか……」

自らをも引き入れたデスゲームだったとは、夢にも思わなかっただろう。心中は察するに余りある。信頼し傾倒した人に裏切られたのだから。

「はた迷惑にもほどがあるな。あのババア、イカレてやがる」

「穏やかで知的で、親切で……わたしが悩みを打ち明けたら親身になって聞いてくれて……それがなんでよ。ありえないわ。なんでわたしなのよ……わけわかんないわ」

絵畑が頭を抱え、監視カメラを見上げた。

本当に心から拝島を敬愛していたのだろう。語る内容や口調、仕草から感じ取れた。それなのに、拝島が主催するデスゲームの参加者に絵畑は選ばれた。敬愛する者に殺されるかもしれない。絶望は計り知れなかった。

「てめえを信頼する奴を裏切って小バカにして、さぞ愉快だろうよ、なあ拝島さんよ」

勝己は赤い顔で、天井の隅に向かって怒鳴った。

監視カメラはいたるところに設置されている。廊下はもちろん、となりの書斎や各自の部屋も見張られている。俺たちがルール違反をしないように。俺たちが怪しい行動をしないように。檻の外から悠々と。

「あの、いっこ質問」

蜜柑が授業でやるように手を挙げた。

「ついに真打登場っスね」

「あ、ああ。そうだな」

俺は右から左に抜けていきそうだった恋の声をどうにか拾った。

「なにかわかったのか、蜜柑」

勝己が身を乗り出した。全員が蜜柑に注目する。ほとんど聞き役だった蜜柑の、初めての自主的な発言だ。混沌に光明をもたらすものではないかと、無言の期待を感じる。

「確認したいことがある。みんなはどうやってここへつれてこられた？ それ教えてほしい」

蜜柑が手帳とペンをデニムのポケットから取り出した。

「それでなにかわかるのか？」

「このゲームをひとりでやってるか。それとも複数人でやってるか。それで見当つけられる」

「なるほどな。おれたちは拝島しか見てないが、だからって単独犯とは限らない。複数犯と単独犯とじゃ、おのずと犯行のプロセスも異なるってわけか」

「そんなとこ」

蜜柑が首だけ縦に動かした。

「おれは取材させてほしいって言われて、駅前までいってやったんだ。そんで待ってたんだがよ、電話がきて待ち合わせ場所を変えてほしいなんて言いやがる。変更になったのがここだ。だが館に入っても姿が見えねえ。どうなってんだと思ってたらまた電話がきた。それでペースメーカーの誤作動が恐いからって携帯を箱に入れさせられてな。そこまですることねえだろとは思ったが、前に携帯のせいで誤作動して倒れた、なんて言われてまんまと手放しちまった。そんで階段下りてドア開けたら、いきなり閉めやがって鍵をガチャってわけだ」

俺とほとんど変わらないプロセスだな。

拝島は還暦をすぎた女性だ。背こそ高いが、勝己のような大柄の男を強制的に連れ去るのは厳しい。誘いこみ、獲物からのこのこと檻に飛びこませる方法は妥当だろう。携帯を奪っていれば、のちに心配した知り合いから電話がかかってきても言い訳ができる。微弱電波のことを考えれば、いっそ壊してしまってもいい。多少おかしいと思われても、身代金を要求するわけではないんだ。四日ぐらいなら拉致、誘拐とまでは思われないだろう。よしんばバレても、監禁場所さえ知られていなければ、簡単には捜せない。待ち合わせ場所を変更したのはあとで行方を追えなくするためだろう。万一、警察がきたとしても知らぬ存ぜぬでとおせる。証拠がなければ、個人宅に踏み入りはしない。たった四日間発見されなければ計画は成功する。完璧とは言えないが、単独でも連れ去りは可能と考えられるだろう。勝己の話では共犯者の影もなさそうだが……。

「取材って?」

蜜柑が訊いた。

「どん底からの復活についてだとよ」

「どんな底?」

「思い出したくもねえな。復活なんて聞こえはいいが、十割運で切り抜けたピンチだしな。小説の参考にしたいってんで引き受けてやったが、こんなとこで語るほどのいきさつでもねえよ」

「……そうなんだ」

蜜柑が聞いた内容を書きとめる。ペンが止まるのを待っていたように、大塚が声を発した。

「私も類似した経過を辿って捕まってしまったと告白しよう。社長業について取材したいとの依頼で拝島氏の別荘へ出向いたところ、寝首を掻かれたという顚末《てんまつ》だ。油断していたとはいえ、あのような齢《よわい》の女性に出し抜かれるとは。まったくもって不覚。羞恥の限りであるな」

大塚が腕を組んだ。これで二人目。勝己と同じプロセスで捕らえられたのは俺だけではなかったようだ。あとどうでもいいが、大塚は社長なのか。どうりで大仰なしゃべり方……というには度がすぎるが、でかい態度にも納得がいった。

そんなことを思いつつ、俺は手を挙げた。

「俺も似たようなもんです。ブログのコメント欄から声かけられて、そのあとメールで取材を申しこまれました。待ち合わせ場所の変更から携帯電話のくだりまで同じです。ただし俺の場合、階段で足をすべらせて頭打ったみたいで、途中から記憶がないんですけど」

俺は蜜柑以外の六人に向けて言った。

「大変じゃないっスか。頭ぶつけて失神なんてヤバいっスよ。よかったらアタシがなでてあげるっスけど、どうスか?」

「遠慮する。頭は正常回転してるからな。で、気がついたら閉じこめられていました」

頭に伸びてきた恋の手を払いながら言った。

「三人とも同一の手口かよ。やってくれるな」

勝己が手の平に拳を打ちつけた。

「確認。別の人の気配ってなかった?」

蜜柑が小さく手を挙げた。

「いいや、拝島登美恵だけであったな」

大塚が答えた。次は当然俺が蜜柑に答える番だ。

だが、まだ蜜柑とは面と向かい合えなかった。直視できない。それらができるほど、気持ちの整理がついていない。

まるで別れた恋人に会うみたいだ。

そう自嘲する。もちろん恋人なんて甘い間柄ではない。蜜柑はすべての災いの元凶であり忌むべき存在だ。顔を見るだけ、声を聞くだけで、散弾銃で撃たれ、ナイフを突き立てられた家族の姿が脳裏をかすめる。見てもいない死の瞬間がありありと想起される。聞いてもいない断末魔の叫びがいまだに耳の奥で響いている。

「……俺もだ」

かろうじて、蜜柑に向かって答えた。不自然……ではなかったはずだ。

「他の人はどかな？　あたしは拝島さんから依頼の電話があって、詳しい内容を聞くのに喫茶店で会った。そしたら机の下で拳銃出された。言うことを聞かないと関係ない人を撃つって脅されて、ついてきたらここに閉じこめられた」

一般人なら、はったりだと決めつけて逃げ出すかもしれない。だが多くの異常者と交流してきた蜜柑なら、拝島の脅しは無視できないものだっただろう。大雑把《おおざっぱ》な手段だが、こと名探偵を監禁するという目的のためなら理にかなっている……理にかなってはいるが、回避できないほど完璧な手段だろうか？

蜜柑が罠を察し回避していれば、このゲームは開催されなかったんじゃないか？　俺たちが死の恐怖に怯えることもなかったんじゃないか？　あの女性が殺されることもなかったんじゃないか？

「ちょっち、花ちゃんに質問なんスけど、いいスか？」

「いい……す？」

なぜか恋の口調に合わせる蜜柑に向かい、恋が身を乗り出した。手を口元に持っていきひそひそ話をするように、

「本で読んだんスけど、探偵って、なんかあったときのためにあれこれ仕込んでるんスよね。こんなこともあろうかとGPS携帯を持ってましたとか、発信機つけてました、とかってのは

ないんスか?」

蜜柑は顔を横に振るだけで返答した。

「ほんとっスか~?」

恋がじりじりと顔を近づける。なんとしてもイエスを引き出そうとするかのような迫り方だ。

しかし蜜柑は、

「ほんと。あったけど……全部拝島さんに取られた」

ぼそっと言うだけだった。

「なーんだ。んじゃ、しょーがないっスね。まあそりゃそうっスか。あの人が、その辺を見逃してるわけないっスよね」

恋がどかっと背もたれに背を預ける。それを横目に、俺は内心で舌打ちしていた。探偵失格だな。犯罪者を引き寄せる体質なら、対策は過剰なぐらいに練っとけってんだ。

「あと、僕のケースも話しとこうかな」

やや沈んだ空気を察したのか、栖原が切り出した。

「僕も同じ手順でやられた口だよ。取材依頼があっていってみたらってパターンさ。共犯者の気配はなかったよ。取材内容についてはプライベートなことなんで、黙秘させてもらうよ。こんなところでいいかな」

「ありがと。同じパターンの人、他にいるかな?」

「あの」

絵畑が戸惑いがちに手を挙げた。

「わたしもほとんど同じ手口だったわ。けれど、わたしの場合、取材とかではなかったわ。拝島さんに悩みがあるって呼び出されたの」

「そっか。知り合いはパターンも変えてる……祇園寺さんは？」

「アタシも取材の口っスね。こう見えてもけっこう波瀾万丈な人生送ってきてるんスよ。小説の参考にしたいって言われて、高めの謝礼までちらつかされたらそりゃいくっしょ。あとは言うことないっスかね。もう語り尽くされちゃってるんで」

恋が拗《す》ねたように言ったタイミングで、平山がノートを掲げた。

『さいしょに書いたが、私は家でおそわれた。ふだんあまり外出をしないから、向こうからくるしかなかったんだろう。銃で脅されればしたがうしかなかった』

「平山さんは知り合い？　拝島さんと」

蜜柑の質問に、平山がささっとノートに文字を書きつける。

『そうだ』

「どんな関係？」

平山は少しばかり、ペンを宙に浮かせていたが、

『友人』

と簡潔に書いて見せた。

「そうなんだ」

蜜柑の声音は常に平坦だ。質問からなにか見出したのか、見出していないのか。表情からはもちろん、声からも読み取れない。

まるで機械だ。感情のない機械。鉄の体に、鉄の心が入っている。それらは氷のように冷たい。なにもかもが計算されつくして設計された、心と体だ。

「これまでの証言からすると、拝島単独の犯行って線が強そうだな」

「……ひとりきりでもできるのは間違いない」

蜜柑も肯定した。

やっていることは著書を踏襲するように大掛かりだが、還暦の女性ひとりでもやれないことはない。共犯者の存在は排除できないが、手持ちのデータは拝島の単独犯だと示している。論理的にトリックを解けと言うぐらいだ。共犯者が介入しているのなら、それを示すヒントぐらいは出すだろう。

要約するとこういうことだろう。

拝島は小説の参考にしたいのでインタビューをさせてほしい、などと俺たちにメールや電話でコンタクトをとった。おびき寄せる餌として、ターゲットの自己顕示欲や強い主義主張を満たす内容を取材したいと申し出る。後押しとして高い謝礼を提示すれば大概の獲物は釣れるだろう。俺はとにかく蜜柑への内なる怒りや憎悪を吐き出したかっただけだが、五万円という謝礼に魅力がなかったと言えば嘘になる。

その後待ち合わせ場所を変更し、密室館に獲物自らやってこさせた。ペースメーカーの誤作動が心配だからと理由をつけて携帯を没収する。その時点では監禁されるなんて夢にも思わないし、実際に携帯が原因で倒れたことがあると言われれば、多少変だと疑っても携帯は手放してしまうだろう。そして地下へ誘導したところで閉じこめる。

絵畑は知り合いであることから、相談があると呼び出し監禁した。外出を控えていて呼び出しが困難な平山や、名探偵であり罠に鼻が利きそうな蜜柑に対しては強攻策に出た。

「拝島の単独犯で決定だろ。誘拐犯が何人も蛆虫《うじむし》みたいにいられてたまるかよ。バカはひとりで充分だ。なあ、あんたもそう思うよな?」

勝己がカメラを睨みつけた。レンズの向こう側では、拝島が悠然とモニタリングしているのだろう。

「あの、勝己さん。あまり拝島さんを挑発しない方がいいんじゃないかしら」

心配そうな絵畑に、勝己は白い歯を見せた。

「くるならこいってんだ。そのときこそ大チャンスじゃねえか。とっ捕まえて冥土に送ってやるぜ」

勝己とは会って数十分だが、大口を叩くのは悪癖だ。

攻撃のときこそ隙が生まれるというのはよく耳にする戒《いまし》めだが、相手がどういう攻撃を仕掛けてくるか不明ないま、軽はずみに挑発するのは危険だ。怒りでまた平静さを失っている。いたるところにあるカメラや、拝島ひとりにいいように弄《もてあそ》ばれている現実が感情を沸騰させているのだろうが……。

「あともひとつ」

よくとおる声がした。勝己の口が止まる。拝島への批判も。

「拝島さんと知り合いの人」

蜜柑が促すように小さく手を挙げた。続けて挙がった手は二本。絵畑、平山だった。

「おっ、ミッシングリンク探しっスか」

「うん」

この八人と拝島との間に特別なつながりを見つけることができれば、そのミッシングリンクの発見がトリック解明のヒントになるかもしれない。蜜柑の意図はそんなところだろう。

「拝島さんつながりじゃなさげっスね。拝島さんを知らない人も多かったっスから。アタシらにつながりは……どうなんスかね。ほとんどはじめましての人ばっかかっスけど。アタシの知り合いは凪さんと花ちゃんぐらいスかね」

その発言で、絵畑が思い出したかのように、恋へ敵意のこもった視線を送った。

ミッシングリンクの有無も謎だが、このふたりの確執の原因も謎だな。ふたりの年齢差は十はありそうだ。その年上の方が、これだけ恨みがましそうにしている。軽いトラブルではないだろうが……恋は素知らぬ顔だ。

「あ、でも先輩とは高校が一緒みたいなんスよ」

「らしいな」

恋から一個下の後輩だと言われたときは驚きと親近感が湧いただけだったが、ミッシングリンクという観点を取り入れると重要度が跳ね上がる。特別扱いの蜜柑は除外するとしても、残る五人が同校出身であれば立派なミッシングリンクだ。この話題が出たときにもしやとは思ったが……どうだ？

「なに高校？」

俺は高校名を告げるが、同じだという者はいなかった。空振りか。淡い期待があったが、出身校に共通点はないようだ。

「知り合いがいるって人、他にいる？」

首肯《しゅこう》する者はいなかった。俺も記憶を掘り起こしてみるが、見知った顔はない。とはいえ同じ高校出身という恋でさえ記憶になかったのだ。絶対に会ったことがないとは言い切れない。

もし誰かと関わりがあったとしても、記憶に留まらないほど些細なものでしかないだろう。そんなものを共通点とされるぐらいなら、くじ引きで選出したとでも言われる方がまだ納得がいく。

しかし敵はミステリ作家だ。妙なところから共通点を見つけてきて、俺たちをつないだのかもしれない。ランダムな選出だったとしても、密室館への誘いに応じなければ計画は頓挫《とんざ》する。最低でもおびき寄せやすい人選だったのは間違いないだろうが……。

俺たちが選ばれたのは偶然か、必然か。

その見極めは非常に重要だろう。必然であるならば、この殺戮ゲームをクリアする武器になりうるかもしれない。偶然ならば、意味はないことになり、考えるだけ時間の無駄になってしまう。

「あと……」

「議論が白熱しているところ無念だが、時間切れのようだ」

大塚が言いながら立ち上がった。

「拝島氏が指定した刻限まで間がない。私は一足早く辞させてもらうとする。殺されてはかなわんのでね」

壁掛け時計を見ると、午前零時十分前だった。拝島の宣告どおりなら、十分以内に自室へ戻らなければ、命に黄信号が点《とも》る。

大塚はすでに背を向け、出口へ向かっていた。

「お、おい！　まだ十分もあるんだぞ。ぎりぎりまで推理するなり対策を練るなりするべきだろうが」

勝己が止めるが、大塚はずんずんと歩いていく。

「笑止。いまは攻めるより防禦するときであろう。ぎりぎりまで留まって、万一にでも遅れてみろ。目も当てられん」

「そうだが、一回までは……」

「危険を冒してまで〝いま〟論議する意味はなかろう。そして対策など一つだ。眠りにつかなければよいのだ。総員が集結する翌朝まで耐え忍ぶ。それ以上の対策があろうか」

大塚は一際《ひときわ》大きく言い捨て、会議室から出ていった。

「わ、わたしも！」

絵畑が椅子を倒して駆け出す。勝己が止める間もなく、平山もノートを回収して席を立った。

気づけば、一気に三人がいなくなってしまった。

勝己の主張もわかる。このゲームの勝利条件は事件を推理し正解することだ。ならば議論の時間は取れるだけ取った方がいい。だが、命の危険を前にして勇敢に議論していられる人間は多くない。

「くそっ。逃げの姿勢はあいつの思うつぼだぜ」

勝己がテーブルを殴りつける。すると、『黒ひげ危機一発』の人形のように恋がぴょんと跳び上がった。

「アタシらもいきましょっか、先輩」

俺の腕を引き上げようとする恋に勝己が怒りの目を投げるが、俺もここで退室するつもりだった。

なぜなら時間云々《うんぬん》以前に、議論の時間を多く取ることに、あまり意味はないと思うからだ。

現時点では、だが。

勝己はそれに気づいていない。もしくは、気づいていながら無視している。

「正さんも早めに帰るのがお勧めっスよ」

「おれはぎりぎりまで残るぞ。蜜柑も残るつもりみたいだしな」

蜜柑は周囲のドタバタに流されず、膝を抱えたまま定位置にいた。

「花ちゃんには期待っスけど……ん〜、やっぱ無理ゲーじゃないスかね」

「んなわけあるか。やってみなきゃわかんねえだろ。ネガティブなことばっか言ってんじゃねえ」

怒声を飛ばす勝己に、恋は取り繕うように手を振った。

「怒らせるつもりはないっス。けど、拝島さんのご希望はハウダニットの解明なんスよ」

「だからなんだってんだ?」

勝己が怪訝《けげん》そうにする。俺は恋を止めようかと思ったが、やめておいた。知っていて困るものでもない。議論を続けるのなら、前提を踏まえておいた方がいいだろう。そう思い直し、静観することにした。

「だからっスねえ、解きようがないんスよ。事件が起こってみないと。ハウダニットは」

勝己が片眉を吊り上げた。

「推理って料理をしたくても、証拠っていう食材がないんスよ。それじゃ結論が出せません。最低でも明日にならないと解放されないってことなんスよ、システム的に。なんで、早めに戻って部屋の守りを固めるなり、武装するなりした方が有意義じゃないかな〜と思うんスけど」

恋が困ったようにネクタイをさわった。

このゲームは言い換えれば、テストで八十点以上を取れと強要されているようなものだ。テストとは殺人、八十点以上とは一定以上の論理性がある推理。テストを受けるには、答案がくるまで待つしかない。事件が起こるまで、推理の出る幕はない。蜜柑がどんなに有能な名探偵だろうが、システム的に誰かの死は防ぎようがないのだ。

役立たずだな。

名探偵なんてもてはやされているが、その実体はハイエナだ。死肉を漁りサバンナを掃除するだけ。ハイエナ自体は強くもなんともない。事件や殺人を未然に防げない奴に、どれほどの価値があるというのだろうか。

勝己は指でテーブルを叩いていたが、気を取り直したように反論する。

「やれることがないわけじゃねえ。お前がその口で言ったみてえに、守りを固めるって手があるだろうが。四日だ。逆に言やあ、四日あいつが手が出せねえぐらい守りを固めてりゃ、誰も殺《や》られることはねえってことだ。奴の攻撃からの防禦法を話し合おうぜ」

ぎらぎらと負けん気をたぎらせ、対抗の意思を露《あらわ》にする。

それに比べ、蜜柑は……膝を抱えたまま、再びぽけっと座っていた。終始ふざけた姿勢だ。こんな事件は慣れたものだってことか。それとも内心はおもしろそうな事件がきたとわくわくしているのか？

今回は自分だけは死なないとわかっているんだからな。気楽なものだろう。

「そうっスねえ……たしかに守備についてアイディアを出し合うのは有意義かもしれないスけど……先輩はどう思います？」

「俺か？」

「はい。先輩も頭ぐるぐるつかってたみたいなんで。ぜひぜひご意見を」

「俺は──」

「花ちゃんばりの名探偵思考みせてくださいね」

恋の声援を受けつつも、俺は蜜柑に意識を移した。

「俺なんかより、蜜柑に訊く方が有意義なんじゃないか。世界一有名な名探偵なんだ。こういうときのベストな対処法はとっくに思いついてるだろ。なあ？」

俺が提案すると、一斉に注目が蜜柑へ集まった。蜜柑はやおら反応し、背筋を伸ばす。

「あたしは……んと……」

蜜柑はもごもごと煮え切らない態度だ。はっきりしろ。

「しょーじきに言っていいんスよ。その方がみんなのためっス。ちょっちアレな作戦でも、命には代えられないっスよ」

「そうだな。こうなったら気をつかったってしょうがねえ。早めにぶっちゃけてくれ。いい案なら他の奴らにも伝えないとならねえ」

蜜柑はちらっと意見を伺うように栖原を見る。栖原は退室もせず、意見も出さず、椅子に座っていた。やる気がなさそうに見える、という点では、栖原も蜜柑と同様だった。

「僕はおまかせするよ。まあ、残っていたおかげで案をもらえるなんてありがたいからね」

軽い調子で言った。蜜柑はやや視線を下げてうなずく。

「あの……あたしは」

それでも、蜜柑は視線を下げたまま言い淀む。なんとなくだが、俺には蜜柑がなぜ言い淀んでいるのか読み取れた。

『名探偵の証明』にその答えはある。

弁解のように記載されたあの記述を思い出していた。あれが建前ではない名探偵の本音だ。

屋敷啓次郎がそうだったように、蜜柑も――。

「自分なりのがいいと思う。取る対策」

満を持して発せられたのは、気抜けするほど芸のない回答だった。

「ええっと……それが答えっスか？」

恋は聞き間違えました？　とでも言いたげに疑問符を浮かべている。

「……うん」

「なんも案なしってことかよ」

勝己が盛大にため息をついた。

「有効策なしってことでいいんスかね、これは？」

蜜柑がぶんぶんと頭を振った。

「そじゃない。あるかもしれないけど、絞れない、てこと」

「詳細説明希望っス」

「うん。これが偶然のクローズドサークルだったら、いろいろやれる。犯人も予想外の出来事だから。あたしたちも対策練れば、犯人の意表衝ける。でも、今回は犯人がクローズドサークルを作ってる。てことは、あたしたちが取る対策の対策を用意してる、て考えられる。しかも、監視カメラがあるから、対策は筒抜け。拝島さんがあたしに挑戦してきてるのも怖い。最高の対策だと思っても、それが拝島さんの手の内になるかもしれない」

「なーるほど。花ちゃんが完璧な防禦策を立てたとしても、それを拝島さんが予想ずみかもってことっスか——いやいや、可能性としては予想ずみって確率の方が高いんスね。しかも、花ちゃんの完璧な防禦策を破ることこそが、拝島さんの言うハウダニットかもしれないっスもんね。この固い防禦をどうやってわたくしは突破したか推理せよ、みたいな」

「うん。あたしの思考パターンを研究されてたら、逆に危険」

「待て待て。理解はできるけどよ。対策なんてひとつやふたつじゃねえんだぞ。それを逐一予想してるってのはありえねえだろ。スパコンじゃねえんだぞ」

唾を飛ばす勝己に、蜜柑は慌てることもなくうなずいた。

「そう。だから対策をいっこにまとめるのは危険。それぞれが思う方法で対処した方がいい。それだと、拝島さんも対応できないかもだから」

恋も勝己も唸っているが、俺にとっては大方予想どおりだった。

名探偵が取る対策を犯人は研究し、予想しているかもしれない。ならば取った対策が逆に危険へ飛びこむ結果になることもありうる。完璧だと思える対策を取っても、それが予想されて裏をかかれる事態は起こりうるのだ。よって被害者が出てもしかたがない……という言い訳を名探偵はしてくるだろうと予想できていた。

「くそったれが……しょうがねえ。じゃあ、個々人がベストだと思う方法で対策を施す、ってことで異論はねえか？」

タイムリミットまであと五分。刻々と時間は迫っている。苛立ちながら時計を確認した勝己が締めに入った。

「よし。おれは帰った連中にいまの話をしてくるぜ」

「待って」

強めの声は、蜜柑だった。起立し、椅子を元に戻す。

「どんな対策取るか、それは頭へしまっといて。仲がよくても悪くても秘密」

「なんでだよ？」

「協力してる人がいるかもしれない。拝島さんに」

その一言が、迫りくる時間を止めた。

恋、勝己、栖原と目が合う。同志と思っていた者のなかにユダがいる可能性に固まる。

おそらく、蜜柑はごく自然に、初期段階から、共犯者の可能性を考慮に入れていたのだろう。

普通なら、名探偵の思考に感心するところだ。

しかし、俺はただただ怖ろしかった。どんな人物であっても確証なしに容疑者圏外には出さない冷徹さが。

そして、腹立たしかった。そこまでシミュレートできるのなら、なぜ事件が防げないのかと。

「まあ、とにかくおれはひとっ走りいってくるぜ」

虚勢なのか忠告を気にもしていないのか、勝己は共犯者の可能性についてレスポンスすることなく駆けていった。

「あたしも、手伝ってくる」

疑心暗鬼と不安だけを置いて、蜜柑は勝己を追っていく。

「僕は本を持ってこようかな。今夜は眠れそうにないしね」

栖原も飄々《ひょうひょう》と出ていこうとする。

「書斎へいくつもりか？」

「そうだけど？」

だからなに？　とでも言いたげだ。

「一秒でも遅れたらあとがなくなるんだぞ。危険だってわかってるのか？」

「わかってるさ。でもまあ、どっちでもいいよ。死のうが生きようがさ」

「お、おい！」

「君たちこそ、早く帰るべきなんじゃないのかい。僕なんかにかまってる暇はないと思うよ」

ぷらぷらと手を振りながら、背中を丸めて出ていった。タイムリミットまで四分を切った。

問いただしている時間はない。

「急ごう、恋」

「了解っス」

なにはともあれ、いまは自室へ戻るべきだ。遅刻で死の崖っぷちに立たされたんじゃアホすぎる。もし共犯者がいたとしても、蜜柑が言及したこのタイミングで殺しはしない……だろう。

会議室があるのは一階だ。俺の部屋は地下一階だが、

「恋の部屋は何階だ？」

見取り図によると、部屋は四部屋ずつ、地下一階と一階にわかれていたはずだ。

「送ってくれるんスか？」

「そりゃ、そうだろ」

「おおっ。さらっとそんな台詞《せりふ》出せるなんて、紳士っスねえ。吊り橋効果かんけーなく惚れそうっスよ」

「いよいよヤバいんだぞ。悪ふざけはあとにしろよ」

「悪ふざけじゃないんスけど……あ、アタシ地下の一階っス」

「そりゃ都合がよかった。いこう」

会議室にも下りの階段はあるが、俺はドアからとなりの書斎へ向かう。一応、栖原の様子を確認しておくためだ。地下への階段はそこにもある。

書斎では言ったとおり栖原が本を吟味していた。休日の図書館であるかのようにのんびりとしている。

「早く戻れよ」

注意を促すが栖原は、

「ああ。そのうちね」

危機感も焦りもなく本に目を落としていた。

これ以上なにを言っても無駄か。力ずくで引きずっていくわけにもいかない。あとは栖原自身に任せるしかなさそうだ。いくらなんでもタイムリミットまでには戻るだろう。

栖原の行動が気になりながらも、階段を下りていった。

下りつく先は娯楽室だ。遊び道具だらけだが、目もくれず抜けていく。廊下に出た。ここは殺風景でなにもない。直線に延びる廊下とドアが一枚あるだけだ。

「そう言えば先輩って、花ちゃんに恨みでもあるんスか?」

恋がぶつかってきた。いや、地面に足が縫いつけられた俺に、恋が突っこんできた。

「どういう意味だ?」

ゆっくりと、振り返る。

恋は真顔で俺を見上げていた。これまでのゆるんだ雰囲気は影も形もない。遠くまで見とおすような瞳が、俺を捉えている。

「まんまの意味っスよ。恨みがあるんじゃないスか、花ちゃんに」

そっと手を握られた。あまりにも自然すぎて、拒めなかった。

「元カノとかっスか? それとも告白してこっぴどくフラれたとか?」

俺が? 蜜柑と? ありえない。

「それはないっスよね。じゃあ信頼を裏切られた……生理的に嫌い……名探偵が」

恋はそこまで言って、かすかにうなずいた。

「やっぱりそうっスか。恨みがあるのは名探偵の蜜柑花子っスね」

俺は盛大に唾を飲みこんだ。そうしないと呼吸ができなかった。強く手を引く。あっさりと恋の手は外れた。手をとおして暴れる心音が聞かれやしないか。そんなことがやたらと気になった。

「なんで、わかった？」

平静を装い訊いた。

「さっきの――アタシじゃなくて花ちゃんへのっスけど――態度がキツかったっスからね。それで確信したっス。けど、きっかけは最初に入ってきたときっスね。先輩、花ちゃんだけ怖い顔でガン見してましたよね。それがミーハー的なものでも好奇心的なものでもなかったっぽいんで、これは訳ありじゃないかと思ってたんスよ」

そこまで顔や態度に出てたのか。隠していたつもりだったのに……はたからは丸わかりだったってことか。蜜柑にそのときの顔は見られていないが、恋には感づかれていた。蜜柑にも俺の感情は筒抜けだったのでは……。

「あ～、でもたぶん気づいたのはアタシだけだと思うっスよ」

恋が俺の考えを読んだように付け足した。

「なんでそう言える？」

「簡単なことっスよ」

恋が一歩、俺に近づく。背伸びをすると、すっと顔を寄せてきた。

「アタシも訳ありなんスよ。花ちゃんとは。だから先輩を一目見てわかったんス。この人はアタシの仲間だって」

恋が離れる。口元には穏やかな笑み。両目には真剣な眼差し。うしろ向きに一歩、二歩と離れていく。

なにも返せない。追いかけられない。ただ心臓がやたらと熱かった。

「もう時間がないっスね。明日、詳しく話し合いましょう。きっと助けになるっスよ」

恋はサイドポニーとスカートを翻《ひるがえ》し、小走りで去っていった。すぐに曲がり角の向こうに消える。廊下に残ったのは俺ひとり。死の時間は真うしろにある。

しかし、手も足も動かない。恋の言葉が、鼓膜で再生され続けるだけだった。

＊

部屋のドアについた出窓は、外からだと鏡になっていた。どうやらマジックミラーらしい。心なし赤くなった俺の顔が映っている。

背後を警戒しながら、ドアを開け部屋に入った。時計を見ると、午前零時まで二分を切っていた。

「そういうことだったのか」

恋がやたらと俺に懐いてきた訳は、俺にシンパシーを感じたからだ。詳細は不明だが、恋もなにかしら蜜柑――ひいては名探偵に思うところがあるらしい。

いまの感情を推し量ってみる。

妙な高揚感があった。恋もこの気持ちを俺に感じたのだろう。だから親しく接してきた。女性は勘が鋭いと聞く。確信はなくとも、恋は俺から同じ匂いを嗅ぎ取った。確信を得るため直に質問した、ということか。

「こんな謎を解いてる場合じゃないんだけどな」


ドアを閉めたとたん、高揚感がかき消えた。

ひとりだ。いまし方まで思考を占めていた恋とのつながりが、ドア一枚であっけなく断絶する。外界と隔絶され、異常な殺人者を待つしかない現実が不安感となってのしかかってきた。

監視カメラを睨む。あの向こうに拝島はいるのだろうか。それともすでに凶器片手に足音を潜ませているのか。

大勢であれこれ議論し、蜜柑に混沌とした感情を燃やしていたときには考えもしなかった。楽しく遊び回っていた夏の日、夕暮れになりひとり帰路につくような、そんな漠然とした不安感が何百倍にも濃縮され襲ってくる。

ドアに内鍵はない。施錠は拝島の意思ひとつということだろう。鍵があったところで防衛にはならないだろうが、それでもあるとないとでは心理的な安心感が違う。窓から廊下を窺った。出窓からは、百八十度チェックできる。右。左。正面にある娯楽室へのドア。どこにも人影や気配はない。

右後方を向くと、そこにもドアがあった。あのドアの向こうには地上へ通じる階段がある。だが開くことはない。開けられるのは向こう側からのみだ。そこからなら苦もなく侵入し、俺を銃殺できるだろう。いくらなんでもそんなのがトリックではないだろうが、絶対はない。〝ない〟と油断させることがトリックかもしれない。

いや、それではあまりにもしょぼすぎる。そんなトリック、ミステリ新人賞の応募作でも叩かれるのがオチだ。少なくとも俺だったら酷評する。敵は大御所のミステリ作家だ。トリックはもっと大それたもののはず……。

下手な考えより先に、ベッドでバリケードを築いておくか？　多少の時間稼ぎにはなるだろう。

出入口のドアにもバリケードを築きたいが、それはここを密室にするということだ。拝島にとってはおいしいシチュエーションになるのではないか？　逃走経路は確保しておくべき……か。

武器と防具に目を向けた。

そこには鎧と兜がある。大塚が装備していたものと同型のようだ。少々の凶刃や銃撃ぐらいなら防いでくれそうだが……。

鉄製の鎧にさわってみた。硬質で、持ち上げなくても重量を感じる質感だ。安っぽいレプリカでないのは明白だった。正真正銘の鋼《はがね》だ。

布の鎧は鉄製に比べると軽かったが、服より何倍も重いことに変わりはない。機動性という点では敬遠したい。最大の難点は、こんな布で刃を防げるのかという不安感だ。テレビで矢を防ぐシーンを見たことはあるし、大塚も実演してくれたが、自分が着用するとなると尻ごみする。

兜を持ち上げてみた。ずしりと重い。これだけで二、三キロありそうだ。鉄の鎧と合わせたらいったい何キロになるのだろうか。防禦は堅いだろうが、被るだけで疲れそうだ。

それでもためしに被ってみる。

視界が狭い。闇が多い。光は格子状の隙間からのみ。重い。暗い。狭い。苦しい。

一秒もせず兜を脱ぐ。とても無理だ。閉所恐怖症でもなんでもないが、いまのシチュエーションでこの狭苦しい視界は精神が持たない。しかも重くて呼吸もしづらいときている。これに鎧をセットにして一夜を明かすなんてできそうにない。何百年か前までこんなものを着て戦争してたのか。

少々の攻撃では死なないという安心感はあるだろうが、それも着慣れているからこそだろう。そもそも、鎧を着るというのは、攻撃を受ける前提でいるということだ。拝島の攻撃が銃撃だか斬撃だかその他だか知らないが、一撃だって食らいたくはない。一般人では、体力的精神的に無理がある。

着るか着ないか。機動性か守備力か。

どちらが有効な対策かは、考えても詮無いことだ。拝島の攻撃は予測不可能だ。機動性と守備力のどちらが命を救うかは、そのときになってみないとわからない。

もっとも、わからないと嘆けるのは俺たち一般人に限ってだ。まがりなりにも名探偵と謳《うた》われる蜜柑がわからないと断言してどうする。経験則なり相手の言動やこの状況から、蓋然性の高い敵の攻撃手段を予測しろってんだ。俺たちと違って、慣れているんだからな。敵だってそれを見越して策を練ってくるだろうが、それすら見越すのが〝名探偵〟だろう。

蜜柑への苛立ちが雪のようにつもっていく。振り返った。

誰もいない。ベッドやタンス、クローゼットがあるだけだ。静寂が不気味に漂う。冷や汗が背中からじわりと滲む。監視カメラが、そんな俺を捉えている。

いつの間にか意識が蜜柑に乗っ取られていた。蜜柑のことになると、つい熱くなってしまう。あいつなんかに気を取られている場合ではない、いまは。

「くそっ。それもこれも蜜柑のせいだ」

俺はずっと持ったままだった兜を放った。でかい剣で鉄製のドアを打った。手が痺れただけだ。びくともしない。

だと思ったよ。剣も放った。部屋の調査をしておこう。ほとんど目視しただけで、ちゃんと確認はできていなかったからな。タンスになにが入っているかも知らないのだ。もしかすると秘密の抜け穴が隠されているかもしれない。ミステリとしては反則だが、本当に殺人をするのなら有効だ。大御所ミステリ作家が抜け穴なんてのをいまどきトリックにつかうとは思えないが……って、思考がループしてるな。

頭を働かせ周囲に注意も払いつつ、タンスを開ける。なかには新品のTシャツが入っていた。無地のシンプルなデザインの服が、およそ十着ある。着替えなのだろうか。下の段も開けた。こっちにはデニムが十本あった。もう一段下にはトランクスが十枚ある。あとはバスタオルやフェイスタオルが数枚あるだけだった。

衣類を全部出してタンスを調べてみたが、仕掛けや罠らしきものはなかった。タンスは安全だと言えそうだ。ひとまずは、だが。

クローゼットにはハンガーしかなかった。着替えをここにかけろということか。ここもやはり仕掛けや罠の類はなかった。

次は風呂を調べにいく。

浴槽、シャワー、洗面台、剃刀《かみそり》やシャンプーにいたるまで調べてみたが、怪しいものは発見できなかった。これで安心だと言えば安心だが、不安は胸のうちに色濃くあった。なにかを見落としているのではないか。強迫観念がリフレインして、気が休まらない。

かといって、いつまでも堂々巡りで風呂ばかりを調べてはいられない。全部調べておかないと、それこそ気が休まらない。

その後、小一時間かけて徹底的に部屋を調べつくした。

トイレのタンクから冷蔵庫、なかにあった水のペットボトル、時計の裏側や武器防具の一つ一つに至るまでチェックし、壁や床も医者が打診するようにして調べていった。部屋は広めだったが、家具や家電、小物などはそう多くない。どんな機械トリックや罠があるかもしれないと仔細に調べているうちに、全身汗だくになっていた。

分解したペンを放り出す。ペンにも怪しい部分や切れ目はなかった。ペンだけでなくモニターも分解したいが、拝島からなにか重要な通信があるかもしれない。思いつきでは壊せない。

「あー、ここもやっとかないとな」

ペンを持ってベッドへ向かった。ペン先をマットの側面に突き刺す。筋肉を最大につかいながら、引き裂く。スプリングではなく、低反発マットだ。ペンなんかでは裂くのに骨が折れるが、そうも言っていられない。寝床より安心だ。壁を背にしながら、ずたずたに裂いていく。

数十分後。枕と掛布団の残骸を前にして、ようやく一息ついた。シャツが汗で重くなっていた。癪《しゃく》だが、タンスにあったTシャツとデニムに着替えるか……。

「と、その前に水だな」

冷蔵庫から出してあったペットボトルを拾い上げる。疲れと緊張で、喉が異様に渇いていた。

「疲れた。今年一番疲れた」

気がつけばひとり言が多くなっている。

それにしても、調べれば調べるほど不安が増大していく。

いまのところなにも怪しい場所や物は発見できていない。本来なら安心できるはずなのに、不安は消えてくれない。

俺たちを殺すと拝島は宣言している。自信満々にだ。いきあたりばったりの手段ではないだろう。どんな方法か知らないが、確実に殺しにくる。だとすると、なにもないというのは逆におかしい。逆説的だが、なにかあった方が安心できる。

左右のドアや、天井を警戒しながらペットボトルのキャップを開けた。口をつけようとして、固まった。

待てよ。機械トリックや直接攻撃だけではない。毒殺がある。当たり前のように用意されていたこのペットボトルに毒が混入されていたら……。

ペットボトルを離す。透明な液体が入っているだけだ。ただの水。観察してみるが、極小の水泡があるだけだ。水のペットボトルではよく見かける。毒とは関連づけられない。

匂いを嗅いでみる。無臭だ。臭みなどはない。

「……バカバカしい」

毒殺？　しかもペットボトルに仕込むだけ？　そんなのはハウダニットにならない。

「考えすぎだ。考えすぎ」

笑って、口をつけた。

くっと飲もうとする。一滴、舌を湿らせる。舌に刺激はない。体調の変化もない。

それなのに飲み干せなかった。九十九パーセントないとわかっていても飲めない。喉が立ち入りを拒絶する。

「あー！　くそっ」

一気に呷《あお》った。なめらかに水が喉をとおっていく。死ぬほどうまい。まるで拝島に飼われているようだ。そう思いながらも、飲むのをやめられない。

飲み干して、ペットボトルを壁に投げつける。ペットボトルは跳ね返って、俺の足に当たった。それをさらに蹴り飛ばす。絶叫した。壁を殴ろうとして……どうにか抑える。

血圧が上がりまくりだ。こんな調子だと、殺される前に死ぬ。

とりあえず水に毒はなさそうだ。血圧以外に、体調の異状はない。だが、遅効性の毒だったら……。

「キリがないな」

ミステリの登場人物たちには感心する。特にこういうクローズドサークル系の奴らだ。よくもまあのんきに寝られるものだ。彼や彼女らは人が殺されてもぐーすか寝ている。自分も殺されるかもしれないとは思いもしないのだろうか。クローズドサークルでの就寝シーンは当たり前のように読んでいたが、現実ではこのとおりだ。なにもかもが怪しく見え、心が休まる暇がない。寝るなんてもってのほかだ。

俺が神経質なだけか？　臆病なだけか？　状況が特殊なだけか？

複数でいるときなら理解できる。恐怖なり緊張感なりを共有できるのだから。まだ平静でいられる。もしもの事があっても協力できるから安心感も段違いだ。ひとりになったらそうはいかない。

日常レベルに落としこんでみるとわかりやすい。ホラー映画をひとりで見るのと複数で見るのとでは、どちらに安心感があるか。

ミステリの登場人物たちはどんな保障があって、クローズドサークルで寝ていられるんだ。

俺は眠気すら感じない。人工的なクローズドサークルで一度殺人が起これば、二度目も起こるものと考えるべきだ。それはミステリ脳ゆえの思考回路かもしれないが、少なくとも二度目の可能性も警戒すべきだろう。睡眠は大切だが、その間に殺されていては世話がない。ミステリの主人公たちはそうではないのだろう。俺とは性格が違う。豪傑だ。本当に感心する。

そしてもうひとり、のんきに寝ていられる人物。それは名探偵だ。

いまだけはうらやましく思うぞ、蜜柑。

慣れていれば、高いびきをかいて寝ていられる。殺人現場は蜜柑にとっての日常だ。眠りを妨げるものはない。

なにより、今回は命が保障されている。朝もすっきり爽快に目覚められるのだろう。命の危機にある俺たちは、自己防衛をするしかない。

陳列された武器のうち、日本刀を取ろうとしたが、やめた。遠隔操作で爆破。そんな可能性がよぎったからだ。笑わば笑え、拝島。ああ、俺は神経質で考えすぎだよ。だがいくら警戒してもしすぎることはない。

俺は立ったまま、壁を背にした。この硬い壁なら、たぶん、仕掛けはないだろう。部屋の中央にいて、全方位を警戒するよりはマシだ。

くるならこい。絶対に殺《や》られないぞ。死ねないんだよ、俺は。

3

午前七時五十九分。

俺は生きている。神経が昂《たかぶ》っているせいか、眠気は一切ない。結局、服は着替えなかった。着用の一瞬の隙さえ回避したかったからだ。服が汚れていても死にはしない。

時計の針が八時を指した。これでやっとみんなと合流できる。

少しだけ力をゆるめた瞬間だった。

「おはようございます。皆様」

体が跳ね上がる。音源はモニターからだ。警戒しながら近づく。そこには拝島が映っていた。

不安が膨れ上がる。ただの朝のあいさつなわけがない。拝島の笑顔からは死の臭いしかしない。

不自然なほどの、さわやかな笑顔で。

「皆様お察しのことでしょう。そうです。推理ゲームがいよいよ真の開幕となったのです」

このババアを殴りつけてやりたかった。拝島に届かないまでも、怒りをぶつけたい。

「さあ、お集まりください。めくるめく謎が皆様の前に広がっています。どうかお楽しみください。皆様のご健闘を祈っております。場所は……」

俺はその部屋の前に到着した。ドアは開けっぱなしだ。黒い霧のような空気が漏れ出ている。本能が先へ進むことを忌避するが、立ち止まってなにが変わるわけでもない。迷ったのは数秒だった。息を整えることもなく、踏み入る。

出迎えたのは血臭だった。反射的に鼻を押さえる。人が倒れていた。絨毯の上だ。手足が妙な形で投げ出されている。両目は古びたガラス玉のようであり、表情は肉食獣にでも遭遇したかのような有様だった。背中は、「赤いちゃんちゃんこ」の怪談を思い出すほど真っ赤だ。服は何か所も穴が開き、どれが致命傷かもわからない。そばには血まみれの日本刀が転がっている。俺の部屋にあったものと同型だ。

「……恋」

そう言った。

たったそれだけで、吐き気がこみ上げる。すっぱいものが喉元まで逆流してきた。テレビや映画で死体なんか何百体も見てきたが、実物のこの圧倒的な存在感。悲惨さ。畏怖。まがい物とは比べるべくもない。

「ご臨終っスね。とっくに手遅れっスよ」

遺体のかたわらにいた恋が振り向く。あの恋でさえ、表情が強張っている。遺体の足元にはすでに蜜柑がいた。死後硬直の具合でもたしかめているのか、遺体をところどころさわっていた。迅速冷静な対処だ。さすが名探偵様。俺には思いつきもしない。

「予想外って言っちゃ不謹慎かもしれないっスけど、まさかっスね」

恋が視線を落とす。勝己の遺体へと。

無常、という一言が浮かんだ。

勝己は八人のなかでもっとも精力的で活動的だった。体格も大きく、挑発してはいたが決して拝島を舐め切っていたわけでもなかった。それがどうだ。真っ先に殺害されている。

あんなに息巻いていた勝己が、いまや人形と大して変わらないものに成り果てている。胸が締めつけられた。俺が無遠慮に見下ろそうが、恋がなにを言おうが、蜜柑がどこをいじろうが、されるがままだ。俺の家族もこうして下世話な視線に晒《さら》され、蜜柑に調査の一環として体を弄ばれたのだろうか。まるで物のように、推理の材料として。

勝己とはたった数十分会話しただけだった。それでも運命共同体として濃密な時間をすごした。胸中には喪失感や悲しみがはっきりとある。

蜜柑にそんなものは、ない。間違いなく。

勝己から視線を逸らすと、開いていたドアから平山が入ってきた。ノートに文字が書いてある。

『ついに起こってしまったんだね?』

俺はうなずいた。

平山が静かにノートを閉じる。マスクを被った平山がどんな表情をしているかはわからない。ふたつの穴から覗く両目も現実を拒否するかのように閉じられている。ノートが震えているのは、はっきりと見て取れた。

そこへ鎧と兜姿の大塚がやってきた。大塚の手にはしっかりと剣が握られている。猫背の栖原も一緒だ。寝起きなのか、眼帯の位置を調整しながら歩いてくる。髪も寝癖で跳ねていた。よく寝られたものだ。

「惨《むご》いことだ」

大塚は一言だけ残して、部屋から出ていった。勝己の死を自明のこととして受け止めているのか、遺体を見ていられないだけなのか、それともどちらでもないのか。全身を覆い隠した男から窺い知ることはできなかった。

一方の栖原は、寝癖を直しながら近づいてくる。

「かわいそうに。僕だったら……」

遺体と対面した栖原が、猫背を一段と丸める。僕だったら撃退できた、とでも言いたいのだろうか。長髪の隙間にあるのは、悲しんでいるようでもあり、なにも感じていないようでもある片方の瞳だけだった。

「大塚さん……まさか、嘘よね」

ドアのすぐ近くから、絵畑の声がした。

「私に問うより、その目で現実を見てくるとよい」

「い、嫌よ」

「そうか。それもよかろう。見ようが見まいが現実は変わらんがな」

大塚がばっさりと切り捨てた。

「きびしっスね」

「……ああ」

日常であれば、進んで遺体を見ようとはしない。ましてや他殺体だ。忌避するのが当然だろう。

やや間があった。やがて指だけが出てくる。炎に怯える動物のように遅々とした動きで、絵畑が顔を覗かせた。

目が限界まで見開かれ、口からは意味不明の言葉が零《こぼ》れてくる。体が硬直したのか、引っこむこともできないようだ。

「死んでいるの？　本当に？　死んだふりとかじゃないの？　は、拝島さんだって、いくらなんでもふたりも、ひ、人を殺すなんてあるはずないわよ、ね」

怖れのあまりか、やたらと饒舌《じょうぜつ》になっている。反面、否定しながらも、決して体は室内に入れようとはしない。

「で、花ちゃん。どうっスか。まさかの死んだふりだったりするんスか？」

「ううん」

端的な蜜柑の返答は、なによりも雄弁だった。

「もう嫌！」

絵畑が引っこむと、壁をでたらめに叩き、足を踏みならす音がした。大塚は止める気はないようだった。俺も同じく、発狂寸前のような絵畑にかける言葉がない。落ち着けだの大丈夫だのという言葉は、なんの助けにも励ましにもならない。落ち着けるはずがないし、蜜柑以外の誰にでも殺される未来が平等にあるのだ。

　その蜜柑は、俺たちに向かって、こう言い放った。

「詳しく調べたい。外出てて」

「なんだそりゃ。俺たちがいると邪魔だってのか」

　自分でも驚くほど怒気のこもった声だった。だが止められない。焼けつく情動が噴出する。

　蜜柑はこうした怒気を向けられることにさえ慣れているのか、眉ひとつ動かさない。

「そうじゃない。現場保存しときたい」

「素人がいたら荒らされるってことかよ。俺たちだってガキじゃないんだ。現場保存の原則ぐらい知ってる」

「でも、なにが証拠かわからない。カメラがあったらまだいいけど、ないから。なるべくそのまんまにしとかないと」

「お前が荒らす可能性ってのは考えないのかよ。勝己さんにべたべたさわったせいで、なにかしらの証拠が消えてるかもしれないだろ」

「ん……でもそれはあたしがやってることだから。他人の行動全部は把握できない」

「入ってほしくなけりゃ、最初に言えよ。思い出したように邪魔者扱いしやがって」

「ん、でも一回はみんなに見てもらわないと。なにか発見があるかもだし。それに、現場に入るのは止められない」

「俺たちは事件解決の駒ってことかよ」

　俺がなおも反撃しようとしたところで、誰かが腕を摑んだ。

「違う」

　恋だった。俺の腕を抱くようにして苦笑いをしている。

「まあまあ先輩。そうカッカしないで。仲良くやりましょうよ」

「できるか！　こいつはな、俺たちをお荷物として見てんだぞ」

「そんなことないっスよ。先輩に出ていけって命じたのも、現場保存のためっス。餅は餅屋って言うじゃないっスか。任せてれば、きっと完璧に解決してくれるっスよ」

「納得いくかよ。おい、蜜柑。お前はこれまでもこうやって関係者を追い出して、誰の意見も借りず、自分ひとりで証拠を発見して、推理して、事件解決してきたのか？　どうなんだ」

「そうじゃないけど……」

　蜜柑がうつむく。そこへ平山が進み出てきた。差し出したノートにはこう書いてある。

『ミカンさんの言い分は理解できる。でも、私たちだってなにかの役にたてるかもしれない。協力させてほしい。だまってミカンさんを待つのは気をもんでしかたがないんだ』

　急いで書いたのか不恰好な字だったが、我が意を得たりの内容だった。

「ん～、実を言うとアタシも先輩派なんスよねぇ。ここでバイバイはあんまりにも宙ぶらりんすぎっスよ。推理は花ちゃんで異論なしっスけど、材料集めぐらいはアタシらでもできるんじやないっスかねえ」

恋もばつが悪そうに俺たちに賛同した。これで三対一。

「栖原さんはどうだ？」

我関せずと言うように寝癖を整えていた栖原に振る。

「僕？　僕はまあ、どっちでもいいよ」

やる気ゼロだが、いまはありがたい。これで四対一だ。

これで絵畑と大塚が蜜柑側についても、四対三だ。多数決の原則で蜜柑は従うしかない。

蜜柑も承知しているのか、うつむいたまま反論できないでいる。こうなれば承伏するのも時間の問題だが、俺はまだ言い足りない。まだぬるい。

「お前は確実に殺人が起こるとわかっていたよな」

「え、うん」

蜜柑はぎこちなくうなずいた。

「にも拘《かか》わらず、まんまと勝己さんは殺された。これはしかたがないことか？　名探偵の意見を聞かせてくれよ」

「それは……」

蜜柑が言い淀み、視線もせわしなく移ろう。痛いところを衝かれた証拠だ。

「本当に未然には防げなかったのかよ。守る方法はなかったのか？　事件を発生させないことはできなかったのか！」

強い口調で捲《まく》し立てる。体の中心部に着火した炎が熱を増していく。

「勝己さんが助かるチャンスを、蜜柑はみすみす逃した。俺はそう思えるな。お前は殺されるとわかっていて救えなかった。大した名探偵だな。ホームラン予告されて打たれるピッチャーや、予告状を出されて宝石を盗まれるような警察は、願い下げなんだよ。そんな奴に任せていられるか」

蜜柑は反論する気も失せたのか、うつむいた状態で固まっていた。正論にぐうの音も出ないのだろう。名探偵などともてはやされている裏で、救われるべき命がいくつ失われてきたか。自覚していなかったのなら、この機会に自覚するべきだ。

「いやぁ、厳しいのは先輩の方だったみたいっスね」

恋が気まずそうに頬を掻く。平山は蜜柑のそばにいくと、ぽんぽんと肩を叩いた。情けをかけてやることはない。

「めちゃ怖いっスね、先輩」

「正論だろ。明日は我が身だからな。予告どおり殺人を遂行された奴に、任せてられない」

「一理あるっスけど。もちっと言い方があるんじゃないスかね。女の子は傷つきやすいんスよ。ねえ恭介さん」

「まあ、同感だね。日戸さん、熱くなりすぎだよ。主張はわからないでもないけどね。蜜柑さんだって間違ったことを言ったんじゃないんだからさ」

「でも！」

「反論無用。これはお仕置きっスね」

恋が俺の耳たぶを摑んだかと思うと、力いっぱい引っぱられた。

「いたたた！」

ぐいぐいと恋の方に引き寄せられる。

すると小声で、

「とはいえ、アタシはすっきりしたっスよ。ありがとうございます」

はっとしたときには、恋の手も顔も離れていっていた。離れ際のウインクは、幻聴ではないんだと念を押すかのようだった。

この思いを抱えていたのは、俺だけではなかったのだ。恋も仲間だった。恋の本心を、俺だけが聞けたことに、胸が高鳴る。

ネットでは、蜜柑の能力を疑問視する俺に同調する者はいなかった。それどころか、人格を否定するような書きこみに脅迫まがいのレスが雨霰《あめあられ》と降り注いだ。蜜柑花子という人気者に対して、どんな正論を並べ立てても無駄だった。栖原も平山も蜜柑の肩を持っているのがいい証拠だ。

しかし、俺には恋がいてくれる。恋とならわかりあえる。世界でひとりだけの仲間だ。その思いが胸を満たす。

そこで勝己の遺体が視野に入った。もう苦痛も喜びも感じない骸《むくろ》。

自分をいさめる。死者に対して礼を失していた。これでは蜜柑と同類だ。せめてこの場にいるうちは、死者を悼もう。そして事件解決に力を尽くす。事が起こってしまった以上、真相を解き明かすことが唯一の弔いになる。

「あの……日戸さん。みんな」

蜜柑が自分の手首をもう一方の手で握り、直立していた。眼鏡を隔てた瞳は、力なく伏せられている。

「さっき言ったこと、取り消す。ごめんなさい」

蜜柑が深々と頭を下げた。

「でも、あたしはひとりで解決しようとしたんじゃない。それだけはわかって」

白々しい。腹のなかでは厄介ごとができたとでも思っているのか。謝ってみせているのもどうせ、人間関係を乱すのは得策ではない、なんて打算が働いてのパフォーマンスだ。

「ああ」

俺は適当に返事をした。

「これで無事和解ってことで、めでたしめでたしっスね」

恋がパンッと手を叩いた。

そういうことにしておく。蜜柑に乗るわけではないが、険悪になったところで事件解決の得にはならない。蜜柑が要求を呑んだのだ。さらに突っかかることもない。腹の虫は収まっていないが、やりすぎれば非難を受けるのは俺だ。ここらが潮時だろう。

「というわけで、さっそく花ちゃんの見立てを聞かせてもらえないスか」

「うん。死亡推定時刻は午前二時から四時ぐらい。傷は多いけど、たぶん心臓への一突きが致命傷。傷の感じだと、正面から刺されてる」

見計らっていたようなタイミングでモニターがつく。見るまでもなかったが、部屋にいる全員の視線が集まる。映し出されていたのは、やはり拝島だった。

「ご名答です。さすが名探偵蜜柑花子様。的確な観察眼、お見それいたしました。お察しのとおり、わたくしのトリックによって、勝己様は落命したのです」

拝島は満面の笑みを浮かべた。わたくしの勝ちだと、俺たちや蜜柑に向かって自慢するかのようだった。

「さて、これよりハウダニットの解明に取りかかっていただきますが、出題はいたってシンプルです。わたくしは、いかにして勝己様を殺《あや》めたのか？　勝己様は人一倍、警戒心を研ぎ澄ませていらっしゃいました。ところが、ご覧のとおり、いとも容易く第一の被害者として血祭りに上げました。この老いた体でです。これには当然のことながらあるトリックが用いられております。皆様、どうか解き明かしてくださいませ」

上品に微笑んだ。己の欲望を満たすためだけにひとりの命を奪っておきながら、罪悪感は欠片《かけら》もない。

「あぁ皆様、そのようなお顔をなさらないでください。知る由《よし》もなかったでしょうが、あなた方は非常に幸運なのですよ。勝己様の尊い犠牲があったからこそ、皆様は生を謳歌できているのですから。裏事情を申し上げますと、わたくしは皆様の大半を亡き者にする覚悟でおりました。しかし、弄したトリックが見事成功を収め、大変満足しております。記念といたしまして……そうですね、今後殺すとしてもひとりか、ふたり……多くても三人までといたしましょう。

どうぞお喜びください。運が悪くなければ、生きて外へ出られますよ」

戸口の方から絶叫がした。絵畑だろう。

声にこそ出さなかったが、俺も叫びたい気分だった。殺す人数を減らすから喜べというのか？　ふざけてる。あるいはこれが狂人の論理というやつか。

殺すとしてもなんて言っているが、リップサービスにしか聞こえない。あと最低ひとりは殺される。それが高確率で訪れる未来だろう。蜜柑や恋がいなければ、俺も絶叫していたかもしれない。

「では、皆様のご健闘をお祈りいたしております」

俺たちが身震いするのを見届けたかのように、モニターの電源が落ちた。

「いやぁ、拝島さんのいいように弄ばれてるっスね、アタシら」

そのとおりだ。それもこれも、名探偵とやらが本質的には無能だからだ。後手後手の対応しかできないのに、偉ぶっている人種が。

「愚痴っててもしょーがないんで、調査としゃれこみません？」

「だな、いまこそ名探偵の出番だろ」

皮肉ってやるが、蜜柑はなんの反応もしなかった。

「あ、アタシはまず機械トリックのあるなしの調査を提案するっス」

恋が元気よく手を挙げた。

「トリックが『見事成功を収め』って拝島さん言ってたっスよね。この言い回し、どうしても機械トリックを連想するんスよ。機械トリックなら、勝己さんがあっさり殺されたのも腑に落ちますからね。どっかに剣の発射装置がある、みたいな」

「うん。そうしよう」

真っ当な提案だ。ディスカッションするにしても、まずは必要な情報がなければ始まらない。

蜜柑も素直に同意した。

「ひとりじゃ見逃しがあるかもだから、二、三人で。一周ずつ」

「承知っス」

と返事するや否や、

「アタシは先輩とペアー!」

腕に抱きついてきた。俺はそれを当然のことのように受け入れる。

「じゃあ僕と平山さんということで」

と言う栖原に、平山がうなずく。

「あたしは……栖原さんたちと」

そりゃそうだ。あれだけ敵対心をむき出しにした俺と組みたくないだろう。

「無事ペア決めも終了ーってことなんスけど、大塚さんたちはどうします?」

恋が部屋の外へ呼びかけた。

「わたしは嫌よ。入りたくもない。あなたたちでやって」

「私も……この場に留まるとしよう」

精神的に不安定な絵畑をひとりにはできない。誰かは絵畑のそばにいるべきだろう。

「これで本決まりっスね。ではでは、さっそく調査開始といきましょうか」

「始めよう」

蜜柑の号令で散開して、調査が開始された。

俺はもう一度部屋を見渡してみる。

広さや内装は俺の部屋と変わらない。武器防具も同一だし、家具の配色まで同じだ。違うのはそれらの配置ぐらいか。ベッドが開かずの扉に立てかけてある。バリケードのつもりで勝己がやったものだろう。

入口付近には武器や防具が散らばっていたが、それぞれが一定間隔で置かれている。争ったときに散らばったのではなさそうだ。撒菱《まきびし》のようにして、少しでも入口から進入しづらくする工夫だろう。

が、対策の数々も虚しく殺害されている。こんな実例を見せつけられると、対処のしようがない。

「せ〜んぱい。早く現場検証始めましょーよ〜」

恋がぐいぐいと腕を引っぱってきた。

「……ああ」

俺は素人なりに現場検証に取りかかった。

俺の部屋に仕掛けらしきものはなかったが、この部屋もそうである保証はない。壁、天井、ベッドに開かずのドア、絨毯の上、クローゼットやタンスのなか、凶器の剣までをも生理的嫌悪を堪えて念入りに調べた。

やはり不審なものはない。遺留品といった類も皆無だ。未開封のペットボトルと落ちているのは埃ぐらいのものだった。

蜜柑たちも右に同じで、発見はなにもないようだ。

それでも懸命に、小一時間も汗を流しただろうか。

「ねえねえ先輩」

現場検証に飽きたのか、恋が声を潜めてすり寄ってきた。

「恭介さんって死体見ても動じてないっスよね。あんなうっすいリアクションだけなんておかしくないっスか？」

「……そうだな」

行き詰まっていることもあって、雑談につき合うことにする。

栖原を見やると、蜜柑の指示を仰ぎながら、そつなく調べを進めていた。その顔からは覇気もやる気も感じられない。

「衝撃の連続だったはずなんスけど、全部ふわ〜とやりすごしてるんスよね。あのスルースキルは世界七不思議級っスよ。千反田《ちたんだ》えるちゃんじゃなくても気になりません？」

「性格だろ。そういう人もいるさ。それか恐怖が極まりすぎて感覚が麻痺してるとか」

「う〜ん。なんかピンとこないっスねえ」

「人のことより、恋はどうなんだよ。恋だってほとんど動じてないだろ。俺からすれば、お前の方が不思議だ」

「アタシは……ぶっちゃけると、こういうのって初めてじゃないんスよね」

「初めてじゃない？」

思わず聞き返した。

「はい。去年富良野《ふらの》であった無差別殺人事件覚えてないっスか？」

「ペンションで三人殺された事件だろ。連日テレビで放送していたから、忘れるわけがない」

去年の十二月だ。吹雪に閉ざされたペンションで無差別に三人が殺された。あれも解決したのは蜜柑だったはずだ。雑誌によると、三人目が殺されて吹雪がやんだあと、ペンションへやってきたらしい。関わったのは事後だから、この件に関しては蜜柑に責任はないな、と思った記憶がある。

「実はアタシ、一人目が殺されたあと外へ逃げちゃったんスよ。それまではペンションにいました。あんま公《おおやけ》になってないっスけどね」

「冗談じゃないだろうな」

「どいひーっスねえ。アタシだってこんなたちの悪い冗談言わないっスよ。マジもマジっス！ねえ、花ちゃん！」

大声で恋が呼びかけると、蜜柑が振り向き首をかしげた。

「ほら、去年の富良野での事件っスよ。一人目が殺されるまでは、もうひとりいたって聞いてるっスよね？」

「うん。聞いた」

「初告白なんスけど、あれアタシなんスよ」

「そうなんだ。初耳。すぐ帰ったから」

蜜柑は驚いた様子もなく言った。

「そうっスよ。事情聴取終わったらすぐ帰っちゃうんスもん」

「仕事あったから」

「そんな忙しいなかボランティアで解決してくれて感謝感謝っス」

恋がぱっと俺に顔を向けた。

「ほら先輩、本当だったっしょ」

「みたいだけど、吹雪で身動きできなかったせいで三人も殺されたんだろ。そんな悪天候で出ていったのか？」

「だって人が殺されてるんスよ。リアル吹雪の山荘なんスよ。じっとしてたら自分が殺されるかもしれないじゃないっスか。無理してでもアクション起こした方が吉だと思ったんスよ」

「無理にもほどがあるだろ。それでも普通いかないっての。凍死したらどうすんだ」

ある殺人事件が連続殺人に発展して自分が殺される可能性と、吹雪のなか外へ出て凍死する可能性とを天秤にかけたら、普通は前者を取る。俺も殺人者がいる密閉空間の恐怖は現在進行形で味わっているから、一刻も早く逃げ出したい気持ちは理解できる。だが、逃げ出した先で死んでしまっては元も子もない。

「いや～、そうっスよねえ。いま振り返ると無謀だったたっス。実際、地獄一歩手前までいきましたし。スノボ得意だからいけると思ったんスけどねえ。吹雪のなか何キロもすべるのは自殺行為だったたっス。ホラー映画だったら見せ場なく死んでましたよ」

雪に埋もれた恋の肢体が頭に浮かび、

「当たり前だろ。こうして生きてるのは奇跡だぞ」

俺は声を荒らげた。

「ツイてたっスよ。もう死ぬ～ってときに、近くに古い山小屋があったのを思い出したんス。それで死にそうな体に鞭打って、どうにか逃げこめました。ホント悪いことばっかじゃなかったたっスよ。その山小屋にいたおかげでアタシは殺されなかったんスから」

「結果論だろ」

「最近のアタシ超絶ツイてるっスからね。なんとかなるなる感がすごいんスよ、これが」

「意味わからん。ツイてても死ぬときは死ぬんだぞ」

「ははは、言い訳のしようがないっスね……けどアタシが動じてなさそう～に見える理由はわかってくれたたっスよね。死体もリアルクローズドサークルも初めてじゃないんスよ。それに前の方がエグかったたっスからね。死体も、絶望感も」

慣れ、もしくは初体験のインパクトの強さゆえに、それ以降の体験をぬるく感じるってことか？


「あと、裏ワザを実践してるんスよ」

また小声に戻すと、手を口元に当てて顔を近づけてきた。

「裏ワザをつかえば、こういう絶叫ものの状況でも慌てず騒がず平常心でいられるんスよ」

「魔法はハリー・ポッターのなかだけにしてくれ」

「あー、信じてないっスね。アタシが大尊敬してる有名社長が実践してる由緒正しい裏ワザなんスよ」

裏ワザとやらが夢物語でないのなら、恋の不謹慎とも言える態度にも納得がいく。慣れがある上に、裏ワザまであるから危機や死体にも動じない。いつもの自分でいられる。

「だったらぜひレクチャーしてくれ」

裏ワザが事実なら金を積んででも聞きたい。

「ん〜いいっスけど、アタシ視点からすると、先輩もわりかし落ち着いて見えるっスけどね」

「んなわけあるか」

恋と話して気が紛れているだけだ。

表に出さないだけで、恐怖も焦燥も体の隅々にまで根を張っている。恋は慣れたのかもしれないが、俺は何度死体を見たって全然慣れやしない。調査開始からこっち、いまだに勝己には目を向けられない。吐き気をもよおすほどのグロテスクさと、意識を手放したくなるほどの忌避感のせいだ。そして勝己の遺体が、蜜柑以外の全員が平等に殺害される可能性があるんだ、と語りかけてくるからだ。

だから俺はいまも目を背けている。

「じゃあ、裏ワザと引き換えに、恭介さんへの突撃取材につき合ってくださいね」

「交換条件かよ」

「いいじゃないっスか。恭介さんにもアタシみたいに知られざる裏事情とか裏ワザがあるかもしれないっスよ。この千反田えるちゃんばりの好奇心に、折木《おれき》くんならつき合うべきっスよ〜」

「誰が折木くんだ！」

あんな頭脳があれば一時間一千万円でもかまわないからレンタルしたいぐらいだ。そうすれば役立たずの蜜柑に先駆けて解決してしまえるだろう。

「あは、まあ検討しといてくださいね。この際なにがヒントになるかわからないわけっスし、他の人のパーソナリティを知っといて損はないと思うっスよ」

恋はそう言うと俺から少し離れ、調査を再開した。

根底にあるのは好奇心かもしれないが、恋の提案はまともだ。現時点でこれといったヒントや証拠はない。差し迫る調査事項がなければ、質を問わず疑問点に手を伸ばしてみるのが解決への近道ではないのか。

そんなことを考えながら、俺も調査を再開することにした。

＊

部屋をくまなく調査して数十分後。

結果として、トリックの解明につながるような物証などは発見できなかった。

あれ以降、恋も無駄話をやめ、もくもくと調査を進めていた。衣擦《きぬず》れや家具を動かす音だけがする部屋では、おのずと死への恐怖が再燃してくる。調査に関係なく背後や開かずのドアを見やる回数が増えたころ、そんな俺を嘲笑《あざわら》うかのように蜜柑は平然としたまま、まとめに入った。

「なにか見つけた人、いる？」

手を挙げる者も返事をする者もいない。物的証拠、怪しげな装置や場所ともに皆無だった。

これだけの人数で当たってなにも見つからないのだ。わかりやすい証拠は残っていないと考えるべきだ。あるいは証拠であるものを誤認して見逃しているか。

「なにもないことも証拠のひとつ。場所移して、みんなで考えよう」

〝みんな〟の部分がさりげなく強調されているように聞こえ、少しイラついた。俺への義理立てのつもりか。蜜柑に勧められるまでもなく、全員で協力して死地を切り開くつもりだ。

俺が外へ出ようとしたときだった。横を誰かがすり抜けていく。サイドポニーにミニスカート。

「その前にちょっち時間もらえるっスかね」

とおせんぼをするように出口に立ち塞《ふさ》がった。

「なんのつもりだよ、恋」

「いや〜、すみません。二十分ぐらい前っスかね。ふいにドカーンとひらめいたもので」

不敵な笑みと、ひらめいたという一言。あることを全員が連想し、空気が強張る。

恋はもったいぶるようにそこから先を口にしない。俺たちの反応を観察しているのか目をひとりひとりに移していく。

「なにをひらめいたんだよ」

俺はじれて先を促した。

「もちろんトリックっスよ、先輩」

「嘘とか冗談だったらマジでキレるぞ」

真顔を作って釘を刺す。いくら恋でも、通じる冗談と通じない冗談があることぐらいわきまえているはずだ。それでも、にわかには信じがたかった。

「そんな怖い顔しないでくださいよ。人生でも一、二に入るぐらい大マジなんスから。謎はもはやアタシの舌の上にあるっス」

最後の余計な一言があるから紛らわしいんだ、と注意したかったが呑みこむ。一秒でも早くひらめきとやらを聞くことが先決であり、表情、口調、態度からすると、少なくとも嘘や冗談ではなさそうだ。

だとすると、どこのなにが推理の糸口になったんだ？　ひらめくと言っても、なにかしら材料がなければひらめきようがない。ここへきてから、俺は恋と行動を共にしていた。俺にも蜜柑にも見えなかった証拠や手がかりを恋は見つけたということなのか。

「聞かせて、祇園寺さんの推理」

見せ場を取られたことが気にくわないのか、蜜柑が一歩前へ出る。

「もちろんそのつもりっスよ。花ちゃんや先輩には検証に協力してもらわないといけないっスからね」

恋は外へ顔を出すと、

「大塚さんと凪さんもご静聴くださいね。アタシが正しければ、ゲームクリア。念願の自由への解放っスよ」

「推理が真であればいいのだがな。そう都合よくいくものか」

半信半疑ですらなさそうな大塚の疑念の声がした。

「あ、あんた。冗談だったら承知しないからね！」

絵畑の声は摑みかかってきそうなほど切羽詰まっていた。大塚とは逆に、辛辣な言葉のなかにも期待がこもっている。

「信用ないっスね〜。任せといてくださいよ。凪さんは、芳醇な香りを湛《たた》える赤ワインと、トマトととろーりチーズがもちもちの生地の上に載ったピザ。それに、ふかふかの羽毛布団と太陽の匂いがするベッドで安眠する未来を想像しといてください」

絵畑でなくとも、それらは喉から手が出るほどほしいものだ。おいしい食事とやわらかいベッド。そこにはなによりもほしい安心がある。毒が混入されていないかとか、寝こみを襲われやしないかという心労がない。腹いっぱい食べたいものを食べ、眠りたいだけぐっすりと眠れる。恋のひらめきが正答であったなら、それらが手に入る。

弥《いや》が上にも期待は高まる。まぐれ当たりでもいいから正しい推理であってくれ。興奮のせいか、汗ばむほど体温が上昇する。

「んじゃ、いよいよ披露しますか。アタシの推理」

どこか芝居がかった口振りと仕草で口を切った。蜜柑は微動だにせず、恋の推理に耳を傾けている。

「まずおさらいしとくべきことがあるっス。それはアタシらが拝島さんになにを求められているかってことっス。なんだか覚えてるっスか、恭介さん」

恋が栖原を指名した。

「この館、でいいのかな——で起こる殺人事件のトリックを解くこと、だよね」

栖原は無気力に答えた。この期に及んでも声のトーンひとつ上がっていない。たしかに、なぜここまで低空飛行の調子なのか気になる。

しかし、そんな疑問はいまは些末なことだ。恋の推理が真であるならば、俺たちは平穏な日常へと解放されるのだから。

「おしいっスね。正解なんスけど、もっと具体的にっス。先輩どうぞ」

「勝己さんをいとも簡単に殺したトリックはなにか、だろ」

「さっすが先輩。そうなんス、アタシたちが問われてるのは正さんを亡き者にしたトリック。すなわちハウダニットっスね。警戒心満点だった肉体派人間を楽々と殺した方法はなにか。テスト問題風にするとこんな感じっスね」

全然こんな感じじゃない。そんなことより結論を話せ。

そんな内なる声が顔に出ていたのか、恋はひらひらと手を振りながら、

「そう急かさないでくださいよ、先輩。『名探偵の証明』って本読みました？　あれ曰く推理は順序だててやるもんなんスよ。じゃないと啓次郎さんが怒鳴りにきちゃうっス」

「くるわけないだろ」

「まあまあ、探偵役の経験なんて一生に何回もないんスよ。もうちょっとだけつき合ってください」

俺は名探偵の悪影響を肌で感じ、内心で舌打ちした。

屋敷啓次郎や蜜柑の推理パフォーマンスが世間に広まるにつれ、真似するバカが続出したらしい。もったいぶって推理のたれ流しなんかしやがって。お前らのオナニーにつき合わされる方の身にもなれよ。

俺が身振りで先を促すと、恋は満足そうに頬をゆるめた。

「さてさて、謎を解くには警戒心ＭＡＸのレスラーを無抵抗のうちに殺せる手段を見出せばいいわけっスけど、なかなかの難問っス。正面切って襲いかかるなんてのは真っ先にボツっスね。

カウンター決められちゃいそうっスし、宮本武蔵《みやもとむさし》クラスの腕でも防禦されそうっス。けど腕には防禦創もなく綺麗なものでした。正攻法で無理ならどうするか。まずぱっと思いつくのが罠っスね。そこで、花ちゃんに質問っス。罠っぽいものありました？」

「なかった」

蜜柑は躊躇《ちゅうちょ》なく答えた。俺も部屋中くまなく調べたが、罠もその痕跡も見当たらなかった。少なくとも、それらしきものはなかったと断言できる。

「新発見がない限り、罠はなさげっスね。じゃあ他にどんな手段があるか……ちょっと先輩先輩。こっちきてもらっていいっスか」

そこでなにを思ったか、恋が手招きしてきた。

「なんだよ」

手招きに応じて近寄っていく。すると恋は、拳にした左手の親指と人差し指を俺の胸につけた。

「はい、先輩死亡っス」

「は？」

「アタシが殺すつもりだったら、心臓一突きで死んでるっスよ、先輩」

恋はにこにこしているが、俺の頭はすぐには追いつかなかった。

「先輩、なんでこんな近距離まできてくれたんスか？」

「なんでって……恋が呼んだからだろ」

「アタシたち昨日会ったばっかの他人っスよ。無警戒に近づくのは危険じゃないっスかね」

「他人でも……仲間だろ」

反射的に出た言葉は、枯葉のように勢いなく落ちた。同時に昨夜の蜜柑の警告が蘇り、やっと恋の言わんとしていることがわかった。

「仲間だと思いこんでたら無警戒になるっスよね。意味ありげに手招きでもされたら、近づいてもおかしくないっス。つまりアタシの推理はこういうことっスね。拝島さんが送りこんだ刺客が仲間面《づら》してアタシらに近づき、仲間意識が芽生えて無警戒になった正さんの隙を衝いて殺した。これなら正さん殺害計画も楽勝にできそうじゃありません？」

ぞわっと背筋に寒気が走った。俺の胸につけたままの恋の手。そこに見えないナイフが握られているような錯覚に陥る。知らず、足が一歩下がっていた。

「どスかね、先輩」

もしも恋が殺すつもりでいたなら、たしかに俺は死んでいた。俺たちには元々面識はなかったが、閉じこめられた者同士として仲間意識があった。そのなかの誰かが殺意を持っていたならばどうなる？

警戒心をかいくぐり、勝己を容易に殺せたのではないか。怪しいものを見つけたとかなんとか、この件に関わる理由をつけて訪問すれば、リーダー気質があった勝己ならドアを開けただろう。勝己には、殺されるリスクを冒してまで知らせたいものが見つかったように映るはずだ。ドアを開けさせるのはわけない。そうなれば勝己は仲間に対しては無警戒だろうから、殺すのに必要なのはちょっとした隙だけとなる。武器は豊富にあるのだ。持ちこむこともない。その場にある武器をつかい、隙を衝いて殺せる。無警戒の勝己の胸に剣を突き立てるのは赤子の手を捻《ひね》るよりも簡単だろう。

それが、恋の推理だ。

「筋はとおってる、と思う。当たっているかは別だが」

「それで充分っス。真偽は後編で明らかになるんで」

恋は軽い調子で言ってのけた。

「でも待ってくれ。協力者の可能性は蜜柑が忠告しただろ。それなのに安易に他人を部屋に入れるか？」

「思い出してください。正さん、忠告真に受けてる感じでした？　いいとこ半信半疑って感じじゃなかったっスか？」

「……たしかにな」

「さらに思い出してください。忠告受けたあと先輩はどうしました？　アタシと一緒に部屋へ帰ったスよね。先輩にしたって、共犯者の可能性を真に受けてたわけじゃないスよ。そりゃそうっスよね。共犯者がいるかもって断言じゃなくて仮定を言われても、アタシたちは運命共同体で協力してかなきゃいけないんスよ。その仲間をずっと疑うなんて無理な相談っス。補足するなら、アタシたちは拝島さんの殺人を直に見させられました。それによって殺人者は拝島さんであると強く印象づけられたのも、共犯者の可能性を薄めたんだと思うっス」

「なるほどな」

「納得してもらったところで、お次にして最大の謎は、誰がユダかってことっスよね。けどトリックさえ見当つけば、この解答もおのずと導き出されるっス」

恋はこれ見よがしに人差し指を立てた。アニメの名探偵がやるように、指をある人物に突き出す。

「刺客はあなたっスね。光一さん。いえ、拝島登美恵さん」

思わず間の抜けた声を出してしまう。あちこちから驚きの声が上がり、引力に引き寄せられるように平山へ注目が集まる。平山は指一本動かしていなかった。顔で唯一見える両目もまばたきすらしない。

「しょっぱなっからおかしかったんスよ。火傷《やけど》してマスク被ってるって、いまどきそりゃないっしょ。犬神家《いぬがみ》じゃないんスから。金田一《きんだいち》少年の事件簿とかでも最近じゃそんな設定の登場人物いないっスよ。しかもそれプラス喉が焼けてしゃべれないってのは演出過剰すぎっしょ」

「恋、それは拝島が平山さんに化けてるってことか?」

「そっスよ。平山光一って架空の人物設定で仲間面してれば、隙を衝いて殺すのもベリーイージーっしょ」

「それだと最初に全員そろったときの説明がつかない。拝島がバルコニーで演説してたとき、平山さんもちゃんといただろ」

「それをクリアする仮説はアタシのなかで二パターンあるっス。一個は、最初の光一さんがエキストラってパターンっス。ミステリナイトのトリックのため、とでも言いくるめてどっかのフリーター雇って、最初だけ平山光一として参加してもらうんスよ。それで夜、部屋に戻ったあとに入れ替わって、正さんを殺す。その人はまさか殺しに荷担させられたとも知らず、バイト代をもらってほくほく顔で帰るって寸法っス」

「最初の死体はまぎれもない本物だったぞ。俺がそいつなら、その時点で妙だと思うがな」

「アタシらは監禁された上に、拝島さんの犯行宣言の映像見せられましたからね。直後に死体が出たら本物だと疑わないっス。けどお芝居だと思いこんでるエキストラだったらどっスかね。精巧な死体のメイクとか演技って思いこむ確率もゼロじゃないいんじゃないっスか」

「ゼロじゃなくても危険な賭けだ」

「そこは否定しないっス。ま、アタシ的には二個目のパターンの方が自信あるんで、一個目は参考までにってことで」

恋はVサインにした指を開閉させる。

「二個目は光一さんがすでに殺されてるってパターンっス。一日目は正真正銘、平山光一って人物だった。けど午前零時以降、正さんが殺されるまでのどこかの段階で、拝島さんと入れ替わってたんスよ。もちろん本物の光一さんを殺してね」

「さっきハウダニットを解けって拝島が迫ったとき、平山さんはいただろ。すでに殺されていたんだとしたら、あの平山さんはどこの誰なんだ?」

俺は恋の推理が正解であることを祈りながらも、疑問を差し挟んだ。ぬか喜びはしたくない。

貴重な一度の解答権を賭ける価値があるかどうか。その検証は怠れない。

「あんなの録画映像でまるっと解決っスよ。生中継だと思わせて、実際は光一さんに化けた拝島さんがアタシたちと録画映像を見てアリバイを作る。単純シンプルなトリックっスよ。拝島さんが一方的にしゃべってるだけで、会話のキャッチボールができてなかったのがいい証拠っス」

「平山さんだって警戒は怠らなかったはずだ。それを切り抜けて殺せたのなら、勝己さんの事件を問題にする前に、そっちを問題にすべきじゃないか？」

「このトリックのキモは、警戒心天井破りのレスラー体型の男をどうやれば近距離武器の剣で刺し殺せたかってとこっス。小柄な光一さんを殺しても、まあ殺ろうと思えば殺れるよね、ってなっちゃうじゃないっスか。正さんだったからこそ、不可能性が際立つんス。光一さん殺害はそのトリックを成立させるための捨て殺人っスよ。このパターンだった場合、前言は撤回しなきゃっスけどね。アタシが言った、いまどきマスクはってやつ。逆に言えば、そういう特殊な人間だったからこそ、参加者として選ばれたって考え方もできるスから」

恋はしれっと言った。

「この辺で証明終了《QED》といきたいところなんスけど、ほんとのところ双手《もろて》を挙げて賛成はできないって感じじゃないスか？」

理解はできても納得まではいかない、といったところだ。恋の発案したトリックはやってやれないことはないだろうが、信用するには決定打に乏しい。

だが、難なく証明する手があるにはある。

恋はご名答とばかりに、笑いかけてきた。

「光一さん。こうやってゆとり世代の女子大生に疑われて不本意じゃないっスか。だったら証明しましょうよ。アタシの推理が的外れだって。そのマスクを脱いでね」

不敵な笑みでマスクを脱ぐジェスチャーをする。

平山――であるはずの人物から、返事はなかった。平山は思案でもするように、ペンで顎先をつついている。恋の推理など耳に入っていないかのようだ。認めているのか、いないのか。拝島なのか平山なのか。張りつめた空気に息が詰まる。

「さ、みんなお待ちかねっスよ。すぱっと脱いでくれません？　この期に及んで火傷《やけど》見られたくないとか駄々こねないスよね。潔白の証明にはもうマスク脱ぐしかないっスよ」

恋が詰め寄る。平山は磁石が反発しあうかのように退いた。脱げという無言の圧力。なにかきっかけがあれば爆発しそうな空気。俺も、栖原も、大塚も、絵畑も、ほぼ全方位から疑惑の目が注がれる。

たったひとりを除いては。

「待って」

蜜柑だった。沈黙を経て発せられた声に、聴覚が持っていかれる。

「平山さんが拝島さんってことはないと思う」

「へえ～、根拠はあるんスか？」

「身長が違う。拝島さんは背が高かった。百八十センチ近くはあるはず。でも平山さんはたぶん百六十センチぐらい。大きい人が小さい人に変装するのは難しい」

言われてみれば、拝島は女性としては高身長だった。初対面のとき、そんな感想を持ったのを憶えている。ヒールを履いてはいたが、十センチ以上も高い代物ではなかった。百八十センチ近くは確実にあるだろう。俺の身長は百七十センチだ。その俺より平山は明らかに十センチほど低い。入れ替わるとしたら身長の高低は致命的だ。

恋の推理が正答なら俺たちは解放される。そんな希望が失望へと変わりつつある。

しかし、恋はどこ吹く風で、余裕の表情はまったく変わっていない。

「さっすが名探偵、てほどの推理でもないスけど、たしかに理屈の上ではそのとおりっスね。けどそこがトリックだとしたらどっスか。なんかのトリックで身長を低く見せられたら、正さんも入れ替わりを疑ったりはしないはずっスよ」

「どんなトリック？」

「う～ん、そっスね。あの出窓に身長を低く見せる仕掛けが施されてたってのはどっスか？」

恋はドアをノックするように叩いた。

「それを裏づけるものあった？」

「なかったっスけど」

「あたしも調べたけど、気になるところはなかった。普通のドアと窓だった。はめ替えられたりした跡もなかった」

「ドアの前の床がへこむとか？　そしたら低く見せられるっスよ」

「ドアの前も……」

「はいはい、とっくに調べてるんスよね。さっすが名探偵。アタシごときの考え、前世から到達ずみなんスよね」

「じゃ、拝島さんが平山さんと入れ替わったって証拠はない？」

「そういうことっスね。けど、ハウダニットはクリエイティブなものっスからね。消去法ができるフーダニットと違って、可能性は無限っス。一個二個可能性が消えたからって、入れ替わり説が否定されたわけじゃないっスよ。別に中身が拝島さんでなくてもいいんスから」

「……そだね」

「つうか花ちゃん健忘症になってません？　ユダの可能性を言い出したのは花ちゃんじゃないっスか」

「うん。でもあれは可能性のひとつ。言っておかないといけなかった。確定じゃない」

「でしょう！　だからこそ真偽を確認しようとしてるんスよ。問題あるスか？」

「問題ある。信頼できる証拠がないのに、人の嫌がることとするのはよくない」

「はあ？　それマジっスか？　人の嫌がることとって、小学一年生じゃないんスから」

　恋は腹を抱えて笑った。

　かと思うと、次の瞬間には蜜柑を睨みつける。親の仇《かたき》のように。そうとしか表しようのない表情だ。俺の知っている恋からはおよそ信じられない顔つきだった。会ったばかりの俺にそんなことを言う資格はないかもしれない。だが普通に生きてきた人間に、こんな表情ができるだろうか。

「勘弁してくださいよ。状況わかってるんスか。よい子の倫理観を持ち出してる場合じゃないんスよ。こっちは生きるか死ぬかでやってんスから。ハードボイルドにいきましょうよ」

正論という以前に、恋の発言には敵意がある。見る者の心をざわめかせるほどの敵意だ。それを受けてなお、蜜柑は顔色ひとつ変えない。

「こんな状況だからこそ理性を持つべき。みんなが納得してから行動しないと。不満はあとで歪みを生む」

もし恋の推理が外れていたら、マスクの下にあるのは火傷を負った顔だ。それは平山がかたくなに隠そうとしたものだ。理由はどうあれ、暴こうとした恋やプレッシャーをかけた俺たちにいい感情は持たないだろう。この事件が長期化したとき、そのマイナス感情がどんな影響を生むか……。

「経験者は語るってやつスか」

恋が鼻で笑う。

「生憎《あいにく》っスけど、アタシらが興味あるのは〝いま〟推理が当たって解放されるかどうかなんスよ。倫理も個人の感情も、とりま後回しっス。多少強引でも可能性を潰していくのは定石っしょ。みんなもそう思わないっスか？」

「そうよ！　わたしたちは一秒だってこんなところにいたくないのよ！　あなたは殺される心

配がないから、悠長なことが言ってられるんでしょ」

意外にも、先頭に立って同意したのは絵畑だった。逼迫《ひっぱく》した心情は声だけでも伝わってくる。

「僕は例によってどっちでも。多数決に従うよ」

「俺も恋に賛成。綺麗事言ってる余裕はないんだ。平山さんには悪いけどな」

平山は俺たちから離れ、壁際で戦況を見守っているようだった。逃げたり暴れたりするような素振りはないが、自主的にマスクを脱ぐ気配もない。

「みんなの気持ちはわかる。でも、多数決で決めていいこととといけないことがある。これはいけないこと。しっかり議論してからでも遅くない」

孤立無援状態にあっても蜜柑は持論を曲げようとしない。苛立ったように恋がサイドポニーをいじる。

「なら代案出してくださいよ、代案を。否定ばっかじゃ物事は進まないって、偉いビジネスマンさんがよく語ってるっスよ」

「まだない。だからそれをみんなで話し合いながら……」

「なにぬるいこと言ってんスか」

恋が声を荒らげ、ベッドの脚を蹴りつけた。

神を憎むサタンのごとき形相だ。念だけで殺せそうな目つきをして蜜柑を睨みつける。

「そのご立派な理性と倫理観で、いったい何人が犠牲になったんスかね。例の別荘での事件だって、安っぽい倫理観発動してなけりゃ犠牲者は出てなかったんスよ」

そこで初めて、蜜柑が顔を歪めた。刹那《せつな》でしかなかったが、鉄壁だった表情がたしかに崩れた。まるで能面が割れるかのようだ。

——例の別荘での事件。

一昨年の末の事件に違いない。事件の顛末と真相はセンセーショナルに各メディアで取り上げられた。

その事件こそ、俺の家族が惨殺された事件だ。俺は半身を引き裂かれ、副作用として名探偵という存在の有害さを知ったのだ。

「いいっスよ。二千歩譲って光一さんが本物だとしましょうよ。それでも仲間のふりしてまぎれこむことで、警戒されずに殺すことができたって推理は、一番蓋然性があるんじゃないっスか。なんたって代案がないんスからね」

「それは……」

蜜柑は眼鏡を上げようとするが、手が心なしか震えている。それを自覚したためか、深く呼吸しながら目を閉じた。

「ああ、返事は不要っスよ。どうせ決まり文句が出てくるだけなんスから。話し合って充分に仮説検討してから勝負かけるべきなんスよね。けどその高IQの脳で考えてみてくださいよ。みんな仲よくディベートしてる間にまた誰か殺されたらどうするんスか？　そうならない保証があるんスか？　もっと蓋然性の高い答えが見つかる保証があるんスか？　答えてくださいよ」

蜜柑が目を開いた。いつの間にか手の震えは止まっている。

「チャンスは一日一回。とても貴重。場当たり的な推理じゃ、結局損する」

「殺されるリスクに比べれば安いものっスよ。アタシの推理だって、可能性としては全然アリなんスからね。勝負かける価値はあると思うっスよ」

「あたしもそう思う」

「は、だったら……」

「でも、やっぱり仮説検討してから勝負するべき」

恋が皮肉交じりに吹き出す。

「だーかーらー。のんきにトークしてるうちに殺されたらどうするんスかって訊いてんスよ」

「たぶん、午前零時まで複数でいれば殺されない」

「たぶんって部分にはふれないであげるとして、根拠はあるんスか？」

「このゲームのルールはハウダニットを解くこと。たとえばあたしがなにかの機械トリックで殺されるとする。そのとき、あたしのそばに他の人がいればどう？　トリックはすぐ解けちゃう。犯行の瞬間が見られるから」

「なんスか、その雑な展望は。その理論がアリなら、去年自分で解いた人体発火事件はどうなるんスか。あれなんか衆人環視のなかでのハウダニットだったたっスよね」

「根拠はもうひとつある。あたしを含めて、みんな零時からあとは部屋にいなきゃいけないってルール。これって人狼ゲームと似てる。昼間は議論の時間。夜は人狼――拝島さん――の襲撃の時間ってことじゃないかな？　昼間は自由、夜は不自由。こんなルール設定にしたってことは、夜に襲撃するためって考えられる」

「あれあれ、人狼ゲーム喩《たと》えにしちゃうんスか。それならなおさら仲間内に敵がいる可能性大になっちゃうっスよ。仲間面した人狼としてるんスけど。それに襲撃は夜だと油断させておいて昼間に襲撃する、って可能性はバリバリ残ってるんスけど。説得するなら、ぱっと思いつく程度の可能性は消してくださいよ。って言うかそれ以前に、希望的観測が強すぎじゃないスかね。天下の名探偵様にしちゃ低レベルすぎっスよ。そんな妄想に命預けられませんって」

反論と反論が火花を散らす。

思うに、蜜柑も自説に確信はないのだろう。それもそのはずだ。拝島が断言しない限り、いつどこで誰が殺されるかあるいは殺されずにすむかなんてのはすべて希望的観測でしかない。蓋然性は高められるだろうが、決して絶対にはならない。フーダニット推理の精度は極限まで高められるだろうが、ハウダニットの推理はどこまでいっても完璧にならないのと同じだ。俺たちの死に対する不安は、完璧には排除できない。

しかし蜜柑が、俺たちの拙速な推理や倫理に反する行動――どちらも蜜柑にとってのだが――を思い留まらせるには、見切り発車でも推測を述べるしかないのだろう。

「言われたとおり、あたしの推理は検討が足りてない。でも、それは祇園寺さんの推理も一緒。もし不正解だったら、今日一日は解放されないことになる。その危険も考えないといけない」

俺たちは恋に乗っているが、解答のチャンスは一日に一度しかない。もし推理が違っていたなら、一日丸ごと死の危険に晒されてしまう。恋の発言は裏を返せば、彼女の推理に命を預けられるのかということになる。

いまのところ恋の推理が唯一の解放への鍵ではあるが、確実ではない。討議を重ねれば、別の解が生まれることも十二分にありうる。だがその間に殺されてしまったら推理もくそもない。

恋に乗るか、蜜柑に乗るか。

「その前に、なんか焦点ずれてないっスか。光一さんのマスクを脱がすか脱がさないかって話だったのに、飛躍しすぎてません？　今後の行動はともかくとして、光一さんにはマスクを脱いでもらうべきっしょ。疑わしきは検証、それが推理の鉄則じゃないっスか？」

「本質は同じ。こういうのは検証を充分にしてから行動しないとダメ」

「世の中効率化の時代っスよ。ショートカットできるとこはしていきましょうよ」

「効率化が歪みを生むこともある」

「生むより早く解決すればすむじゃないっスか。歪みが生じても爆発する前に解決してくださいよ、名探偵さん」

結論は見えず、堂々巡りの様相を呈してくる。そのときだった。

突如モニターがつく。激しかった応酬が、途切れた。

そこには拝島がいた。相も変わらぬ笑顔だ。その姿を目にしただけで心拍が速まる。俺たちの生死を操ることが至福であるかのように、獲物をいたぶるのが生きがいであるかのように絶えぬ笑みがそこにあった。

「皆様、白熱した議論を繰り広げておられますね。ゲームが活気づいてきたようで、非常に楽しく拝見しておりました」

もったいぶっているが、今度はなにを仕掛けてくる気だ？　まさか挑発にきただけってことはないだろう。

「さて、こうして参上したのは他でもありません。いよいよ推理が披露されることとなりましたので、報告に上がった次第です」

「は？」

なにを言っているんだ？　恋や栖原――蜜柑とでさえ顔を見合わせた。どの顔にもクエスチョンマークが浮かんでいる。そんな一秒にも満たない空白のあと、

「失敗した」

はっと蜜柑が目を見開いた。

「先ほど絵畑凪様が推理を開陳しにいらっしゃいました。これをもちまして、本日の解答権は喪失いたしました。皆様、ゆっくりと絵畑様の推理をご覧ください。水を差す方にはそれ相応の対処をいたしますので、どうか無粋な行為はお控えくださるようお願い申し上げます」

どういうことだ？

いや、言われたことは理解できる。絵畑が拝島の元へいき、解答権を行使したんだ。

だが急展開すぎる。なんでこうなっている？　頭がついていかない。

「最悪なシナリオっスね」

「大塚さん、絵畑さんは？」

早口で蜜柑が訊いた。

「トイレへいくと言って、そのまま……」

大塚の声は柄にもなく戸惑い気味だった。俺も小走りで蜜柑に続き、廊下に出た。絵畑はどこにもいない。無人の廊下が広がっているだけだ。

絵畑は誰よりも精神的に追いつめられていた。解放への切望もひとしおだったろう。そんなとき目の前に人参をぶら下げられたら、摑み取りたくなる。

ところがそれを阻む者がいた。蜜柑だ。絵畑はじれただろう。恋の推理に乗りたいが、蜜柑との論戦によってはおじゃんになるかもしれない。そうなるぐらいなら自ら……。

「賭けるしかなくなったっスね。絵畑さんの推理に」

恋は神妙な面持ちで腕を組んでいた。蜜柑は恋を見返すしかできない。

こうなってしまったら、もうどうしようもない。できるのは見守ることだけだ。恋の推理が的中していると祈りながら。

蜜柑が勝己の遺体に布団をかけたあと、自然にモニターの前へ残った者が集まった。

絵畑は所々でつまりながらも、推理とその根拠を口述していた。画面は四分割にされており、バルコニーから拝島の横姿を映すカット、推理を述べる絵畑を横と上から映すカット、ふたりを遠景から捉えるカットになっている。あの部屋にある四台の監視カメラでこれらの映像を撮り、このモニターに流しているのだろう。

リアルタイム映像に映っているのは、生身の拝島だった。絵畑の推理を聞きながらうなずいている。

「入れ替わりの線は消えたみたいスね。まあ、殺す前後だけ入れ替わってたのかもしれないスけど」

平山は終始、俺たちの視界内にいた。少なくとも、朝から現在まで入れ替わっていた可能性は消えた。

となれば、絵畑が繰り出すべき推理はひとつだ。

急激に喉の水分が失われていく。乾燥し切った砂漠のようで、唾が飲みこめない。耳の奥では血流音がうるさいほど鳴り響く。恋の肩を持ってはいたものの、いざ推理が決戦場へ持ちこまれると不安しか湧いてこない。

たしかに仲間のふりをした拝島の協力者がいたなら、勝己を殺すのは造作もないことだろう。だが、拝島は新本格を牽引したミステリ作家のひとりだ。共犯者をつかって、なんてありがちなトリックをつかうか？

「――だから、拝島さんには共犯者がいたのよ」

瞳孔を開かせながら最後に絵畑が言った。

そして、楽観論はあっけなく覆《くつがえ》される。

「残念ながら不正解です。この事件はわたくしが個人で計画し、実行に移したものです。共犯者として送りこんだ者など一人もおりません。楽しく有意義な時間でした。またの挑戦をお待ちいたしております」

拝島はより深く笑顔を湛え、恭《うやうや》しくお辞儀をした。魂が抜かれたような絵畑を残し、モニターは暗転した。

デスゲームは、まだまだ終わらない。

4

絵畑は机に伏せ、咽《むせ》び泣いている。他の面々はぐったりと椅子に体重を預けていた。まるで通夜のような沈黙と嗚咽《おえつ》が重くのしかかる。張りつめていた糸が切れたのか、忘れていた眠気が襲ってきていた。もう三十分ほど、まともに動く者はいない。

あの恋ですら憔悴《しょうすい》し切ってうなだれている。堪《こた》えていなそうなのは栖原ぐらいだ。立ち居振る舞いから表情まで、およそ変化というものがない。神経が図太いのか、過去に原因があるのか。それでも場の空気に合わせるかのように、一言も発していないのは殊勝と言えるか……。

迎えにいったとき、絵畑は魂の抜け殻のようだった。話しかけてもゆすっても、なんの反応も示さない。神の啓示を待つように、バルコニーを眺めているだけだった。

ようやく俺たちに気づき、目の焦点が結ばれたとたん、壊れたように泣き始めた。なだめながら会議室までつれてきてからも、涙が涸れる気配はない。恐怖、後悔、謝罪という感情がない交ぜになり言葉もままならないようだった。

推理は完膚《かんぷ》なきまでに大外れだった。

たしかにあのときは恋の推理に希望を感じていた。もしかすると当たっているかもしれない。解放されるかもしれないと。

そんな淡い期待は露《つゆ》と消えた。倒れそうなほどの脱力感で呼吸すらだるい。まばたきするのも億劫だ。反対にふつふつとある感情が湧き上がってくる。絵畑に目をやった。世界を拒絶するように、いつまでも机に伏せっている。

余計なことをしてくれた。

正直、そう思ってしまう。あの推理を肯定していた俺に、そんな資格はない。だが考えまいとしても、悪感情は染み出してくる。

最低だな、俺は。

責任転嫁も甚《はなは》だしい。なにもせずに文句だけは一丁前だ。行動を起こして〝共犯者はいない〟という情報を引き出しただけ、絵畑はお手柄だった。

そこへすうっと蜜柑がやってきた。両手で持った大皿には、ぎっしりとおにぎりが並べられている。

「腹が減っては戦《いくさ》はできぬ」

キッチンでなにをやっているかと思ったら。

「なんだよ、これは」

どうやったらこんな不細工にできるんだ、というような代物を見ながら重い口を開いた。三角にしようとしたのだろうが、隕石のようにボコボコのおにぎりだった。

「おにぎり。栄養補給」

蜜柑は大皿をテーブルに置くと、キッチンから湯呑みと割り箸を人数分出してきた。湯気とお茶の香りが鼻孔をくすぐる。

「用途を訊いてるんじゃないんだよ。毒が入ってたらどうすんだ、毒が。食材は拝島が用意したもんなんだぞ」

「それは心配無用」

「根拠は？」

恋を真似て訊いた。

「拝島さんは、あたしは殺さないって言った。なら食べ物に毒は入れない。あたしがなにを食べるかは予測できないから」

「そこにトリックが仕込まれてたら？　蜜柑を避けて俺たちに食べさせるトリックがあったらどうすんだ」

「万が一に備えて、ごはんは一回で炊き切って、均等に混ぜてる。具の鮭フレークも同じ。対策ばっちり。毒見もした。で、これぐらい対策取られるのは、拝島さんもお見とおしのはず。拝島さんはバカじゃない。食材に毒を混ぜてたら、あたしが食べちゃうことも予想できる人。最低でもごはんと鮭フレークに毒は入ってない。お茶も同じ。急須と湯呑みも調べたけど、なにもなかった。それらを適当に振りわけた。あとアレルギーとか、口のなかに傷や虫歯がある人いる？」

誰もいないのを見届けると、蜜柑は安全だと証明するように、おにぎりを口にした。お茶も一息で飲み干す。

「拝島がブラフかましてたら？」

「これはゲーム。ルールを守らないと成立しない。あたしを殺さないと宣言したらしない。拝島さんはミステリ作家。フェアプレイは順守してる。それに、みんなが食べる間変なことがないか、あたしが見張ってる」

俺は返事の代わりに唸った。

ミステリ作家とフェアプレイ。切っても切り離せない関係だ。腐っても拝島はミステリ業界の大家《たいか》だった。夜に出歩かない限り蜜柑は殺さない、というルールをミステリ作家である拝島が反故《ほご》にするだろうか。

フェアプレイ精神に則って、ルールは順守するだろう。

脳内で結論づけたとたん、猛烈に腹が減ってきた。気力で埋めていた胃がからっぽになる。

すると俺を後押しするように栖原が、

「僕はいただくとするよ」

栖原は躊躇《ちゅうちょ》なく割り箸でおにぎりを掴むと、蜜柑に会釈《えしゃく》して頬張った。

「んじゃ安全は保障されたってことで、アタシも一個もらうっスね」

続いて恋が取ったのを皮切りに、皿へ次々と手が伸びた。

毒殺のパターンも多種多様だ。深読みするなら、蜜柑には作用を及ぼさず、俺たちにだけ効果が出る毒を仕込んでいるとも考えられる。どこかから毒を飛ばして入れる、というパターンもある。完璧な毒殺分類でも知っていれば……。だが現実問題として、最長四日も断食していられるか？　死にはしないだろうが、体力も精神も疲弊するだろう。恰好の獲物だ。それに俺はもう拝島の用意した水を飲んでいる。いまさら食べ物だけ突っぱねる意味はあるのか？

ままよ！　とおにぎりを取った。

脆《もろ》い雪玉のようにぼろりと崩れる。箸に残った塊を口に放りこむと、鮭の味より濃い塩味が舌を刺激した。作ってもらっておいてなんだが、おにぎりとしては十六点だ。しかし、疲れた体にはちょうどいい塩加減だった。

大塚も兜の面甲を上げて、食を進めていた。それによって、素顔がわずかに露出している。無骨な顎が印象的だった。大仰な口調からして口髭でも生えていそうだったが、綺麗に剃られている。

一方平山は、マスクの前面を引っぱって広げ、おにぎりを口に運んでいた。あくまで素顔は見せないつもりのようだが、脱げという人はもういない。

最後まで手をつけなかったのは、絵畑だけだった。無理もない。もうしばらくはなにも喉をとおらないだろう。俺は机に伏せたままの絵畑を横目に、お茶を飲み干した。

結局、蜜柑からの施しを受けてしまった。

食事をするにしても自炊するべきだった。後悔しながらも、空腹が満たされたことと温かいお茶のおかげで、緊張が解きほぐされていた。いくぶんかみんなの表情もやわらかい。食事の間だけは、拝島のことも命の危険も忘却の彼方だったような気がする。

不満、恐怖、疑心暗鬼。それらはいつ爆発してもおかしくなかった。

もし爆発したが最後、どうなっていたか。想像するだけでもゾッとする。デスゲームでは仲間割れによる死の連鎖はままある。その危機はひとまず遠ざかったようだ。

蜜柑の手の平で踊らされているようで不快だが、この件に関しては感謝しておこう。

「これからのこと、決めたい」

その蜜柑が挙手をしながら切り出した。

*

「ある意味英雄なんスけどね。おかげさまで共犯の可能性が消えて、こうして三人で歩けるわけっスから」

恋は同情するように閉めたドアの方を見た。多少は責任を感じているようで、口調には元気がない。

「気持ちはわかるな。時間が癒してくれるといいんだけど」

栖原も気づかわしげにしながら眼帯をなでる。

俺たちは会議室前の廊下にいた。事件についての考察と話し合いが必要だったが、絵畑が落ち着くまで延期となった。

そこでまずは館内の探索をしようということでいまに至る。考えてみれば、俺たちは会議室と自室ですごした時間がほとんどだ。館の全貌は把握していない。探ればなにかヒントが摑めるかもしれないし、つかえるアイテムもあるかもしれない。

全員で活動したかったが、絵畑はとても動ける精神状態ではなかった。ひとりにするわけにもいかず、そばにいてほしがっていたこともあって蜜柑が残ることになった。恋は探索組を志望し、俺も必然的に組み入れられた。そうなると、これでもかと恋に疑われた平山は残留組を申し出ることになる。残るふたりのうち、大塚は疲れているからと残留を希望し、栖原は恋の希望もあって探索組に入ることとなった。

「とりあえずぐるっと回ってみましょうか」

恋が沈んだ空気を吹き飛ばすように、元気よく手を叩いた。

「そうだな」

やるべきことをやるしかないんだ。

俺は気持ちを切り替え、先頭を切り歩き出した。

見取り図によると一階の客室は栖原、大塚、勝己、平山の四部屋だ。廊下は、中央にある書斎と会議室の続き部屋を取り囲んでいて、上から俯瞰《ふかん》すればロの字に見えるだろう。各自の部屋はロの字の各辺のまん中、続き部屋の向かい側に配置されている。会議室から出ると正面に勝己。そこから右回りに進むと平山。そのまま進むと大塚、栖原となっている。

事前に了解を取った上で各部屋をチェックしてみたが、家具や内装に差はなかった。武器は同種で同数ある。防具は大柄な勝己には大きめに、小柄な平山には小さめに、と各人の体格に合わせて差異があったが、あとは同じだった。違いと言えば、せいぜい家具の配置が変わっていたぐらいだ。これは昨夜、自己防衛のために動かしたりしたのだろうから不自然ではない。あとは栖原の部屋に脱ぎ捨てた服、平山の部屋には干した服があったり、大塚の部屋に飲み捨てたペットボトルがあったりしたが、俎上に載せるほどのものはなかった。

ぐるりと見回ってみたが、取り立てて推理の材料になるようなものはなかった。

大塚の部屋の前には、書斎へのドアがある。三人でなかに入った。

「お〜、絶景っスね。さすが作家」

壁一面の本棚を見て、恋が感嘆の声を上げた。六段の本棚に並べられた本たちに駆け寄っていく。

本の総計は小さな図書館ぐらいあるだろうか。こんな状況でなければ、俺も鼻息を荒くしていただろう。なにしろぱっと見ただけでも、新旧国内外のミステリ小説が満載なのだ。昨夜ちらっと目にしただけだったが、改めて見ると専門書店並みのラインナップだった。壁は全面本棚で、中央にも本棚が配置されている。真上からだと〝回〟に見えるだろう。会議室とドアでつながっていて、行き来することもできる。他にあるのは二階と地下への階段だ。

恋はゆっくりと歩きながら上へ下へと視線を巡らせる。栖原も文庫本を取ってぱらぱらと捲っていた。

迂闊《うかつ》にさわるなと忠告したかったが、そうも言っていられない。解放されるには情報収集が必須だ。罠を怖れていたら見逃しかねない。アグレッシブにいかなければ、拝島の思うつぼだ。あれもこれも気をつけろと言っていたらなにもできない。

昨夜より大らかに思考できているのは、複数で行動を共にしているおかげだろうか。死神は背後で大鎌を持ち、脱力感も抜け切ってはいない。それでも部屋にひとりでいたときよりは精神が安定していた。

癪だが、蜜柑の推測の影響もあるのだろう。人狼ゲームに喩え、昼間は死の危険は少ないのでは、と言ったあれだ。信用したわけではないが、安心を得る材料にはなっている。

「すごいっスよ。『黒死館殺人事件』『ドグラ・マグラ』の日焼けぐあいに古びた感じ、『虚無への供物』なんか幻の塔晶夫《とうあきお》名義っスよ。まさかまさかの三冊とも初版なんじゃないっスか」

恋は奥付を見て、おーマジ初版っスよ、などとはしゃぎつつ本棚を見て回り出す。

「こっちは江戸川乱歩《えどがわらんぽ》……クロフツに西尾維新《にしおいしん》まであるっスよ。国内外の有名どころはコンプリートしてるんじゃないスか。これは血が騒ぐっスね～」

恋のはしゃぎっぷりは、駄菓子屋でお菓子を選ぶ子供のようだった。本にテンション上げてる場合か、と注意したいところだが、探索での精神的疲れもある。本や本棚を調べながらの小休止があっても罰《ばち》は当たらない。

「ミステリが好きなのか？」

そういえば千反田えるがどうとか言ってたな。

「ミステリは大好物っスよ。中学のときも周りが『君に届け』とか読んでたのに、アタシだけ『そして誰もいなくなった』とか読んでたっス。こう見えてリアル文学少女なんスから」

自慢げに胸を張った。なにも偉くないが、うなずいておく。

「あ、ほらほら見てください、これ。江戸川乱歩賞の受賞作がコンプリートされてますよ。横溝正史《よこみぞせいし》ミステリ大賞に、メフィスト賞……あ、鮎川哲也《あゆかわてつや》賞も全部そろってるっスねえ。アタシのおススメは『体育館の殺人』なんスけど、読みました？」

「そりゃ読んだが……もしかして創作活動でもしてるのか？」

「してないスけど、ほら、デビュー作は作家のすべてがこめられてるみたいなこと聞くじゃないっスか。作家はデビュー作にこそ注目すべき、ってのがアタシの持論なんスよ。それに受賞作が最高傑作で、その後下り坂って人も少なくないっスからね。そういった意味でも受賞作ウォッチャーはやめられないっス、新人発掘はいまや生き甲斐っスよ。去年の鮎川哲也賞のやつなんか歴代最高のトリックだと思うんスけど、あんま売れてないみたいっスね。そういうのが逆に応援したくなるんスけど」

恋は饒舌に語りながら、本の背表紙に指をすべらせていく。本当にミステリが好きなのだろう。目がキラキラしている。いまが日常で、ここが町の図書館だったら、ミステリ談義に花が咲いていたのにな……。

「おっと、屋敷さんの『名探偵の証明』発見。『弐《に》』もあるじゃないスか。百万部突破の帯がまぶしいっスねぇ。いまじゃこれけっこう高値らしいっスよ」

少し前までタダ同然の値段だったのに、跳ね上がったものだ。

「つうかこれ多すぎじゃないっスか。同じの二桁はあるっスよ」

たしかに一連の『名探偵の証明』だけは、どういうわけか十六冊もある。

「それだけ屋敷啓次郎を信奉してるってことじゃないか？」

「そうなんスか？　ミステリは好きなんスけど、古い作家さんの個人事情には疎くて」

「新本格ブームぐらいは知ってるだろ」

「それぐらいなら」

「あれは屋敷啓次郎の影響で起こったってのが定説だ。でも否定する作家も多い。影響を受けたのはクイーンやクリスティだってな。そんななかで拝島は屋敷啓次郎からの影響を公《おおやけ》に認めてたんだ。屋敷啓次郎の活躍がなければ、ミステリ作家をこころざさなかったってな」

「詳しっスね。アタシより全然ミステリ好きなんじゃないスか？」

恋が二冊の『名探偵の証明』を見比べながら、感心したように言った。

「昔はな」

いまはトリックだの名探偵だのという単語は嫌悪の対象だ。生きて帰れたら、ミステリ小説なんかすべて処分してやる。

「昔って……花ちゃん絡みスか？」

恋が声のボリュームを落とした。

「まあな」

「共感しますよ。アタシは幸か不幸か嫌いにはならなかったっスけど」

「……俺が過剰反応しているだけなんだろうな」

恋の手前、そう返した。

「ま、それはそうと」

恋が話題の変更とばかりに、声のボリュームを元に戻した。

「先輩、この『名探偵の証明』がなんでバカ売れしたかわかります？」

恋がハードカバーの本を抜き出した。

「さあな。大方、名探偵ブームに便乗したからだろ」

俺にとってこの本はそんな程度の認識でしかないが、嫌悪感だけは鬱積している。こんな本、世に出てほしくはなかった。

「それもなくはないスけど、アタシは別方向に理由があると思うんスよ。これってミステリとして読むこともできるんスけど、ぶっちゃけ出てくるトリックはAmazonのレビューに星一つで投稿したくなるぐらいしょぼいんスよ。でもこの本の価値はそんなところじゃないんス」

恋がページをパララと捲った。

「このなかにはリアルなトリック殺人が記されてるんス。バカ売れの理由はそこっスよ。ほら、ミステリの世界じゃトリック殺人なんて日常茶飯事っスけど、現実は違うっしょ。花ちゃんの活躍がニュースで伝えられるだけ。アタシたち一般人が遭遇することはまずないっス。これを読むことで現実のトリック殺人を疑似体験できるのが読者の心を摑んだんスよ。現にアタシ、針と糸で鍵を外側から閉めるって殺人事件に絡んだことがあるんスね。古典的な密室のネタじゃないスか。でも、トリックが解明されたときは、おお〜って興奮したんスよ」

かろうじて聞き取れたが、終わりの方は言葉になっていなかった。恋は泣き笑いのように表情を崩し、沈んだ口調と相まって、まるで懺悔《ざんげ》をしているかのようだった。

それはまばたきをする間。次の瞬間には、明るい表情になっていた。

「と、まあそんな感じでアタシなりに分析してみました」

なにごともなかったかのように切り上げようとする恋に、待ったをかける。

「まさかそれで終わりじゃないだろうな。ベストセラーの分析を披露したかっただけとか言うなよ」

「もちろん、長々とした前振りっスよ。先輩になら話したいって思ったんで、その助走っス」

「なんのだよ?」

「アタシが花ちゃんを嫌う理由」

キスでもしそうな距離まで顔を近づけてくる。これまでの会話は栖原の耳にも入っていただろうが、最後の囁《ささや》きだけは俺の耳にしか入らなかったはずだ。高揚感に頰が熱くなる。

物理的ではなく、心理的に恋との距離がまた一歩近づいた。その実感が体を反応させている。

恋愛感情、ではたぶんない。同じ方向性を持った仲間と出会えた高揚感だ。

恋がステップを踏むように離れていく。不似合いなぎこちない笑顔で。

かすかな寂しさが去来するが、補ってあまりある満足感が胸を満たしていた。

それを見計らっていたかのように、栖原がやってくる。小脇には文庫とハードカバーの本を五冊も抱えていた。

「どうしようか。見たところ本と本棚しかないっぽいけど。片っ端から本を抜き出して調べてみるかい？」

「この段階でそこまでしなくてもいいだろ。俺たちは先遣隊みたいなもんだ。軽く調べれば充分だろ。徹底的に調べるとしたら全員そろってからだな……で、その本はあとで読むつもりなのか？」

小脇の本を指差す。

「ああ、これ。夜は暇だからね。これぐらい持っていかないとすぐ読み終わっちゃうんだ」

虚勢やジョークの響きはない。自分にとってはごく当たり前だというふうだった。

「よく読んでられるな。俺はベッドにも入れないってのに」

「殺されたら殺されたときだよ。じたばたあがいてもね……なにがどうなるわけでもないし。疲れるだけだよ」

世間話でもしているかのようだった。栖原はなんとも思っていないのだ。殺されることを。

ここにきて栖原の言動が気になり出す。生まれつきの性格でこうまで虚無的になれるものだろうか。周りに合わせる反面、自身の命には無頓着だ。常識がありながら、常識がない。性格の問題でないのなら、なにが栖原を変えてしまったのか……。

恋と距離が近づいて感化されたわけではないだろうが、そんなことが無性に気になり出してきた。

が、栖原になにがあったにせよ、プライベートな領域に踏みこむことになる。昨日今日会ったばかりの俺が、興味半分でそこまで踏みこむのは気が引けた。他人の秘密を暴くのが生業の蜜柑ですら、そこはタブー視していたのだ。軽々《けいけい》には訊けない。

なにより、そんなことにかまけている暇はない。興味を満たしている時間があるなら、拝島の仕組んだトリックの解明に労力をつかうべきだ。優先順位を違《たが》えてはいけない。どうしても気になるなら、解放され安全が確保されてからでもいいのだから。

書斎から娯楽室へは直通で下りられる。各階そうだが、廊下に階段はない。あるのは会議室と書斎、娯楽室だけだ。

下りるなり、まずは娯楽室を抜け各々の部屋をチェックした。なにか仕掛けがあるとして、怖いのは娯楽室より各々の部屋だからだ。

しかし、脱ぎ捨てた服や飲み残しのペットボトル、移動した家具があるだけで不審なものはなにもなかった。

残るは娯楽室のみとなった。移動で何度かとおったが、じっくり見回るのは初めてだ。まず目につくのは、ビリヤード台やダーツマシンなど大型のものだ。ガラスケースには、オセロにトランプなど定番ゲームがある。大型テレビにＰＳ３やＸｂｏｘまで完備されていた。ソフトは何十本もあり充実のラインナップだ。これだけあれば当分は退屈しないですごせるだろう。

もちろん、デスゲームの最中でなければだが。

調査対象物が多いため念入りに調べてみたが、当然のように怪しいものはない。そろそろ会議室へ戻ろうか、というタイミングだった。

「栖原さんって、なんで命がかかったゲームにそんなクールでいられるんスか？」

恋があっさりと俺の逆を走っていった。

「おい！」

あまりのことに思わず声を上げた。

「だって気になるじゃないスか。先輩もそうじゃありません？」

時と場合とデリカシーというものがある。栖原も珍しく愛想笑いを浮かべている。

無言の抗議に応えるように、恋は訊ねる。

「野次馬根性で言ってるんじゃないっスよ。アタシらの過去にミッシングリンクがあるかもって読みゆえっス。それが事件解決の足掛かりになるかもしれないんスよ」

ものは言いようだ。事件解決のためだと理屈づけされると、プライベートに切りこむのもやむなしであるかのように思えてくる。

「ってわけでご協力願えないスかね、栖原さん」

「それは……まあ、プライベートなことだし、さ」

歯切れ悪く視線を遠くへ投げた。死が迫ろうが死体を目にしようが日常生活の一環のように受け止めていた栖原が、明らかに動揺していた。好奇心がくすぐられるが、栖原がこの流れを嫌忌しているのもまた明らかだ。助け舟を出してやらないと。

「いまは館内の探索だろ。無理強いしてまでミッシングリンクを探すときじゃない。それにプライベートなことをほじくっても、都合よく有益な情報が出るとは思えないな」

「ところがどっこいってこともあるっスよ。たとえばこんなのはどうスか。アタシらは全員、大きな心理的ダメージを受けた過去がある。その影響で脳の一部が機能停止してしまった。それが視野に関係のある部位で、盲点みたいに見えていない範囲が生じた。拝島さんはその範囲を利用して正さんに近づき、弄せず刃《やいば》を突き立てることができた、とか」

視野に、盲点？

視界の端で手を振ってみた。なんの障害もなく見える。正常だ。端から正面までスライドさせてみるが、異状はない。視野が欠けているようなことはなかった。

大きな心理的ダメージと言えば家族の一件しかないが、あれ以来生活に支障が出たということはない。それどころか風邪も引いたことがなく病院知らずだ。心理的ダメージは甚大だったが、脳機能にまで影響を及ぼされた自覚はない。祖父母や友達からそれらしき反応をされたこともない。俺に自覚がなく、身近な人たちも気づいていないのだから、万が一障害があったとしても拝島が気づけるはずがない。

「って、先輩先輩。なにマジに受け取ってんスか。あくまで一例っスよ、一例。そんな某有名ミステリのネタみたいなのが、そうそうあるわけないじゃないスか」

「だ、だったら真面目くさった顔で一席ぶつなよ」

五分前とは別種の頬の熱さを感じながら文句をつけた。

「すみません。けど、妄想に浸るぐらいには説得力あったんスよね？」

図星であるだけにノーとは口にできなかった。具体例を出されたからか、恋の側へ気持ちが傾きつつある。暇がないとは言っても、有力な推理の材料もないのだ。どうせ無駄骨だと決めつけず、いろんな方向へ手を伸ばしてみるのが得策かもしれない。

ヒントはどこに転がっているかわからない。恋だけではなく、屋敷啓次郎も似た格言を残したという。その方法論に乗ってみるのが最善手か……。

「どうスかね、栖原さん。アタシたちを助けると思って一肌脱いでくれませんか？」

俺があれこれ思案している間にも、恋は攻勢の手をゆるめない。

「その論理は汲《く》んであげたいけど、人に話すようなことじゃないからね」

栖原の口は重い。それはそうだろう。プライベートな問題を知りあったばかりの赤の他人にカミングアウトできはしない。当の恋だって、まだ抱えているもののすべてを俺にさらけ出してくれてはいないのだ。監禁された同士という以上のつながりがない者に、個人情報を開示しろと迫ってもどだい無理な話だろう。

「したら交換条件といきません？　こうした質問をぶつけるのも、アタシらにも思い当たる節があるからなんスよ。話してくれたら、こっちも赤裸々な過去をお返しするっスよ……先輩が」

「おい！」

即座にツッコんだ。恋はとぼけた顔をして、

「だって、アタシの最初の告白先は先輩で予約してるんで」

いたずらっぽく笑いかけてきながら――まあ任せてくださいって――とでも言うようにウインクしてみせた。

文句をつけてやりたい衝動をぐっと呑みこむ。どんな戦略があるか知らないが、ここは任せてみよう。

「せっかくの申し出だけど……僕は別に……」

拒否はするものの声のトーンは弱々しい。恋の弁舌に押されているのか、押し売りにおろおろする主夫のようでもあった。引きつった苦笑いが仮面のように張りついている。

そこを見逃さず、恋はさらに追い打ちをかけていく。ストップをかけるべきなのだろうが、推理の足掛かりになる可能性があるとなれば、二の足を踏んでしまう。あるいはそう言い訳をしているだけかもしれない。

「アタシは栖原さんになにがあったか知りません。けど、ぶっちゃけると楽になることってあるものっスよ。カウンセリングにはそういう側面も大きいみたいっスから。アタシはただの学生で心理学科でもないっスけど、即席のカウンセリングと思って話してみませんか?」

打って変わって、恋はやさしい口調で諭した。慈愛さえ感じる面持ちで栖原を見つめている。とても演技で作れるような表情ではなかった。紡ぎ出される言葉は栖原を抱きしめるようで、母が子をあやすようだった。

そうしたなにもかもが、真に栖原を気づかっているからこそ表現できるものだった。

これがあの恋なのだろうか。まるで別人だ。好奇心であるとか解決の足掛かりになるとか、そんなものこそが建前であったかのようだ。本当の目的は栖原を楽にすること。そう思わせられるほどの温かさだ。

栖原にもそれが伝わったのか、笑顔が剝がれ落ちていた。ゆれていた片目が大きく見開かれ、恋と視線を交わらせる。

「僕は……そんな……楽になんて」

うわごとのように栖原はつぶやく。堅牢だった金庫が開こうとしていた。だが鍵はかかったままだ。開いてはいない。聖母もかくやという恋を見てさえ口外できない事情とは、いったいどんなものなのだろうか。

「そうっスか。そしたら……」

恋は元の口調に戻すと、壁際のガラスケースへと小走りで向かっていった。戸を開けると、四角い箱を持ってくる。

「ババ抜きで勝負ってのはどうスか？　アタシか先輩のどっちかがビリになったら潔く諦めます。けど、恭介さんがビリならカミングアウトしてくれません？」

恋はフィルムを破ってトランプを出して見せた。すっかり見慣れた恋に戻っている。

「で、でもババ抜きしてる時間はないんじゃないかな。僕たちは探索にきたんだしさ」

「ノープロブレムっス。どうせ凪さんが回復するまで、議論も検証もままなりませんよ。がっくしきてる凪さんの上であーだこーだ仮説を飛び交わさせるのもなんスし。凪さんのためのクールダウンの時間と思ってやりましょうよ」

恋は円形テーブルの椅子を引いた。

「……ってことで、ささ座ってください」

ひらひらと手招きする。

カミングアウトすべきだ、という理由を栖原は複数提示された。カミングアウトするメリットは理解できたはずだ。加えて恋のしつこさ。性格的に嫌とは言えなそうな栖原にとってはストレスだろう。ダメ押しで地の底に手を差し伸べる聖母のような恋の――。

俺が栖原だとしたら、カミングアウトの方へと天秤は傾いている。そこへ自分に有利な勝負を提案されたらどうなるか。たとえ負けてカミングアウトすることになってもメリットはあるのだから、勝負してやろうという気になるのではないか……。

「負けたよ。その代わり、僕が勝ったら諦めてくれよ」

案の定、栖原は観念したのか席についた。最終的には栖原が折れた形だ。恋の粘り勝ちか。

「ほらほら、先輩も座ってくださいよ。先輩がこないと始まらないんスから」

こんなことをしている場合なのかとか、無理やり栖原の口を割らせて不躾《ぶしつけ》じゃないかなどという葛藤もある。あるが、そこは一応栖原の許可をもらいクリアになった。絵畑のクールダウンの時間にもなるというもっともな理由もある。

こうなれば毒を食らわば皿までだ。促されるまま俺も席につく。

「それじゃスタートしましょう」

恋はトランプを扇に開いてジョーカーを一枚抜いた。

「カードはアタシが交ぜていいスよね。シャッフルは得意なんスよ」

と、豪語したわりにぎこちない手つきでぽろぽろ落としながら、数回シャッフルをする。

「誰が得意だって?」

「酷いっスね。さわってみてくださいよ。ワックス塗られてるみたいで、すっごい扱いづらいんスから」

配られた裏が青いトランプを取ってみると、たしかに表面がつるつるしていてやや扱いづらい。プラスチックではなく、紙製のようだ。

「ね、スケートリンクばりにすべるっしょ」

「そこまでじゃない。大理石ぐらいだろ」

雑談しながらもペアを捨てていく。ワンペア、ツーペア……卓上にトランプの山が重なっていく。

俺の手元に残ったのは五枚。ジョーカーはなく、まあまあってところか。

恋と栖原の手札を見てみる。俺より何枚か多い。数的には有利だ。ジョーカーがどちらにあるかだが……。

恋は半笑いだ。ジョーカーがあるから笑っているのか? ないから笑っているようにも見えるが、楽しんでいるだけのようにも思える。

肝心の栖原だが、目立った変化はない。これぞポーカーフェイスだな。動きはまばたきぐらいだ。ジョーカーがないからこその落ち着きか？

「取るのは時計回りでいいスか。先輩がアタシの、恭介さんが先輩の、アタシが恭介さんのを取るってことで」

「僕はそれでかまわないよ」

「俺もそれでいい」

「あざっス。じゃ順番はジャンケンといきましょ」

ジャンケンの結果、恋から時計回りに開始となった。

「一発目が大事っスからね〜。どれにしようかなっと」

リズムを刻みながらトランプを指差しする。

「これにしよっ……おっ、当たりっス！」

5のペアを場に捨てた。

「幸先いいっスね。次は先輩の番スよ。ジョーカー引かないでくださいね」

「持ってるのか？」

「それはトップシークレットっス。勝負はフェアにいかないと」

恋はぐいっとトランプを前へ出した。一枚が極端に突き出ているとか広がっているとかの小細工はない。適当にまん中のトランプを引いた。スタート直後に悩んでもしょうがない。さくさくといこう。

それにしても、なんで死ぬか生きるかの最中にババ抜きをしているのだろうか。正当な理由があるとはいえ、妙な気分になりながらトランプを確認する。

スペードの7だ。7は……ない。

「運がなかったっスね、先輩。お次は恭介さんスよ」

「ジョーカーを取らなきゃいいけど」

ということは、栖原はジョーカーを持っていないのか？　だとするなら恋から取っている俺が危険ということになるが……ブラフをかましているだけってこともある。たしかなのは、俺がジョーカーを持っていないということだけだ。

栖原は俺の持つトランプの上で手を左右させて、右端のトランプを抜き取った。

「そろったみたいだね」

Jのペアを場に出した。一周目でペアが成立しなかったのは俺だけか。幸先が悪い。

「先輩、頼むっスよ。超連帯責任なんスからね」

「ならジョーカーを渡さないようにしてくれ」

「それは栖原さんにかかってるっスね。アタシは持ってない……ような気がするんで」

恋が栖原に向かって笑いかける。

「君らはタッグみたいなものだろう。正直に打ち明けて、日戸さんにジョーカーを移動させるのが得策だと思うよ」

栖原も迎え撃つように笑みを返す。

「いえいえ。フェアプレイは重んじるっスよ。アタシがジョーカー持ってたら、先輩にも悟らせませんよ」

腹の探り合いだな。恋としては、栖原からジョーカーを引くわけにはいかない。もし栖原がジョーカーを所持していて恋が引いてしまったら、最低でもあと二ターンは栖原に回らないことになる。

ジョーカーを持つのが恋だとすると、巡りからしてさっさと俺に引かせるべきだ。まずは俺に渡さなければ栖原には巡らない。俺と恋はタッグみたいなものだ。なにかのサインを送りジョーカーを渡そうと思えば渡せる。

ただし、それは不正だ。勝負を引き受けてくれた栖原に対して不義理にもなる。発覚すれば勝負不成立にさせられるかもしれない。やれるがやらないのが正しいだろう。

二巡目。恋が引くものの、ペア不成立だった。俺の番になるが、恋からジョーカーの有無を教えるような仕草はない。ジョーカーを持っていないか、フェアプレイを遵守しているからだろう。

勝利条件から言って、この時点で俺がジョーカーを引いてもマイナスではない。もし恋がジョーカーを持っているならば、さっさと俺が引いて栖原に回る可能性につなげるべきだからだ。ならばタイマンになるまでは、駆け引きなしで無心で引いていっても支障はない。

その後、三巡、四巡と勝負は続いていった。

数巡目、ついに。

「やったー！　一抜けっス！」

接戦を制し、トランプを卓に投げ出したのは恋だった。正真正銘A《エース》のペアだ。

「やられちゃったな」

Aを進呈してしまった栖原がトランプを伏せ置いた。枚数は二枚。対する俺はクラブの3が一枚だ。いよいよ勝負は終局となった。戦況はほぼ五分と五分だが、ジョーカーは栖原の手にある。有利なのは俺だ。

「あとは先輩の運頼みっスよ。強運見せてくださいね」

恋が期待のこもった目でガッツポーズをする。

「あんまプレッシャーかけるなよ」

勝負はこのターンからだ。たかがババ抜きだが、負けられない。栖原のカミングアウトがかかっている。

好奇心から知りたいというのもあるが、推理の材料となる可能性があるのなら道端に捨てられたガムでもほしい。負ければ栖原の口は貝より固くなるだろう。このチャンスでなんとかするしかない。

それに、負ければ恋にあとで文句を言われそうだしな。

さあ、どっちを引くべきか。トランプは二対一で、幸い俺のターン。有利ではあるが、戦局はまだ不透明だ。字札であれば俺の勝ち。そうでなければ圧倒的にピンチに陥る。確率五十パーセント。

どっちだ。どっちを引く？

「先輩、超超重要局面っスよ。じっくりいきましょうね、じっくりと。いきなり取って、あー！　とか頭抱えるのやめてくださいよ」

「わかってるって。慎重に選んでるところだ」

トランプに手を伸ばす。右か。左か。

反応を探ろうと、取るふりをしたり表情を吟味したりしてみるが、栖原にある変化はまばたきぐらいのものだった。手がかりゼロだ。運任せでいくしかないか。

「先輩、運任せでいっちゃダメっスよ。こういうときこそ第六感っス。なんかオーラみたいなの見えないスか。ビビッとくるとか、特定のカードに心惹かれるとか」

「残念なお知らせだが、俺は美輪明宏《みわあきひろ》じゃないんだ」

「じゃあアタシの第六感によると……こっちなんかどうスかね。当たりっぽい匂いがするよ〜な〜」

恋がゆさぶりを入れるように右のトランプを指した。

「どうかな？　お好きな方をどうぞ」

栖原は恋が覗けない角度でトランプを保持しながらも、ゆったりと構えている。

「あ、でも先輩、こっちもぽくないスかね。ほら、カードの広がりが大きくないっスか。なんか誘ってる感じしません？」

恋が左のトランプを指差したところで、つま先に誰かの足が当たった。

「ずっとこれぐらいの間隔だったろ」

「やっぱこっちっスか。前に出てる方が取らせたい感強そうスもんね」

右のトランプが前、左は後方だ。たしかに一見した取りやすさは、全面が見えている右側だ。取りやすそうってことは、右のトランプに誘われているということか。ジョーカーは右？

「けど左も捨てがたいっスね。そう思わせといて実は……って栖原さんならやりそうスからねえ」

恋がトランプと栖原を見比べていると、またつま先に誰かの足が当たった。

「やっているかもね」

「つれないっスねえ。サービスで教えてくださいよ」

「無条件降伏するなら教えてあげなくもないよ」

「ケチっスね。右っスか？」

恋が右を指差す。

「それとも左っスか？」

左を指したところで、またつま先に誰かの足が当たった。

妙だ。さっきから足が当たりすぎだ。当たる強さは一定で、なにか意思を感じる。足を組み替えたりして当たったという感触でもない。当たる感触と方向からすると、右どなりの恋が蹴ってきているようだが……なんのつもりだ。

「そのポーカーフェイスはせこいっスよ。ニコっとぐらいしてくださいって。ほらほら、右なんスか？　左なんスか？」

またた。またつま先を蹴られた。

どうも恋が左と言ったり、左のトランプを指したときに……蹴ってきているような気がする。

「右？」

恋が右に首を傾けた。なにもない。

「左？」

きた。また蹴られた。やっぱり左と言うときに恋は蹴ってきている。どういうことだ？　まさか嫌がらせじゃあるまいし。

ごく普通に考えれば左を引けと伝えたいのだろうが……恋はどうやって左がペアになるトランプだと知ったのか。座り位置からして覗き見はできそうにない。栖原も恋の動向には気を配っている。見ようとしても見られはしないだろう。裏面にマークでもつけたのか？　だが筆記用具なんてないし、そんな隙はなかった。こうして凝視してみても、差異はないように見える。

知りようがなければ教えようもない。なら足が当たるのは偶然か？　意識的に蹴られているように感じるが……。

知った過程はともかくとして、恋のメッセージどおり左を引けばそれまでだが……根拠はほしいところだ。恋が左を引きたいだけってことも、なきにしもあらず。だが栖原の前で面と向かって訊くわけにもいかない。

「………」

そうだ。一回だけあったじゃないか。

恋が一抜けして、栖原がトランプを卓に伏せたあのときだ。伏せる一瞬、マークが見えたのではないだろうか。それなら納得できる。

「そろそろ選んでくれないかな。腕が疲れてきたんだけど」

決断のときだな。これ以上長考はできない。

これは不正か？　違うよな。たまたま見えたのなら不正にはならない。せこい理論武装かもしれないが、恋にトランプの柄が見えたというのはあくまで俺の推測だ。恋から耳打ちされたわけではない。これはどちらを引くか、その決断を補助するものでしかない。勘だけで選ぶより、わずかでも根拠のある方が選びやすいものだ。

意を決し、左のトランプへと手を伸ばした。トランプを摑み、引く。わずかな抵抗。栖原はポーカーフェイスを崩さない。不安がよぎるが、もう戻せない。ゆっくりと手元へ持ってくる。

はたしてトランプは、スペードの3だった。

「最後までジョーカー動かず、か。こういう流れなんだね、いまは」

栖原は口先だけで笑い、トランプを下ろした。

＊

僕が彼女と出会ったのは、一昨年《おととし》の冬のことだった。

あの時間、あの講義の終わり、あのベンチに座らなければ、あんなことは起こらなかったかもしれない。

そういつも後悔している。

「あ〜寒すぎる」

僕はそう口に出しながら、外のベンチに座った。温かい缶入りのコーンポタージュを寒空の下で飲むというのが、僕のこだわりだった。

冬の澄んだ空を眺めながら、コーンポタージュに舌鼓《したつづみ》を打っているときだった。彼女がとおりかかったのは。

登場を演出するように、強い寒風が彼女の黒髪を舞い上げた。地味な鈍色《にびいろ》のワンピースとカーディガンがはためく。色白の彼女は目を細め、わずかに髪を撫でつけただけだった。寒さに溶けてしまいそうな雰囲気に目を奪われる。

「あっち！」

ベタに缶を膝に落としてしまう。

跳ねるようにベンチから飛び上がる。あーバカすぎる。あ、でも彼女がこっちを見てる。膝の熱さをこらえて苦笑い。彼女もうっすらと笑い返してくれた。

チャンス！　脳内で号砲が鳴った気がした。僕はスプリンターのごとくダッシュで彼女の元へ。目を丸くしているが、勢いに任せていくしかない！

ズボンを黄色く濡らし、息を切らして迫ってくる男なんてさぞかし不気味だったろうが、それより僕には優先させるべき事柄があった。

「映画サークルに入ってくれませんか?」

唐突上等という気勢で僕は言った。

「映画……?」

彼女がなにこの人、というふうに眉をひそめる。

しまった! い、いくらなんでも唐突すぎたか。早速後悔する。

世間話とか天気の話題とかから接していくべきだったか。完全にナンパか頭がおかしい奴認定されている!

「あ、怪しいけど怪しいものじゃないよ。僕は栖原恭介。楽しくおかしく映画を撮ってる愉快な大学生なんだ。そこで君を見かけて電気が走ったみたいになって、なんとしてでも君を撮りたいと……」

って、ますますナンパみたいじゃないか。ほら見ろ。彼女がますます胡散《うさん》臭そうな顔になっている。墓穴掘りまくりだ。千載一遇のファーストコンタクトだというのに、レンズに収めもしないうちにジ・エンドなんてありか!

うああ、こうなったら……。

「君の映画が撮りたいんだ。お願いします。映画サークルに入ってください」

玉砕覚悟の九十度お辞儀。言い訳を並べ立てて糸を絡ませるぐらいならストレートに勧誘してやる。

「え、ええっと……わたし、演技はちょっと……」

この世の終わりだってぐらいの暗い声と顔。

そ、そりゃあ演技なんて大多数の人はやりたがらないけど、こんなに嫌がらなくても……あ、こんな初対面の怪しい奴から誘われたらこうなるか……。

あとには引けない。この衝動を味方に突っ走るしか……ええい！　こうなれば奥の手だ。あれをやってやる。

「お願いします。初対面ですが一生のお願いです。映画サークルに入ってください！」

とことんまでいってやるという半ばやけくそな気持ちで、手と膝を地についた。ジャパニーズ土下座だ。

「こ、困ります。わたし、演技は本当に……」

それなら〝焼き土下座〟でもなんでも……とプライドなんてちっぽけなものはかなぐり捨てる覚悟でいると、彼女のスマホが鳴った。

彼女は困惑の表情を浮かべながらも、スマホを耳に当てた。離れ際、ぺこっと頭を下げていった。いい子だ。

土下座をキープしたまま彼女を待つ。彼女はちらちらと僕に視線をやりながら、通話先の誰かとやりとりしている。どうやら現状の説明をしているようだ。こんな珍妙なイベントがあったら、即刻エピソードトークしたくもなるよな。

彼女は「うん」とか「でも」とか「そうだね」「いいかも」などなど、首振りや頷きを交えながら会話していた。心なしか彼女の表情がやわらいでいるような気がしなくもないけど……僕の願望が見せるプロジェクションマッピングだろうか。

ありがとう、と言ってスマホを切った。

さあ第二ラウンドだ。彼女があのスマホで一一〇番をするぎりぎりまで粘ってやる。

「哀れな仔羊に恵みを与えるとおも……」

「わかりました」

「え？」

地面に擦りつけようとしていた頭を上げた。

「わたし、入会することにします」

「幻聴？」

「現実ですよ。わたし入会することに決めました」

カキーン、とサヨナラ逆転満塁ホームランを打った幻聴がした。ま、まさかの了承だ。一寸先は光だった。

「だけど条件があります」

「条件……入ってくれるなら、なんでも聞くよ」

出演料なら食費を切りつめればなんとか……なりそうな気がしなくもない。いやいや、この子がそんなせこい要求はしないだろう。

「わたし主演で映画を撮る、という認識でいいんですよね？」

「そうでなかったら声をかけていないよ」

彼女は得心したようにうなずいた。

「そしたら脚本をわたしに書かせてください。それが入会の条件です」

「そんなのお安い御用だよ！」

百回ぐらい首を縦に振りながら、ふたつ返事で了解した。僕の望みは彼女を撮ることだ。脚本にまでこだわりはない。彼女が脚本を書いてくれるのなら望ましいぐらいだ。

「ありがとうございます。わたし綿林瑠依子《わたばやしるいこ》っていいます。短い間ですが、よろしくお願いします」

こうして思いがけず、綿林さんの勧誘に成功し、電話番号もゲットした。

去っていく綿林さんの背中を眺めながら僕はつぶやいた。

「さてと。次は映画サークルの立ち上げだな」

そう。大学に映画サークルなんてなかった。僕は去年の沖縄旅行でぐらいしかカメラを回したことのない、ただの映画好き。映画サークルなんて口から出まかせだ。

でも彼女を一目見たとき、ぱぁっと頭に映像が映写された。彼女を撮りたい。衝動に突き動かされての行動と嘘だった。

それが僕のみならず綿林さんの人生をも狂わせるとは知らずに、その日一日浮かれていたんだ。

＊

「つき合わせてしまって、すみませんでした」

劇場から出てきた綿林さんは、丁寧に頭を下げた。

「綿林さんへの恩に比べたら、これぐらいしなきゃ罰が当たるよ。僕も演劇って生で観たかったしね」

「だとしたらわたしもうれしいです」

なんてうれしそうな笑顔だろうか。永久保存にして残したいぐらいだ。北風の寒さも吹っ飛ぶ。こんなことでこんな笑顔ができるなんて、よほど花丸な教育をされてきたのだろう。年下だけど見習うべきところが多い。

なにかと理由をつけては、綿林さんとデートもどきを重ねた。自惚《うぬぼ》れでなければ、彼女も楽しんでくれていた。そうでないと、こんな笑顔はしてくれない。

「ネットで知り合った友達が主役の予定だったので、どうしても観にきたかったんです。ほら、栖原さんに勧誘されたとき電話がありましたよね。あの人です。若本直《わかもとなお》って芸名で活動してました。でも、もうやめると……」

「最後の晴れ姿ってわけだね」

綿林さんはなぜか悲しげに首を振った。

「いえ、さっきLINEにメッセージがきてました。主役の人が予定より早く快復したから、立ち消えになったって。ほんと、運がなさすぎだよ。人間関係も、タイミングも……」

最後の方はひとり言、だよな。視線はどこを見てるんだろう。遠く、遠くを見てる。

「……そうなんだ」

それ以外のコメントが出てこなかった。残念だったね、運が悪かったね、酷い話だ、なにを口にしても無責任な発言に思えたからだ。浮かれていた気分が冬にふさわしい温度に下がる。

終演後、早々に席を立ったのも納得した。いろいろな意味でいたたまれなくなったんだろうな。

「けど大丈夫です。一緒にいてくれる人がいるそうですから」

寒さを一掃しようとするように元気な声だ。綿林さんがそうしてくれるのなら、僕が辛気臭い顔をしているわけにもいかない。

「彼氏がいるんだ。うらやましい」

僕も元気さ三割増しの声を出した。

「彼氏ではないですけど……理解し合える関係ではありますね」

「それはそれでうらやましいな」

「ですね。わたしもです」

なんて雑談を往復させながら、僕たちは駅へ歩く。

「遠出だから遅くなるかもしれないけど、門限とか大丈夫かい？　実家暮らしだったよね。お父さんとか……」

大学生で門限もないだろうけど、どことなくお嬢様然としている。着物を着て髭を生やした親父さんが、娘の帰りはまだかと家で待ち構えていそうだ。

「大丈夫ですよ。一週間は出張してますから。お母さんは三年前に亡くなってますしね。待ってるのはイグアナのマリちゃんだけです」

さらっとヘヴィーな情報が……。

根掘り葉掘り質問するのは言語道断だけど、スルーも不自然だよな。そうなんだ、ぐらいが適当……かな。綿林さんも雑談の延長って感じだったし……。

「そうなんだ。というかイグアナにマリちゃんって……」

僕はイグアナ談義の方を広げながら、ロケハンの地へと向かったのだった。

夢のロケハン。映画人だけが許されるアクト。間近に迫るクリスマスよりよっぽど素敵なイベントだ。それを僕がやる日がくるなんて、人生ってわからないな。しかも歩みを同じくするのは綿林さんだ。郊外にあるこの廃マンションも華々しく見える。

割れたガラス、錆《さ》びた窓枠、黒ずんだ床、スプレーで書かれた落書き、床に散らばるゴミや残骸。これぞ廃マンションといった風情だ。監督の僕としてはサスペンスのクライマックスとして申し分ないと思うけど……脚本の綿林さんはどうかな。

奮発して買った、手ブレ抑制四十倍ズームのビデオカメラを綿林さんに向けた。

「雰囲気ありますね。脚本にぴったりだと思います」

おーさすがフルハイビジョンだ。裸眼で見るより鮮明な気がする。

「第一稿もらってから検索かけまくって探したからね。廃墟の写真集も漁ったし。これでイメージと違っていたら暴れるところだった」

「ありがとうございます。いいラストシーンが撮れそうな気がします……って、いつの間にカメラ回してるんですか」

冗談っぽく怒った顔も絵になるな。

「なににやにやしてるんですか」

「してないよ。カメラテストしているだけだって。素人《しろうと》だから練習しておかないとね」

「栖原さんには騙されましたよ。あんなにも熱心に誘っておいて、部員がひとりだけだなんて言うんですから。脚本書くのに苦労しましたよ」

綿林さんが執筆に乗り出すというその日だった。映画サークルの部員は僕ひとりであり、なおかつ映画撮影ド素人だと打ち明けたのだ。

開いた口が塞《ふさ》がらないようだったが、大人数よりはよかったと不問にしてくれた。入会の話はなかったことに、と切り捨てられやしないかヒヤヒヤしていたが事なきを得た。誘った時点では映画サークルは存在していなかったわけだが、それはそれ。いまは存在しているのだから、ゲロすることもないだろう。

「役者一名、カメラ一名。カメラはド素人。その条件で一本ストーリーを書き上げられるんだからすごいよ」

「褒めすぎですよ。栖原さんならわかるでしょう。この脚本、目新しさはほとんどありません。それに三分のショートフィルムですから、ワンアイディアで書けますしね」

綿林さんが『飛翔』とタイトル印字がされた台本を振った。

「だとしても、一本のストーリーを書き上げられるのはすごいよ。なにより熱量がものすごい。行間から滲《にじ》み出ているというか……ありがちなストーリーなのにぐいぐいと引きこまれたよ」

おっ、目を丸くしている。僕の感想が的中していたのかな。でも、どこか自嘲しているような苦笑いはどういう意味だろう？　視線もカメラから外された。

「それはそうですよ。だって実体験が混じってるんですから」

「え？」

「わたし、ストーカーされた経験があるんです」

やばい、心臓が痛いぐらいに連打している。実体験、ストーカー、行間から滲み出る熱量。不安をかき立てるには道具立てがそろいすぎている。手足がかじかむ時期だというのに、こんなに汗が出てきた。

「ええ、まあ……と言っても、高校のとき一か月だけですけどね。帰り道とかずっとつけられてて、たまに声もかけられたりして。それぐらいで、大それたことをされたってわけじゃないんです。だけど怖かったのは事実なので、そのプチ恐怖体験を膨らませてみたんです」

「よくないけどよかった。壮絶な体験談が語られるんじゃないかとヒヤヒヤしたよ」

体全体をつかって安堵のため息をついた。悪霊が落ちたかのように体が軽くなる。

「すみません、心配かけちゃったみたいですね。これといった実害はなかったんで、変に同情とか遠慮とかしないでください。もうストーカー行為もそれに対するわだかまりもないんですから。しっかり演じてくださいよ、ストーカー役」

「演じてと要求されてもなぁ。全編綿林さんのひとり芝居じゃなかったっけ？」

「やるなら完璧にやりたいんです。栖原さんが栖原さんのままじゃ、迫力のある演技はできません。ストーカーっぽくカメラを回してくれると、わたしの演技も向上するはずです」

なんか……プロっぽい顔つきだな。演技を職業にしている人は、時としてこんな顔つきをするんじゃないだろうか。声もなんとなく凜々《りり》しかった。こんな綿林さんは初めてだ。見惚れる。聞き惚れる。

やるとなったらとことんまで。初見での儚《はかな》げな印象を一転させる気質だ。新たな一面の発見に、胸が騒ぐ。

「それならさっそくリハーサルといこうか。ストーカー、カメラを向ける。ヒロイン怒る」

綿林さんの熱に煽られたように、僕は録画ボタンを押した。

「あ、あのですね。いまは遠慮してください。まだ心の準備ができてないんですから」

頰を染めつつレンズから顔を逸らすのは、演技素人の女子大生だった。

ちょっと肩透かし感。でもこういう綿林さんもまた魅力的だ。録画は維持しておこう。

屋上からは周囲に生い茂る緑が一望できる。ちょっと下れば車がいきかう公道があるのに、マンション周辺は隔絶されたように静かな空間だ。だからこそ心置きなく撮影ができるんだけど。

「ラストシーンはここしかないでしょうね」

綿林さんはコンクリートの継ぎ目に生えた名も知らない雑草を避けながら歩いていく。足下には落ち葉や虫の死骸だけじゃなく、どこかの誰かが捨てていった花火の燃えカスもあった。床は所々ひび割れている。強めの地震がきたら五秒で倒壊するんじゃないか。何年放置されたらこうなるんだろう。作品の雰囲気にはぴったりだ。

「この鉄柵までわたしが追いつめられることにしましょうか」

風に髪をなびかせながら錆びた鉄柵に手をそえる綿林さんも、絵になっている。これに演技というドレスが加われば、どれほどの変化を遂げるのだろうか。本番が楽しみだ。

「進退窮《きわ》まったわたしは、振り返り恨み言を叫ぶんです。柵をまたごうとしたところで、栖原さんは慌てたようにカメラを下ろしてください。飛び降りシーンが写らないように」

「あ、本気で飛び降りるつもりだ！　みたいな感じかな」

「そんな感じです。自然に下ろしてくださいね。その間にわたしは重りを投げ落として、フレーム外に隠れます。落下音がしたらすぐにカメラを上げてください」

綿林さんを勧誘したときは、撮影脚本演出その他もろもろを、全部やるつもりだったんだけどな。気がついたら脚本だけじゃなくて、演出も積極的に引き受けてくれている。的確でこだわりも随所に感じた。やる気がなきゃできるものじゃない。嫌々やっているんじゃなさそうでよかった。

「落下の音表現には、重りを入れた段ボールを落としましょう。隅にでも隠しておいて投げ捨てるんです。それで死んだ……と思い、柵まで近寄り落下地点を映すと、そこには崩れた段ボールの山があります。一命を取り留めたわたしの姿はすでにない。ストーカーは追いかけようと階段を下りているところで足をすべらせ……という流れですね」

「階段落ちの練習をしておかないといけないね」

演出をしないツケはなかなか大きい。

「大丈夫ですよ。怪我なんかしませんって」

「無責任発言反対！」

「わたしには未来予知ができるんです……あ、それより見てください」

綿林さんが柵に手を突き、地上を見下ろした。

「あ、露骨に話を変えた」

「そんなんじゃないですって。綺麗ですよあれ、ほら」

目を輝かせて言われると、見ないわけにはいかないじゃないか。どれどれ、なにがあるんだ？　指し示された方向にカメラを向けてみる。

「あれスイセンじゃないですか……すごい」

四階下。そこは一面、真っ白なスイセンが花を湛えていた。管理人が世話をする花壇だったんだろうか。人の手を離れて群生するスイセンは趣があった。検索ではヒットしなかった自然の絨毯だ。

綿林さんにばかり目を奪われて注意を払っていなかったけど、地上の景色もなかなかだな。

「この映画と、わたしにふさわしい花だな……」

綿林さんがひっそりとつぶやいた。まったく同意だ。スイセンと綿林さん。完璧に近いマッチング度だ。

綿林さんはスイセンの美しさに心を奪われているようだ。チャンス！

密かに綿林さんへカメラを向けた。録画ボタンを押して、カメラを高々と上げる。綿林さんとスイセンを同フレームに収めたいのに……この位置からじゃスイセンがちょっとしか映りこまない。これぐらい上げれば……もっと……もっとかな。上げすぎると綿林さんの顔しか映らなくなる。角度を調整すれば……。

そんなセルフクレーン撮影に気づいたのか、綿林さんが振り向く。また顔を逸らされる、と焦ったが、綿林さんは鉄柵にもたれるようにしてポーズを決めてくれた。おお、ノリがいい。スイセンの美しさが彼女を開放的にしているのか！

「スイセンとわたし、ちゃんと撮れてます？」

「たぶん……確認してみようか」

撮った映像を再生してみた。綿林さんが横から覗きこんできて顔が……近い。あ、操作間違えた。

簡単な操作に悪戦苦闘しながら再生する。

「うまく撮れてますね」

綿林さんとスイセンは、バランスよくフレームに収まっていた。花びらの白と髪の黒色が鮮やかなコントラストをなしている。無茶な体勢だったわりにはいい出来だったな。

「『飛翔』をブルーレイ化するなら、ジャケットはこれで決まりだね」

「編集は知り合いに任せてあったんですが、栖原さんに一任します。もしなにかあったら一番に父さまへ渡してあげてくださいね。首を長くして待ってますから」

迷惑そうに苦笑いしているけど、なんとなくそれが待ち遠しそうだ。いい親子関係なんだろうな。僕が演者だとしたら気恥ずかしくて、親には見せられないよ。

「ブルーレイになったら、いの一番に渡すよ。販売価格はいくらにしようか」

「千五百円にしましょうか。でも三枚買えば三千円なんです」

「それって、第二作、三作にも出演してくれるってことかい？」

「……それはノーコメントにしておきます」

「うわ、生殺しだ……って、なんかインタビュー動画撮っている気分になってきたよ。せっかくだし、これ特典映像にしようか」

「事務所に訊いてください」

控えめに笑う綿林さんの横顔は、それこそスイセンみたいだ。内容はストーカー目線のサスペンスだけど、こういう綿林さんもどこかに織りこめないかな。事件解決後のワンシーンを今度は恋人が撮っているとか。

なんて構想していると、綿林さんが正面を向いた。

「栖原さん」

レンズを隔てて、僕と目が合った。厳《おごそ》かな佇まいだ。まるで面接をうけているみたいな、親に結婚の報告をするかのような……いずれにしても綿林さんは、撮られることを望んでいる。

直感した僕は、カメラを外さずに録画し続けた。

「ごめんなさい。迷惑をかけますが、最後までどうぞよろしくお願いします。誘ってくれたこと、感謝しています」

深々と頭を下げる綿林さん。出会った日とは立場が逆だ。いきなり改まってお礼を言われたら、なんて返したらいいかわからないじゃないか。

頭を上げた彼女は、気まずそうにまぶたを伏せた。僕も気まずくて、ついレンズから目を逸らしてしまう。

でも見ておくんだったよ。一秒でも長く。

「特典映像は父さまに見せないでくださいね。いくらなんでも恥ずかしいですから」

約束は……守っているよ。最後のお願いだから。

＊

「こないで、こないでよ!」

綿林さんが叫ぶ。純白の衣装が埃舞う廃ビルにひらめく。振り向き、つまずき、走り、またつまずく。鬼気迫る表情で木片を拾い、投げつけてくる。僕は冷静に避け、撮り続ける。綿林さんは何十キロも走破したみたいな息づかい。つまずき方もリアルだ。転びそうになりながら手を突く寸前で体勢を立て直すところとか、落ちているゴミで足をすべらす動きとか。本当にストーカーから逃げているみたいだ。すごい。これでも素人なのか? 実体験が元にあるせいなのか、迫真の演技だ。リハーサルとは次元が違う。

これほどの演技を見せられると、自分が本物のストーカーになったような心境になってくる。それほど引きこまれてしまう。だけどそこは自制だ。綿林さんに注文されたように、僕の演技も大事なんだから。

しかも僕の役目はカメラマンだ。映すべきものは逃さず撮っていかないと。季節とか場所とか時間とか、登場人物の心情とか、映像でわかるようにしないといけない。

全編三分のうち、ストーカーが行動を起こしたこのシーンに一分半つかう。マンションの敷地に入ってから屋上までワンカットの長回しだ。できれば一発で決めたい。

僕はジェイソンのように無言で綿林さんの背中についていく。

綿林さんが廊下の角を折れる。僕が追いかけ角を曲がったとたん、拳大の石が飛んできた。リハーサルでタイミングはばっちりだ。角に身を隠し回避する。ゆっくり覗きこむと、階段を駆け上がる綿林さんが映る。僕はすぐさま追いかけた。一階、二階、三階——。

綿林さんがドアを開けて屋上に出る。その背中に手を伸ばす。が、ぎりぎりでドアが閉められた。ノブを回し開けようとするが、開かない。綿林さんが押さえているからだ。カメラを床に置く。ちょうど足から肩までが映り、顔までは映らない絶妙の位置取りだ。ドアに体当たり。もう一回。

体当たり三回目で予定どおりドアが開いた。カメラを拾って、あとを追う。あと少しでクライマックスだ。ミスは許されない。大胆かつ慎重にだ。

「あっちへいってよこの変態！　きたら飛び降りるからね！」

綿林さんは声を震わせながら後ずさっていく。黒目の焦点がふらついて、足取りがおぼつかない。まるでトランス状態だ。だけど現実にストーカーに追いつめられたら、こんなふうになってしまいそうだ。

制止の声に耳を貸さず、徐々に綿林さんに近づいていく。こうも真に迫った演技をされると、本当に鬼畜行為をしている気分になってくるな。それはこの映像を見る人も同様の気分を体験するってことだ。もしくは綿林さんに感情移入することになる。正体不明のストーカーに追いつめられる恐怖を、登場人物と同期して味わうことになるんだ。リアルな映像でなければそんなことはできない。

「あんたのせいでわたしの人生ぼろぼろよ！」

クライマックスの合図だ。この台詞《せりふ》で綿林さんが反転。顧みずに走り出す。僕は一定の速度を崩さない。どこまでも追いかけてくる恐怖の演出だ。遠ざかる背中にじりじりと近づいていく。綿林さんが柵に到達する。もう逃げ場はない。綿林さんがこっちを向いた。僕は恐怖に塗りつぶされた表情を楽しむようにズームアップする。

残りは、あとわずか。一抹の寂しさが胸をかすめた。ふたりで心をひとつにして進めてきた撮影がもうすぐ終わる。予定だと今日は最終リハーサルだったが、前日に次を本番にしてほしい、わがままを叶えてくれと頼まれたのだ。

NGを出してくれないかな。

なんて不遜な欲望がよぎってしまう。これまでの撮影だと、立ち位置が数センチずれた、フレームインのタイミングが微妙に遅かった、それだけでも綿林さんは演技を中断していた。どんなにうまい演技であってもだ。だから僕がつまずくとかのトラブルでも起こせば……。

もちろんそんなことしないけど、そんな誘惑に惹かれるほど離れがたい時間だ。

撮影が終わっても、僕たちの関係まで終わるわけじゃない。綿林さんの積極さを思うと次回以降の撮影も期待できそうだ。次回がなかったとしても、友達関係……あるいはもっと深い関係は残ってくれるだろう。残したい。

綿林さんが悪鬼のような顔つきに変貌した。目も眉も限界まで吊り上がり、美貌を台なしにするほど眉間に皺が刻まれる。その迫力に、腕が硬直して動かせない。目が離せない。最後の最後で、なんて演技を見せつけてくれるんだ。

「わたしはあんたが死ぬほど嫌い。わたしを縛って苦しめて。恨んでも恨み足りない。できることなら殺してやりたい。でも殺せない。なんでだかわからないけどね。だからこうするしかないのよ。思い知れ！」

綿林さんが背を向け、柵に手をかけた。ふらつくように二、三歩左にずれる。

あ……位置が。

その声が出ない。

それよりも、カメラを下ろし、走っていかないと。脳が命令を出しているのに、足は釘で打ちつけられたように自由にならない。なにをやっているんだ、僕は。せっかくの迫真の演技をドブに捨てるつもりか？

まだ間に合う。カメラを下ろすんだ。カメラを下ろさないと台なしになる。

僕を動かしたのは、なにかの音だった。金属がへし折れるような、そんな音だ。綿林さんの方角からだった。固まっている僕の目を覚ますために鳴らしてくれたのかな。そんなことしなくてもなにか一言かけてくれれば……。

ようやく足を前に出せた。綿林さんはなぜか前傾姿勢になっていた。打ち合わせでは重り入りの段ボールを持って投げ捨てるはずなのに、なにしているんだ？　ここへきてNG？　また撮り直しじゃないか。僕としてはうれしいけど、せっかくのいい演技が台なしだよ。

まぬけに考えているうちに、綿林さんの姿が消えた。

衝突音が響く。

あったはずの柵がなくなっていた。消える直前の綿林さんの顔が脳裏に焼きついている。

笑顔の、幻。

僕はとぼとぼと歩いていき、見下ろしてみる。

あらかじめ崩してあった段ボールの山。そこに綿林さんはいなかった。少し離れた一帯にはスイセンが咲き誇っている。綿林さんはそこにいた。花に包まれるように。花の香りを嗅ぐように。そして眠るように横たわっていた。

＊

「綿林さんの遺言みたいなものだったからね。気持ちの整理がつかなくて、映像をちゃんと観られたのは一年後だった。時間はかかったけど、映像は編集してお父さんに持っていったよ。そしたらこれさ」

栖原が眼帯をずらすと、ぷっくりと腫れたまぶたが現れた。真っ青に変色していて痛々しい。

「事故後に会いにいったときはこんなものじゃなかったよ」

栖原は眼帯を直しながら椅子に背を預けた。

「あの事故以降だよ。なんだかすべてがどうでもよくなってね。だからさ、殺すと脅されても、あ、そうって感じなんだよ。君たちに協力は惜しまないけど、僕は死んでもかまわないし、死ななくてもかまわない。まあ、そういうことさ」

語る栖原は、まるで他人事のようだった。

希望どおり謎は氷解した。なのに俺は言いようのない後悔に襲われていた。

聞くんじゃなかった。

栖原が封印していたのも無理からぬほどの事件……いや、事故。些細な会話や仕草まで織り交ぜた詳細な説明で悲劇を疑似体験させられ、耳を塞ぎたくなった。話の後半からは動悸も治まらない。叱られたガキみたいに俺は縮こまるしかなかった。

事件のミッシングリンクを探すため、という大義はあった。だがそれは少しでも解決の足掛かりになるのなら、といった程度のものだ。かさぶたを剝いでまで聞き出すべきことだっただろうか？

それは結果論で、箱を開いてみるまで中身はわからなかった。デスゲームに投じられている身としては、開けるしかなかった。そう自己弁護はできるが、それでも……。

得られた情報を強いて挙げるなら、俺、恋、栖原は身近な人の死を経験したということぐらいだが……三人とも状況はバラバラ。栖原の件に蜜柑は不介入だ。これがミッシングリンクとなるかは怪しい。さらに勝己殺しのトリックにつながるか、となれば首をかしげる。

恋も途中からは青ざめていた。恋にも大義はあっただろうが、箱の中身はとてつもなく重い真実だった。話せば気が楽になるというレベルではない。受け止めるには、俺たちの覚悟が足りていなかった。

「深刻そうにしないでよ。たしかに、ちょっとだけ楽になったしね」

気づかいなのは明らかだった。栖原の表情も口調も、話す前となにも変わっていないのだから。

「恭介さんの……責任じゃないスよ。完全無欠に事故なんスから」

恋が耐えきれなくなったのか、なんの慰めにもならない言葉をかけた。

「現場の安全は僕が確保しなければいけなかった。それなのに綿林さんを撮ることにかまけて怠った。僕の責任だ。僕が死なせた」

栖原の語気が若干強まった。目には暗い火がくすぶっている。

「ストーカーがやったんスよ。ストーカーが事故に見せかけて殺したんスよ。表だってつけ狙わなくなっただけで、諦めてなかったんスよ。それで想いが届かないならいっそ……って。柵に切れ目でも入れて……」

「おい、恋。やめとけよ」

立ち上がって力説する恋をなだめる。

気持ちはわかる。栖原が過去を語ったことに意味はあった、と恋は辻褄《つじつま》を合わせたいのだろう。

栖原は過去を語ったことによって気を楽にもできず、事件解決への足掛かりにもならなかった。これでは栖原に打ち明けさせたことが無意味になる。ただ過去を思い出させ苦しめただけだ。

チャラにするには、栖原の過去を清算するしかない。

栖原の責任ではなくストーカーの犯行だ。隠された真実を、栖原の話を聞いたことで明らかにした。だから、カミングアウトに意味はあった。そう辻褄を合わせることで意味を持たせたいのだろう。

　だが、ストーカーの犯行だとはいかにも苦し紛れだ。

「鉄柵は腐蝕して折れた。それが警察の公式見解だ」

「なんかのトリックっスよ。だってありえないじゃないスか。そんな最低最悪のタイミングで柵が折れるなんて。ストーカーの仕業っスよ。そうに違いない――」

「恋、大概にしとけ」

　粘れば粘るほど、栖原の傷口を広げてしまう。暴走しているせいか、そこまで考えが至っていない。恋らしくもないが、それだけショックが大きかったということだ。

「アタシ花ちゃん呼んできます。花ちゃんなら真実を見抜いてくれます」

　恋はなにかに急き立てられるように走り出した。

「待て！　単独行動は……」

「平気っス。会議室まで十秒もかかりませんから」

　止める間もなく、恋は階段を駆け上がっていってしまった。

「ったく、あいつは」

　なにもないとは思うが、万が一あったらどうするんだ。

　いまから追いかけても、追いつくころには会議室だろう。それに俺が追うと、栖原をひとりにしてしまう。命を惜しんではいないと言っているが、置き去りにはできない。

「すまない。いろいろと」

「いいさ、君たちのためになったんなら。それにゲームにも負けたしね。文句をつける立場にはないよ」

栖原は気分を害したふうでもなく、穏やかに座っていた。

俺も大切な人を失った。世界が色をなくしたようなあの絶望感。呼吸することすら億劫になるあの虚無感を気が狂うほどに味わった。栖原も同じ……いや、死の間際に立ち会っているぶん、俺以上の苦痛に苛まれたはずだ。

だからこそ、ゾッとする。穏やかに座っていられる栖原に。やり場のない憤りは、人をからっぽにしてしまうのだろうか。

足音がした。一段ずつたしかめるように下りてくる。

「呼ばれて、きた。栖原さんの秘密の話があると」

蜜柑がひょっこりと顔を出した。俺は開口一番、

「帰っていいぞ。恋がパニクっただけだ」

もう傷口を抉《えぐ》ってやるな。

「でも、ちょうどいい機会。大塚さんと平山さんにも昔の出来事訊いてた」

「それでヒントは見つけられたのか？」

「なにも」

「だろうな。こっちもなにもなかったよ」

「一応、聞きたい。あたしの耳で」

「一応で聞くような話じゃないんだよ」

「なにが手がかりになるかわからない。聞かせて」

蜜柑に引く気配はない。

「平山の素顔を暴くのはノーで、栖原の秘密を暴くのはオーケーなのかよ。適当な倫理観だな」

「必然性の差。マスクは急いで取ってもらわなくていい。でも栖原さんのは緊急を要する。あたしたちが集められたのは偶然か必然か。それが解決への近道になるかもだから。拾える情報は拾いたい」

ぼけっとした面《つら》してるくせに、案外強情だ。探偵として情報収集に熱心なのは正しいのだろうが、中身のない宝箱を漁ろうとするのは鼻につく。

「日戸さん、僕なら気づかい無用だよ。どうせ話すのはこれで最後だろうからね。大盤振る舞いしようじゃないか」

一種清々《すがすが》しいといった面持ちで、空いた椅子を勧めた。栖原に快諾されてしまっては、俺が反対を唱えるのもお門違いだ。釈然としないが、黙するしかない。

「ありがと」

蜜柑が椅子に腰かける。

俺は話の内容を把握ずみだ。いる必要性はない。それこそ無意味だ。しかし、席を立とうという気にはなれない。

単独で階上へいくのが怖い……という気持ちもなくはない。だが最大の理由は他にある。蜜柑がどう落とし前をつけるのかを見届けてやりたいからだ。

栖原は蜜柑が椅子を引くのを待って、再び静かに語り始めた。

「僕が彼女と出会ったのは、一昨年の冬のことだった」

＊

栖原はほぼ違わぬ語彙《ごい》と表現で顚末《てんまつ》を語った。綿林との思い出がいかに鮮烈だったかを窺《うかが》わせる。それだけに語りは言霊となっていた。栖原が体験した喜びや無念が形を成し、俺の心を疑似体験の領域にまでつれていく。

二度目でも平常心では聞いていられなかった。

だというのに蜜柑は……無表情だ。

無表情で膝を抱えている。講義でも受けているかのようだ。こいつには感情というものがないのか？　この手の悲劇は日常茶飯事だってのか？

こんな奴が第一声になにを言うのか見物だ。

無言か、下手な慰めか。ぎこちなく話題を変えるのか。俺たち凡人はそんなことぐらいしかできないが、百戦錬磨の名探偵なら手練《てだ》れの技を見せてくれるのだろう。

「質問」

蜜柑が手を挙げた。

「どうぞ。なんでも答えるよ」

「スイセンは、段ボールの山からどれぐらい離れたところにあった?」

「測ってはいないけど、目算二メートルってとこかな」

「綿林さんのお父さんは、役者か映画関係の人?」

「そうだよ。たしかどこかの劇団に所属してるって……僕そのこと言ったっけ?」

「ありがと。これでわかった。栖原さんに、責任ないって」

「んなことは、偉そうに言われるまでもないんだよ」

溜めて溜めて繰り出すのがマニュアルに忠実な慰めかよ。とんだ期待外れだ。

「真実、責任ない」

あるだろ! と口にしかけたが、喉を締め上げて呑みこむ。

「……どういうことだよ?」

「綿林さんは事故で亡くなったんじゃない、ということ」

「ストーカーのせいとでものたまうつもりか?」

「のたまわない」

栖原と顔を見合わせた。栖原も意味を図りかねているようで、小さく首を振った。

「蜜柑さん。説明をもらえるかな」

「わかった」

蜜柑がこくんとうなずく。

「綿林さんは事故で亡くなった。それが公式見解。でもあたしは疑問」

「僕はこの目で見たんだ。柵が壊れ、綿林さんが宙に身を躍らせる一部始終をね。映像記録も残っている。事故という名目があるだけで、僕の責任であることは明白だ」

「そう。どこからどう見ても事故。だから栖原さんも警察も気づけなかった。鉄柵はたまたま自殺と同時に折れただけ。事故より自殺とみなきゃいけない」

自殺、だと? どこのなにを取ったらそんなまとめになるんだ。栖原は瞳孔を大きく広げて、蜜柑を直視していた。

「解せないね。僕の話に自殺を臭わせるような因子があったかな?」

「直接的なものはふたつある」

蜜柑が右手と左手の人差し指を立てた。

「綿林さんは演出に積極的だった。しかもこだわりを持ってやってた。この認識は間違ってない?」

「ああ。間違いないよ」

「それならおかしい。綿林さんはなんで段ボールの上に落ちなかったの? シナリオだと、ヒロインは段ボールの上に落ちることになってる。飛び降りる演技をする直前の綿林さんは、段ボールの直線上にいなきゃいけない。撮影は長回し。カットを割ってない。ヒロインが飛び降りる位置と、段ボールの位置がずれてたら映像のつながりに齟齬《そご》が出る。演出上まずい。小さなミスでも撮り直ししてた綿林さんなのに不自然。じゃ、なんでこんな拙《つたな》い演出をしたの？　答えはこう。段ボールの上に落下して命を取り留めないため。直前に二、三歩ふらついたのは段ボールを避けたから」

　がつん、とこめかみを殴られたような衝撃がした。

「そ、それは熱演がたたって……貧血かなにかになってふらついて……」

　栖原にも心当たりがあるのか、語尾がしぼんでいく。

「まだある。話からすると綿林さんは落ちる間際、なんの声も発してない。だよね？」

「そうだったけど……」

「普通、柵がいきなり折れたらなにか声を上げない？　あっ、とか、きゃ、とか。悲鳴じゃなくても、なにか声が出ちゃうもの。四階建ての建物の屋上だったらなおさら。なのに綿林さんは最期まで無言だった。それは死を受け入れてたから。柵が折れても、折れなくても、飛び降りる心づもりがあったから、無言でいられた」

「そんなの……臆測じゃないか」

「綿林さんはスイセンを見てこうつぶやいてる。『この映画と、わたしにふさわしい花だな』って。このつぶやきは、スイセンの綺麗さに自分の綺麗さを重ね合わせたものに聞こえる。でも、本当にそうなのかな？　あたしは否定する。栖原さんの回想を聞いてて、綿林さんはそんな自画自賛をしないタイプに思えた。そこであたしは別の意味を考えた。スイセンの花言葉は『エゴイズム』。つぶやきにこめられてたのは、自殺という最上級のエゴイズムを行使する自分の投影」

自殺という推理に補強の杭が打ちこまれていく。綿林の死は事故で完結していた。その情景がベールを一枚一枚剝がすように変貌する。

「わかったよ。仮に、仮にだ。綿林さんが自殺だったとしよう。だとするなら首を捻《ひね》らざるをえないね。なんでこうも手のこんだ自殺をしなきゃならないんだ。脚本を書きリハーサルを行い、本番で熱演しながら死んでいくなんてバカげている。それとも僕への嫌がらせだとでも？　言っておくけど、天地神明に誓って僕は綿林さんが苦になるようなことはしていない」

「それは信用してる。綿林さんは、撮影に誘ってくれてありがとうってお礼を言ってる。栖原さんへの害意はなかったはず。じゃ、撮影中に命を絶ったのはなぜか。それは『飛翔』と名づけられたショートフィルムを、遺書代わりにするため。遺書がなかったから、栖原さんも警察も事故と判断した。でも遺書は大々的に作られてた」

綿林は脚本執筆と演技に積極的だったという。それはショートフィルムを遺書代わりにするためだったのか？

「遺書はショートフィルムに封じこめられてた。なら読み解かなきゃいけないのは、誰に向けたどんな内容だったのか。ヒントは脚本のなかにあるはず。物語はストーカーにつけ狙われ、追いつめられて、最後には屋上から飛び降りるって内容だった。額面どおりストーカーに向けられたものなのかな。違う。死後にショートフィルムが届けられる人は限られてる。ストーカーはそのなかに入ってない。完成したあと、確実に映像を観られるのはふたり。栖原さんと、綿林さんのお父さん。栖原さんは除外。映画のカラーは暗いもの。お礼を言うほど感謝してた栖原さんへの遺書としては不適切。だから残るのは綿林さんが、一番に渡してあげてと頼んだ──」

「……父親」

栖原が呆然として言った。

「それしかない。あたしはずっと気になってた。綿林さんの母親と父親の呼び方の違い。母親はお母さんだったのに、父親は父さまだった。普通、どっちかに統一するものじゃないかな。母親がお母さんだったら、父親はお父さん。父親が父さまだったら、母親は母さま。この差が母親の生前のものだったにしても死後のものだったにしても、綿林さんと父親の特殊な関係が垣間見える」

蜜柑は無表情で言った。

「ストーカーにつきまとわれて、屋上から飛び降りるって物語。ストーカーへ放つ台詞。それらは父親に向けられたものである。そのみっつの情報を踏まえて、脚本の台詞や内容を考察してみる」

『あんたのせいでわたしの人生ぼろぼろよ！』『わたしはあんたが死ぬほど嫌い』そんな綿林が放ったという台詞が蘇る。

「これらの情報から導き出される動機。それは父親への憎悪」

栖原は黙っていた。喉元だけがひくついている。声が発せないのだろう。しかし体は饒舌だった。眼球は飛び出さんばかりに見開かれ、テーブルに爪を立てている。

綿林の演技は栖原を感嘆せしめるほどだったという。そこまでの表現が技術で到達できるのだろうか。剝き出しで純粋な心からの慟哭《どうこく》が加味されてこそ、到達できるフィールドに思えてならなくなってきた。

「気になるのは、なんで間接的なやり方をしたか。栖原さんじゃなくて、父親に撮影させても成立したのに。恨みを晴らしたいなら、そっちが効果的。でもやらなかった。その答えは、綿林さんがクライマックスで告白してくれてる。『できることなら殺してやりたい。でも殺せない。なんでだかわからないけどね。だからこうするしかないのよ。思い知れ！』

殺したいほどの恨みがありながら殺せない存在。直接的な対抗策が取れない相手。それが父親。恨みがありながら、育ててくれた恩がブレーキをかける。殺してやりたいと切望しながら、受けた教育が直接的な行動を許さない。

「どうしてそこまで父親を恨んでたかは、推測するしかない。縛っていたとかあなたのせいで人生ぼろぼろって台詞とかから。でも、死を選ぶほど大きい苦しみだったことだけは、たしか。綿林さんは、嫌がってたのに演技がすごく上手かった。遺書をショートフィルム形式にしたのは、演技を嫌いにさせた役者の父親への意趣返しだったんだと思う」

母親が亡くなっていること。父親を父さまと呼んでいること。自殺直前の台詞。それらからおぞましい推測はいくらだってできた。

「柵が折れなきゃ、事故じゃなくて自分で命を絶ったのは明白だった。綿林さんの真意は栖原さんにもお父さんにもわかりやすく伝わってた。でも偶然が重なって事故に見えてしまった。

柵が折れたのと、綿林さんの死は無関係。柵が折れなくても、綿林さんは身を躍らせてた。だから、栖原さんに責任はない」

蜜柑が透明な眼差しでふれた瞬間、栖原は涙を流した。

「だけど、僕は気づけなかったんだね。綿林さんの苦しみにさ。僕はバカだ。僕は綿林さんのなにを撮っていたんだ」

嗚咽を漏らし、髪を鷲摑みにし、涙はテーブルを濡らす。

「演技とか本音を見破るのは難しい。決意を持った人のなら、ほとんど不可能。いっぱい経験してきたから。あたしは断言できる」

数多《あまた》の嘘つきと対峙《たいじ》してきた者の言葉にしか宿らない説得力があった。栖原は肩を震わせながら、蜜柑を見据えた。

「そしてこれだけは忘れないで。結果と目的はどうであったとしても、綿林さんは感謝してた。謝ってた。お父さんに見せないでと言った映像は、栖原さんへのメッセージに違いない。たぶん綿林さんは本番の撮影を、編集してくれるっていう知り合いにさせるつもりだったんだと思う。自殺シーンを撮影させるなんて、トラウマが残るかもしれないから。親しくなってた栖原さんにそんなことさせられない。でも、綿林さんは本番の日を前倒しにした。撮影係の都合がつかなくなったから？　違う。それなら本番の日を遅らせればいいだけ。だからあたしは思った。死ぬとしたら、最期になにを見たいか。それはカメラのレンズでも、赤の他人でもない。これはわがままでありエゴ。栖原さんのトラウマになったとしても、最期の瞬間に見たかった。

好きな人の顔を」

栖原は、再び涙を流した。

5

十数分は経過しただろうか。栖原が泣き腫らした顔を上げた。袖で涙を拭いながら立ち上がる。

「つき合わせて悪かったね。そろそろいこうか。みんなを待たせている」

「栖原さん」

蜜柑が気づかわしげに声をかけた。

「僕はもう平気だよ。君には真に解くべき謎がある。貴重な時間は、そっちにつかってよ。僕も微力ながら協力は惜しまない。運命共同体としては当たり前なんだけどね」

「ありがと。力になる」

蜜柑も椅子から腰を上げた。俺も倣う。

栖原は率先して階段へと進む。歩みはしっかりしていた。顔には色がある。生の感情が失せたマスクじみた面影はどこにもない。たかだか数十分で、別人のように栖原には精気が満ちていた。

そこへ導いたのは蜜柑だ。推理によって、栖原が過去へ落としてきた感情を取り戻させた。目に鮮やかなピンクのスタジャンを羽織った背中は、なにごともなかったかのように前へと進んでいく。

会議室へ通じる方の階段を、三人でなんの会話もなく上っていった。俺は足が地についていないような感覚を引きずりながら、ふたりについていくしかなかった。

会議室に入るや、恋が駆け足でやってくる。

「どうっスか？　なにか新事実発見はあったっスか？」

恋の両目は不安定にゆれていた。確認しながらも、信じ切れてはいないのだろう。あの時点では、ほぼ百パーセント事故でしかありえなかった。恋も心底から新事実を期待していたわけではない。気まずさから逃避したかったというのが大部分だろう。

しかし、結果的にそれが栖原を救った。

栖原は穏やかな表情で、

「新発見はあったよ。決して歓迎すべきものではなかったけどね」

恋は幻聴でも聞いたように目をぱちくりさせていた。災い転じて福となったのがまだわかっていないようだ。

「それって……え？」

「蜜柑さんにもだけど、祇園寺さんにもお礼を言わないといけないね」

栖原が気をつけをして、九十度に腰を折った。

「君の働きかけがなければ、僕は一生抜け殻だった。ありがとう」

「あ、あの、ちょ、頭上げてくださいよ。なにがなんだか……」

恋があたふたと手を振る。

「恋の好奇心もたまには役に立つってことだよ」

なにかが一ミリでもずれていれば、恋の行いは藪蛇《やぶへび》になっただけだっただろう。運よく恋が出発点になり、ひとりの人間を救った。偶然は人を不幸にすることもあれば、救うこともあるのだ。

しかし、蜜柑の推理がなければ恋の行動も実を結ばなかった。

立役者の蜜柑は会話に加わらず部屋の奥へ視線を投げている。推理してしまえばあとは興味ないということか。

そんな蜜柑を眺めながら思う。

ものの数十分でアームチェア・ディテクティブを決める能力があるんなら、この事件もさっさと解けよ。俺の家族の事件程度なら、殺人が起きる前に防げたんじゃないのか。

そうした憤りがある反面、蜜柑の推理が人を救う現場を生でまざまざと見せつけられた。内側から鋭利に尖っていく感情を、外側からやわらかいもので包まれているようで、落ち着かない。

行方の定まらない感情を持てあましながら、恋と栖原のやりとりを眺めていた。すると、

「大塚さんはどこ?」

蜜柑がテーブルの下を覗きこみながら言った。

その指摘で視野が広がり、気づく。平山は事件を整理していたのか、文字や図をノートに書きこんでいた。絵畑は赤い目とぼさぼさの髪で背を丸めているが、泣きも喚きもせず顔を上げているぐらいには、正気を取り戻したようだ。

もっとも目立つ大塚は、どこにもいない。

「花ちゃんが下りてった少しあとに、用事があるとかで出てったたっスよ」

「ひとりで?」

「そっスけど……ついてこうとしたら大塚さんが拒否ったんスよ。けっこう怖い声で大丈夫だからついてくるなって一方的に……ねえ?」

絵畑と平山がうなずいた。

どこに死が潜んでいるかもしれないってのに……不可解な行動だ。蜜柑も一瞬考えこむような素振りを見せたがすぐに、

「どっちいった? 書斎側? 廊下側?」

「書斎側からだったたっスけど、会わなかったスか」

「あたしは会ってない」

蜜柑が意見を求めるように俺と栖原を見た。

「僕も会ってないな。下るには娯楽室をとおるしかないからね。きてたら見すごさないよ。だよね、日戸さん」

「あ、ああ……そうだな。話に集中はしてたが、とおればわかる」

まだ切り替えができない頭のまま返事をした。

「書斎、確認してくる」

蜜柑は足早に書斎へと向かった。

申し合わせたように、全員が黙してしまう。

「もう、やめて」

絵畑の小さな懇願だけが、ひっそりと生まれて消えていった。

いつしかゆるんでいた緊張の糸が張る。栖原も言っていた。真に解くべき謎は厳然として目の前にそびえ立っている。殺人は打ち止めになってはいない。

忘れていたわけではないが、蜜柑と栖原の一件に意識が持っていかれていた。昨日までならありえない。ババ抜きのときでさえ、これほどまで腑抜けてはいなかった。

別のことへ向いた意識、かすかな慣れと適応、集団でいるという安心感、無意識の現実逃避。影響は大小あるが、それらが複合し緊張をゆるめたとしか思えない。

しばらくして、蜜柑が舞い戻ってきた。表情の変化はない。

「いなかった。大塚さんの部屋からひとつひとつ捜し――」

「その必要はございません」

突如として明朗な声がし、蜜柑を遮《さえぎ》った。俺たちはパブロフの犬のようにモニターの方を向く。

拝島……。

夜の蜘蛛《くも》は微笑を湛《たた》えていた。この老女に、内臓が痙攣《けいれん》するほど恐怖してしまう。

「まずは蜜柑様へ賛辞を表させてください。娯楽室で披露された蜜柑様の推理、わたくしも興味深く拝聴しておりました。公然たる事実を鮮やかに転回させる手際、大変見事なものです。さすがは名探偵と快哉を叫びました」

各部屋には監視カメラが設置されている。それで栖原の告白や蜜柑の推理を聞いていたのだろう。言っても詮無いが、趣味の悪い奴だ。

「その推理を、ぜひともわたくしが発案したトリックにも発揮してくださいませ。次なる謎は大塚様のお部屋に用意されております。蜜柑様のご活躍、心よりお祈りいたしております。皆様に神の如きひらめきがあらんことを」

モニターの電源が落ちると同時に、蜜柑は駆け出していた。俺たちも走る。魂が抜けたようだった絵畑もガソリンを注がれたように立ち上がり、ひとりにしないでと追ってきた。書斎を抜け、正面にある大塚の部屋へ。

先んじていた蜜柑がドアレバーを下ろす。

が、開かない。レバーが上下するだけだ。

「内側から押さえつけられているのかい？」

「そうみたい」

開きはしないが、なにかにぶつかる音はしている。おそらくバリケードが施されているのだろう。

出窓はあるが、マジックミラーだ。内部の様子は見えない。

「力ずくでいくしかないね。日戸さん、手伝ってくれるかい？」

「あ、ああ。任せろ」

見違えるようにアグレッシブになった栖原に戸惑いながらも、ドアの前につく。

蜜柑が退き、栖原が入れ替わりでレバーを握る。

「ふたりで押し開けよう」

栖原がレバーを下ろしつつ片手を突き、俺は中腰でドアの下部に両手を突いた。せーので押し進める。抵抗はあるが、一ミリも動かないというほどではない。全力をこめれば、少しずつだが動く。一押しごとにドアの隙間が広がる。

「よし。もう入れそうだね」

人ひとり半ぐらいの隙間ができるまで押し開けたところで、俺たちは手を離した。膝に手を突き、一息つく。内部を覗いてみたが、どうやらベッドをバリケードとしていたようだ。上には武器や防具がこれでもかと載せられ、重さが増している。開けるのに骨が折れるわけだ。

「あたしは入るけど、みんなはどうする？」

蜜柑は室内に片足を突っこんで尋ねた。

「いくわけないでしょ！」

最速で絵畑が拒否した。

他に残留を申し出る者はいないが、単独で残らせることもできない。それに絵畑の場合、前例があるのだからなおのことだ。目つきも弱って牙を剝く犬のようになっている。もうひとりぐらいは残らせるべきだ。

「したらアタシも残ろっかな」

残留を申し出たのは恋だった。意外だ。率先して突入するものだと決めつけていたんだが。

「ちょっちはしゃぎすぎたんで、クールダウンってことで……」

笑みを浮かべているが、どこか作りものめいていた。声にも覇気がない。

複数人がゲームのネタとして殺された状況で覇気もくそもないのだが、ついさっきまで恋には覇気があった。

変化の引き鉄《がね》があったとするなら、栖原との件で意気消沈したか、止まることを知らない殺戮になにかが切れたのかもしれない。あるいはその両方か。

「じゃ、ふたりはここをお願い。栖原さん、日戸さん、平山さん、あたしはなかへ」

蜜柑はドアの隙間をすり抜けていった。栖原と平山が続く。

俺は恋が気がかりでそちらを振り向いた。ご心配なく、とでも言うように笑顔が返ってくる。

「気をつけろよ」

俺はうしろ髪を引かれながらも、真相を求めて部屋へ踏み入った。

ぱっと眺めたところ、大塚の姿は見当たらない。ストッパーの役目を果たしていたベッドの上には、大塚が装備していた鎧が載せられている。終始着用していた鎧がまるで打ち捨てられたかのようだった。風呂場も塵《ちり》ひとつない清潔な浴槽があるだけだ。蜜柑は冷蔵庫のなかまでチェックしている。いるわけないだろ、と思ったが、はたと気づく。もしバラバラにされているとしたら……。

息を呑んで見守ったが、なかにあったのはペットボトルなど日常的なものばかりだった。

「となると、あそこしかないね」

栖原が部屋の奥にあるクローゼットに目をやった。開かずの扉の向こう側以外で人がいるなら、スペース的にあそこしかない。

蜜柑がクローゼットの前へゆく。取っ手に手をかけ、一旦間を置いたのち、引いた。

大塚——らしき人物がそこにいた。首にしっかりと巻きつけられているのはモニターのコードのようだ。服を掛けるステンレスパイプに固く結びつけられている。両腕はだらんと垂れ下がっているが、高さ不足のせいで短パンを穿《は》いた脚は曲げられていた。Tシャツからぽっこりと出た太鼓腹。工作用のハサミで切ったかのようなざんばら髪。反対に髭は綺麗に剃られている。額には大きめのほくろがあった。細くハの字形の眉と目は、穏やかだったろう顔つきを思わせる。鬱血してはいるが、もとの容姿がわからなくなるほどではない。食事のときちらりと見えた容貌と一致している。この中年男性は大塚で間違いない。

胃の底からはすっぱいものがこみ上げ、足元から体温が失われていく。

首吊り死体に密室。純然たる自殺に見えるが、拝島が仕掛けたトリックだ。俺たちはそれを解き明かさなければならない。

「下ろそう。息を吹き返すかもしれない」

蜜柑がコードをほどこうとする。俺は無駄だろうと諦めながらも、大塚の体を支えた。死体に抱きついているという忌避感がわずかにあるが、それより完全に脱力し切った体が重く腕にのしかかるのが辛い。

栖原に援護を求めようとし、思い止まった。

栖原は海中で空気を欲し喘ぐかのように、口をパクパクさせていた。後ずさり、手はあてもなくさまよう。初めて露《あらわ》にする驚愕の反応だ。これまで平然と異常状況を受容してきた栖原ではなかった。

心を取り戻した栖原は、ようやく驚愕すべきものを驚愕すべきものとして受容できている。そういうことなのだろう。俺にとっては三度体験した殺人も、栖原にとっては初体験と同じだ。これほど大きな反応をしてしまうのも無理からぬことだろう。

「すまない……あの……少し、気持ちの整理をつけたい」

栖原は吐き気を耐えるかのように口を押さえる。

「わかった。無理は禁物。休んでて……でも」

単独行動はさせられない。なんだかんだで蜜柑は事件解決のキーパーソンとして不可欠だ。栖原に付き添うなら、俺か平山のどちらかが適当だろう。意見を尋ねようとすると、平山が引き受けたとばかりに胸を叩いた。

平山は栖原の背中へ手を回し、退出していく。動静が気になったのか室内を覗いていた恋が、道を譲るように顔を引っこめた。

栖原と平山が出口をとおり抜けていく。その直後だった。

「やっぱりね！　やっぱりだわ！　どうせみんな殺されるのよ！」

意味を成す言葉はそこまでで、あとは絶叫が響き渡る。すぐに踏み鳴らすような足音が混ざり、恋が顔を覗かせた。

「大塚さんのこと伝えたらあんなになっちゃって……アタシ追いかけてきます！　心配しないで、先輩は花ちゃん手伝ってあげてください！」

恋は絵畑を追っていく。止める暇すらない。俺も追随するか？　勝己も大塚も、殺されたのは単独でいたときだ。絵畑とふたりでいれば大丈夫だとは思うが……。

どうする？　俺の両腕には重くのしかかる大塚の遺体がある。蜜柑はコードを持って俺の選択を待っている。

「………」

俺は大塚の遺体を抱え直した。

どこに何人でいても、殺される危険はゼロにはならない。この檻のなかにいる限りは決してゼロにするためには、拝島の挑戦を打ち破るしかないのだ。

それに俺は、蜜柑と一対一で向かい合わなければならない。そんな気がする。

大塚の遺体を絨毯の上に寝かせた。底を尽きそうな体力が汗となって流れ落ちていく。手も腕もがくがくと震えたが、蜜柑に見られないように腕を組み誤魔化した。

「ありがと」

蜜柑は礼を言うと、丁寧に遺体を検分し始めた。俺は震え出した脚を見せまいと腰を下ろす。しばらくは体力と精神力を回復させることにする。蜜柑は大塚の頭髪をかきわけ、躊躇《ちゅうちょ》なく服もはだけさせる。目に見えるような傷はなさそうだ。

「吉川《よしかわ》線ってのはないみたいだな」

俺はミステリで得た知識を披露してみた。

「うん、ない。メイクとかで隠されてるんでもない。兜つけてたから、首引っ掻けなかったのかな？」

「でなければ縛るか気絶させてから絞殺されたんだろうな」

「かもしれない」

「いくらなんでも、拝島が奥の扉から侵入して大塚さんを殺し、首を吊ったあとにまた奥から出ていった、なんて単純なトリックではないだろう。例えば物理トリックで首吊り状態に持っていくとか。とするなら、状況的には密室殺人だな。廊下からあの重たいベッドは動かせない。外の世界なら、自殺で捜査終了だったんだろうな」

「……そだね」

蜜柑は俺の意見に短文で応えながら、淡々と見立ても述べていく。さわっているのは遺体ではなく石像だ、とでもいうほどの無表情さだ。刑事や鑑識員だってこれほど冷然としていられるだろうか。

蜜柑にとって人の死は、テレビで流れる死亡事故のニュースと同格なのだろう。死体は化石で、検分は年代特定作業かのようだ。

黒々とした情動が、噴き出しそうになる。それを深呼吸に変換して抑制した。

TPOをわきまえろ、俺。いまは私情を挟むときじゃない。

「なんで大塚は単独行動に走ったんだろうな。単独でうろつけばこうなるのは予知できただろうに」

「緊急事態があったのかも。それか殺されない確信があったとか」

「殺人の順番にルールを見出してたとでも言うのか？　緊急事態ってのもピンとこないな。事件に関することだったら俺たちとも共有するだろ」

「……だよね。まだ検討段階。これから詰めてく」

蜜柑が大塚の手を持ち上げた。小指側の側面を目視している。なにかあったのかと俺も腰を浮かせた。

遠目だとわかりにくかったが、微妙に黒ずんでいた。

「なんの汚れだ?」

蜜柑は大塚の手を静かに下ろす。

「わからない……まだ。情報不足」

蜜柑がすっと立ち上がり、部屋を観察して歩き出す。俺も腰を上げて見回ってみる。

あちこち探ってみるが、異彩を放つのはベッドにできた武器と防具の山だ。片端から重しとして積み上げられている。ストッパーとして少しでも重くするため、手間をかけて大塚の鎧まで脱がせ重しにしたのだろうが、拝島は遠隔操作で鍵をかけられるのだ。ベッドをストッパー代わりにしなくても、鍵をかけた方が完璧な密室になったと思うのだが。

あえてベッドをストッパーにしたところに、解明のヒントがあるのかもしれないな。

蜜柑はメモ帳とペン立てぐらいしかないテーブルに見入っている。

どうやら見ているのはメモ帳のようだった。

「ダイイングメッセージでも書いてあったのか？」

「書いてない。なにも」

メモ帳は真っ白だ。ダイイングメッセージのダの字もない。なのに蜜柑は上から横からメモ帳を観察している。

「見続けると文字が浮かび上がる仕様か」

「ううん。見てるのは厚み。少し減ってる」

蜜柑がメモ帳の厚さを親指と人差し指で表す。

取り立てて見入るほど薄くはない。一枚もつかっていない俺の部屋のメモ帳に比べるとやや薄いかなという程度だ。

「あたし、何枚かつかった。同じぐらいの厚さになってる」

めざといな。名探偵の称号は伊達《だて》ではないが、だから？　という話だ。

「そりゃ大塚だって事件についてメモることもあっただろうよ。推理は名探偵の特権じゃないんだからな」

「そじゃなくて……ほら、ゴミ箱。からっぽ」

ゴミ箱を取り上げ、なかを見せてきた。たしかにからっぽだ。

「メモしまってそうなとこ探したけど、なかった。大塚さんのポケットとか、タンスのなかとかも。メモしたのなら、どっかに紙があるはず。なのにない」

「トイレに流したんじゃないか」

「念入りすぎる処分」

「見られちゃ困る内容だったんだろ」

「ならメモに書く?」

……たしかに。それに自分で言っておいてなんだが、見られて困る内容とはなんだ。ポエムでも綴っていたというのか。

「小指側の側面、鉛筆つかってると黒くなるとこにインクがついてた。大塚さん、なにかは書いてたんだと思う。でも、そのメモが行方不明。不可解」

蜜柑は黒い跡がインクであることを示すように、メモ帳にペンで円を描き手でこすってみせる。手には大塚のものと酷似した黒い跡がついていた。

不可解ではあるが重視すべきなのは、それがどうトリックに関係するかだ。メモ帳で人の首は吊れないし、密室も作れない。蜜柑は引っかかりがあるようだが、そこまでこだわる事柄なのか……。

悲鳴。

突然だった。絹を裂くような悲鳴が耳をつんざいた。

蜜柑はドア前まで疾駆していた。数秒遅れで、俺も走り出す。廊下を疾走しながら、めまぐるしく情報処理が行われる。

あの悲鳴。耳になじむほど何回も聞いた声だった。

心臓はバカみたいに暴走していた。胃が押し潰されそうにきりきりと痛む。なにかの間違いであってくれ。

廊下を折れると、予感が現実と化しそこにあった。

「恋っ！」

平山の部屋の前。四肢を投げ出すように恋が倒れていた。俺は蜜柑を押しのけ駆け寄る。声をかけながら恋の上体を起こすが、頭と腕は無抵抗に垂れ落ちてしまう。まぶたは閉じられたままだ。鮮血でできた赤い筋が額を伝い、整った顔を穢《けが》していた。

大丈夫だ。息はある。息はあるが、いったいなにがあったんだ。

そばに落ちていた特殊警棒が目に入る。こんな凶悪なもので殴られたのか。

「気絶してるだけ。早く手当しよう」

んなことわかってるんだよ。誰のせいでこうなったと思ってんだ。いつまでたってもトリックが解けないからだろうが。

そうぶちまけたいのを、ぐっと我慢した。その時間がもったいない。息はあるが、一刻を争う状態かもしれない。

廊下の向こう側から、声を聞きつけたのだろう平山と栖原がやってくる。俺は不安を蹴散らすように腹から声を発した。

「部屋入るぞ」

返答を待たずに、平山の部屋へ駆けこんだ。タンスからタオルを何枚か引っ摑み、換気扇が回る浴室へ向かう。シャワーから勢いよく水を出し、タオルを濡らす。干してあった生乾きのTシャツまで濡れてしまったが、そんなことにかまってはいられない。

廊下へ出て恋の傷にさわらないように結んだ髪を解いた。清潔なタオルを傷口に当て、濡らした方のタオルで血の跡を拭き取る。

「救急箱なんてなかったよな?」

俺は心配そうに立っている栖原と平山を見上げた。

「それらしきものは、どこにも……」

平山も首を振った。

ボードゲームだのビリヤード台だのしょうもないものはいくらでもあるくせに、役に立つものは一個もないのかよ。

せめて止血になればと、恋の頭部にタオルを当てながら、命に関わる怪我でないことを祈るしかなかった。

＊

恋がうっすらとまぶたを開く。俺は抱きつきたいぐらいの気持ちを堪えて、

「大丈夫か、恋」

静かに問いかけた。恋の頭部には、裂いたシーツで作った即席の包帯を巻いてある。

「アタシ……ここは？」

瞳はまだぼんやりとしていたが、意識も口調もしっかりとしている。命に別状はないと信じていたが、本当によかった。

「廊下だ。頭を怪我してたからな。下手に動かせなかったんだ」

恋はたしかめるように黒目を右に左に動かした。

「ありがとうございます。先輩」

弱々しく微笑む。

「礼なんて言うな。俺がついていってれば、こんな目には……」

あるいは、蜜柑が迅速に事件の謎を解いていたならば。

『大事がなくて良かった』

平山がノートを開いて恋の元へやってきた。栖原と蜜柑は絵畑の部屋にいる。

絵畑は事情を尋ねてもうんともすんとも言わず、布団に潜りこんでいる――という報告を蜜

柑は簡潔にすると、栖原を絵畑の部屋に残し大塚の死の調査に戻った。恋への形ばかりの配慮を置き土産に。

「光一さんもいてくれたんスね」

『いただけで、私はなにもしてない』

「だとしても、ありがとうございます……それなのに勝手なお願いさせてください」

ばつが悪そうに言葉尻を下げる。

「少しだけ……少しだけ先輩と部屋でふたりきりにしてもらえませんか？」

恋は湿った瞳で懇願した。まるで病床の幼子のようだった。

磁石に引き寄せられるように、俺の気持ちと体が前のめりになる。恋の心情は言葉にされるまでもなかった。できるものなら、俺から平山に懇願したいぐらいだ。

「無茶ぶりするなよ。ふたりでいても危険だったんだ。平山さんをひとりにしてなにかあったらどうする。取り返しがつかないんだぞ」

「わかってます。でもお願いします。少しでいいんス」

「恋……そんなわがままは……」

恋の希望は叶えてやりたい。蜜柑でも平山でもなく、俺を求めてくれるのはうれしくもある。

だが、もう誰かの血を見るのはたくさんだ。

断腸の思いで恋をいさめるしかなかった。歯痒いが、しかたがないことなんだ。

「先輩、アタシは……」

平山はノートになにごとか書き始める。その筆づかいは丁寧だった。

ほどなくして、俺に向けてノートを示した。

『拝島は人の感情を捨てた魔物だ。だからこそ私たちは人間的感情を忘れてはならない。魔物と戦うために自らも魔物となるべきではない。私たちは人として悪魔に勝利すべきだ。あえて心配するなとは書かないが、しばらくはギオンジさんを優先してあげろ。君にしかできないことなんだから君がやるんだ』

これまでの雑で簡潔なものとは一線を画す文章だった。強い意志が字からも行間からも立ち昇っている。

平山の主張には一理ある。心身ともに弱り切った恋の望みを、ほんのいっとき叶える。非常識な行為ではない。相手は同志であり俺を慕ってくれる女性だ。そばにいてやるのは人間として当然とさえ言える。

そう理論武装してみたとたん、強くそちらへ誘われてしまう。恋の期待するような眼差しも俺の手を引っぱる。

が、すんでのところで踏み止まった。

やっぱり一線は越えられない。俺と恋だけの問題ではない。突き放すようだが、命には代えられない。仮に平山が殺されたなら恋は負わなくてもいい十字架を背負うことになる。俺も同様だ。安全策を取らなかったばかりに平山が殺されでもしたら、ただでさえ脆《もろ》くなっている精神が耐えられる自信はない。

「ふたりでも殺されかけたんだぞ。極力三人以上……できるなら全員で固まっていたいぐらいだ。死んだらなにもかもおしまいなんだぞ。感情より命を最優先に——」

「そのことなんスけど」

恋がやや声高に口を挟んだ。

「誤解があるみたいっス。アタシを殴ったのは、拝島さんじゃありませんよ」

「だ、だったらどこのどいつが——」

ついでかい声が出てしまう。頭痛がしたのか片眉を歪める恋に、慌てて声量を絞った。

「やったっていうんだ？」

恋は服の胸元を摑むと、

「……凪さんっス」

「な、なんで絵畑さんが恋を？」

なにかにつけて衝突してはいたが、そこまで険悪だったのか？

「それも含めて、アタシは話したいんス……先輩に。お願いします」

恋が俺の手を取った。遠慮がちに、ふれてはいけないものを摑むように。指先からは、冷たさが流れこんでくる。

『さしあたりペアでもキケンという説は否定されたようだ。私の部屋をつかうといい』

平山は走り書きした文章を俺に見せた。

否定されたとしても、ふたりと三人なら断然三人の方が安全だ。そう判断し止めようとしたが、冷たい手の平が俺を押し止めた。

か弱い相貌とは正反対に、恋は俺の手をきつく握ってきた。骨が軋み痛いほどだった。振り払えない。

俺は恋を抱き上げ、一番近い平山の部屋に運んだ。ベッドに寝かせると、平山がドアを閉じた。

出窓から平山のうしろ姿は見えているから、なにかあればすぐにわかる。俺と恋、両方の思いを取り入れた位置取りだ。

俺は恋と向き合う。安心させるように手に手をそえた。体温が少しでも伝わればいい。

「それで、恋は……」

「待ってください。その前に」

恋が上体を起こす。俺を引き寄せ、前のめりになったかと思うと、胸元へ倒れこんできた。

「ちょっとだけ……ちょっとだけでいいんです」

胸元にうずめられた顔から、直接思いが届けられる。

「いいよ、恋」

傷にふれないよう、絡まった髪の毛をすくようにしながら、恋の頭をなでる。

「怖かった……怖かったよ」

恋は子供のように泣いた。

＊

「和歌森喜八って知ってますか?」

ひとしきり涙を流したあと、恋は静かに質問を投げてきた。

目は赤くなり体もベッドの上にあったが、病人のような弱々しさは払拭《ふっしょく》されていた。恋のとなりに腰かけ相づちを打つ。

「屋敷啓次郎のパートナーだよな」

「そうです。和歌森さんと屋敷さんが絡んだ最初の事件は、孤島での連続殺人事件でした。友人がふたりも殺されたのに、和歌森さんは取り乱すことがなかったそうです。なんでだかわかりますか?」

俺は首を横に振る。

恋の代名詞とも言えた、砕けた口ぶりは影を潜めていた。まるで萎《しお》れたひまわりのようで、一抹の寂しさがよぎった。

「座右の銘にしてたほどの、ある考え方の成果です」

「そんなのがあるのか?」

「はい。例の裏ワザのことです。それは、辛い出来事をも楽しむこと。元々ミステリマニアだった和歌森さんは、殺人事件を怖れるんじゃなくて楽しんだんです。はた目には人の死を面白おかしく感じてるようにしか見えませんから、顰蹙《ひんしゅく》を買ったみたいですけどね。だけど心を守るため、無様に取り乱さないためには必要だったんですよ」

和歌森喜八の人物像は、俺のなかである人物とダブっていた。俺のとなりで、懺悔《ざんげ》をするかのように悲愴な表情をしている女性だ。

「アタシ、和歌森さんに倣ってたんです。監禁されたのがわかった時点で、けっこうキてましたから。吐き気がすごくて、心臓もバクバクしちゃって。そのとき和歌森さんの座右の銘を思い出して、これしかないって切り替えたんです。そうじゃなかったら、凪さんより酷いことになってますよ、絶対確実に。北海道の事件で骨の髄まで実感ずみですからね」

恋が巻きこまれたという富良野での事件。以前その話をされたとき俺は、殺人があったにしても極寒のなか外へ出ていくなんて自殺行為だと思った。だが、自殺行為に駆り立てられるほど、精神的に逼迫《ひっぱく》していたとしたらどうだ。恋の行動を無謀だとの一言で断じられるだろうか。

「事件を楽しむみたいな態度を取れば、みんなを不快にさせるかもしれないのはわかってました。だけど、他になかったんです。そうしないと、アタシ……」

恋の背に手を回し、やさしく叩いた。

「もういい。よくがんばったな」

恋の目尻に涙の粒が溜まる。恋は上を向き、歯を食いしばり、腿を引っかいた。

「ありがとうございます。アタシ、もう少しだけがんばれそうです」

誤魔化し、覆い隠し、視界から追い出していた恐怖から逃げる術《すべ》はなくなった。向かう先には拝島という死神が立ち塞がっている。これからの恋は丸腰でその恐怖と闘うしかない。堪《た》えられる保証は、ない。

それなら、俺が背中を支える。

「死なせはしないからな。恋のがんばりは、きっと報われる。なにがなんでも俺がそうする」

「お願いします。そのためには、アタシも協力しないとですね。おんぶにだっこじゃいられません」

恋は背中をまっすぐに伸ばした。目尻の涙を指で払う。

「凪さんとなにがあったのか説明しないといけませんよね。ちょっと遠回りになりますけど、聞いてください」

俺は重くうなずいた。

「もう察してますよね。アタシと凪さんには確執があるんです。まあ一方的に恨まれてるんですけど。あれは大学入って初めての夏休みのことでした。仲よくなった男女三人ずつで、熊本旅行にいったんです。本場のくまモン見物だとかって軽いノリでした」

恋は儚《はかな》く笑んだ。

「宿泊はある古い温泉旅館にしたんですけど、そこの一室がいわくつきだったんです。なんでも人魂が飛んでたとかラップ音がしたとかで。立ち話してた女子高生の会話をたまたま拾っただけですから、信憑性《しんぴょう》は怪しかったですけどね。女将《おかみ》さんに訊いても笑ってました。けど悪ノリして、空室だったいわくつきの部屋を借りたんです。カードで負けた人が罰ゲームとして泊まろうって。最終的に、負けたのはアタシでした。それで一旦は部屋に入ったんですけど、アタシどうしても怖くて……替わってもらったんです。ある男の人――Aさんに。停電とか地震があったりしましたけど、夜はなにごともなくすぎていきました」

恋の面差しが暗くなり、語り口が鈍る。

「翌朝でした。予定の時間になってもAさんがこなかったんです。どうせ怖がらせようとしてるんだろうって笑いながら部屋にいったんですけど、ロックがかかってました。呼びかけても出てきません。ようやく変だってなって、女将さんにマスタキーを借りて入ってみたら……」

恋が一拍置いた。

「Aさんは、首に浴衣《ゆかた》の帯を巻いて倒れていたんです。帯が結びつけられた梁《はり》は折れて、乾いた血の上に転がってました。頭が陥没していたことから、古くなった梁で首を吊ったら折れて、頭を直撃して死んだんだと思いました。Aさんは年上で、就職活動が芳《かんば》しくないって旅行中も愚痴っていたんです。それに密室でしたからね。どう見ても自殺です。他殺を疑う理由はありませんでした。ところが」

「他殺だった?」

「いいえ。事故でした。真相はこうです。梁が折れたのは、首を吊って体重がかかったからじゃなくて、深夜の地震のせいだったんです。古くなり、雨漏りで腐食して、シロアリも発生していたのが原因でした。折れた梁は運悪くAさんの頭を直撃したんです。女将さんはその音を聞きつけ、部屋に急行したそうですが、Aさんはすでに虫の息でした。救急車を呼んでももうるかもしれない。そう悟ったとき、女将さんは青ざめました。これが知られれば管理責任を問われる。長年営んできた旅館も潰れるかもしれない。それだけは避けたい。そこで悪魔が囁《ささや》いたそうです。自殺に見せかければ、責任は問われない、と」

これまでのところ、肝心の絵畑はどこにも出てこない。女将さんと絵畑が同一人物だったというオチでもあるまいし。

「女将さんは首を吊った重みで、梁が折れたように見せかけようとしました。けど死んだあとに首を絞めても、生体反応が残りません。そこでAさんが死ぬ前に、首吊りの痕《あと》が残るぐらいの力で首を絞めたんです。あとは死ぬのを待って、マスターキーで鍵をかければ密室の完成です。けど悪いことはできません。偽装工作はあっけなくバレて、逮捕されました。けど、大変なのはそのあとだったんです」

恋がここではない、どこか遠くを見つめる。

「帰京して、しばらくたったころです。マンションに知らない女の人が怒鳴りこんできました。それが絵畑さんだったんです。いきなりビンタされて、わけのわからないアタシに絵畑さんは絶叫しました。Aさんは、絵畑さんの婚約者だったんだって」

恋が痛みを思い出すようにほっぺたをさすった。

「あんたが部屋を替わってと頼まなければAさんは死ななかった。あんたの責任だ、って散々罵られましたよ。いきなりきて有無を言わせずでしたからね。アタシも逆上しちゃって、摑み合い罵り合いの大騒ぎでした。警察までくる始末で。それ以来です。絵畑さんに恨まれるようになったのは」

逆恨みだ。部屋の交換は、Aさんの死の一因でしかない。地震や腐食した梁など、いくつもの偶然や不注意が重なって起きた事故だ。どうしても恨みたいなら、瀕死だったとはいえまだ息があったAさんの首を絞めた上、見殺しにした女将だろう。

「そんな感じで、ずっと確執が続いてたんです。そこへAさんのときと似た状況で、大塚さんが殺されたんですから、絵畑さんの取り乱しようは尋常じゃありませんでした。ただでさえ精神的に不安定だったのに、とどめを刺されたようなものなんですからね。無理もありません。さらにアタシが追いかけたのも、いま思えば火に油を注ぐようなものでした。それで抑えてた怒りと恨みが爆発したんでしょうね。部屋にあった警棒を取ったかと思うと、逃げる間もなく殴られてました」

迂闊《うかつ》だった。デスゲームものの小説や映画ではよくあるパターンだ。仲間割れのあげく同士討ちなどというのは。

警戒は怠っていないつもりだったのに、後手後手だ。

「それが、アタシが襲われたときの一部始終です。本筋と関係ないところで死にかけちゃってバカですね。なにやってんでしょう、アタシは。凪さんが推理を先走ったことだって、元をたどればアタシの早とちりが原因だし。トラブル誘発して、迷惑ばっかりかけて……すみませんでした」

頭を下げようとした恋を、痛みがないようゆっくりと抱き寄せた。

「なにを謝ることがあるんだよ。恋はやるべきことをやっただけだ。その結果が悪かったからって、恋がやったことまで悪くなりはしない。糾弾されるとしたら、やるべきことをやらなかった奴だ」

蜜柑花子のようにな。

「先輩にそう言ってもらえると、自分が許せそうになるから不思議ですね」

恋がくすりと笑った。無理をしているのかもしれないが、それでもよかった。俺の言葉で笑ってくれたのが重要だった。

「そうだ」

恋が思い出したように声を出した。

「アタシの昔話ついで、って言っちゃ失礼かもしれないですけど、先輩の昔話も……よければしてくれませんか？」

「俺の昔話？」

「ほら、花ちゃんと昔なにかあったって……」

恋が腫れものにさわるような語調になる。

「ああ、それか」

俺の家族を奪い、日常を打ち壊し、哀哭の深海へ沈めた、あの事件だ。片時もゆるむことがない、この鎖。

「あ、いや、もしよかったらでいいんです。先輩の昔話も聞けたらなってぐらいなんで……」

俺の声や顔に差した影を見て取ったのか、恋が焦せり出す。

「いいよ。恋になら」

俺のなかにある地下室に押しこめていた過去。固く厳重に封印し、自分ですら覗き見られなかった代物だ。だが、仲間である恋になら、扉を開けられる。開けたい。

誰かに話せば楽になることもある。それは真理だ。

なによりも、恋を仲間と認めるなら打ち明けるべきだ。俺が抱えているものを。

「恋には共有してほしいから、言うよ。俺と蜜柑花子という探偵の間に、なにがあったのか」

俺は地下室の扉を、開いた。

＊

恋は身じろぎすらしなかった。俺の話を聞いているようで聞いていない。俺を見ているようで見ていない。

ネット上にうようよいる蜜柑のファンどもみたいに、俺に嫌悪と反感を覚えたかもしれない……そう思うと胃が絞り上げられるようだったが、どうも様子が違う。

無機質な表情の内部では冷たい炎が燃えている。抽象的だがそんな心象を受けた。

「アタシのパパも殺されたんです。花ちゃんの目の前で」

恋がなにを言ったのか、たっぷり三秒の間理解できなかった。

「その事件の被害者は二名です。最初に縁もゆかりもない男の人が殺されました。密室殺人です。事件後にたまたまやってきた蜜柑花子は、関係者の証言を集めたり現場で証拠を収集しました。アタシも手伝いましたが、念入りな調査には舌を巻くほどでした。これが名探偵のやり方かって感動もしました」

恋はおとぎ話をしているようだった。質疑を差し入れる隙もない。一方通行にしゃべり続ける。得体の知れない迫力が相づちすら打つ気にさせなかった。

「ところが推理に手間取っているうちに、ふたり目が殺されました。アタシのパパです。すべてが終わってようやく、蜜柑花子は推理を披露しました。密室殺人のトリックは針と糸をつかった古典的なものでした。しかもトリックからおのずと犯人が導き出される種類のものです。つまりトリックさえわかれば犯人がわかり、犯人さえわかればパパは殺されることはありませんでした。名探偵蜜柑花子ともあろう人が、なんで針と糸なんていう初歩的なトリックを瞬時に見抜けなかったんでしょうか」

俺は沈黙するしかなかった。水分が失われた喉に唾を流しこむ。

「けど、アタシにも罪があるんです。告白します。アタシは密室殺人があったとき、一瞬楽しんでしまいました。現実の密室殺人に遭遇するなんてすごい、と。蜜柑花子の活躍で、不可能犯罪がミステリ小説のなかだけのものじゃないと知ってはいても、実体験できる機会はそうあるものじゃありません。ミステリ好きのアタシは、罰当たりにも小躍りしてしまったんです。死体を間近で見るまでは……」

罪の告白と題しながら、しゃべるペースもトーンも一定だ。詳細さとは無縁の、断片的で事実の羅列のような語りだった。

だというのに、俺の感情は狂いそうになるほどゆさぶられてしまう。

「和歌森さんみたいに、自己防衛のためですらないんです。純粋な喜びだったんです。あのときのアタシを思い出すと吐き気がします。けど、それと引き換えに気づいたんです。蜜柑花子も、アタシと同じように事件を楽しんでいたんだって」

語尾と同時に、恋がカッと目を剝いた。

「じゃないと説明がつかないですよ。なんであんな低レベルのトリックに時間かけたんですか。そんなのってあります？　名探偵が聞いて呆れますよ」

恋の充血した目に、涙の水面ができる。穏やかになりかけていたはずの精神が一挙に瓦解した。泣きじゃくる園児が物に当たるかのごとく、俺に拳を振り下ろしてくる。軽いその一撃一撃が、心を痛打する。

「なんで何人も殺されるんですか。止められないんですか。先輩の家族の件にしてもそうです。予告があったんですよ。誰かが殺されるなんてバカでも予期できるじゃないですか。なのに救えなかった。全員殺された。なにが名探偵だ。なにが使命だ」

恋の叫びは、俺の内側からも発せられていた。俺が、恋だからこそ抱えていたものを吐露《とろ》できたように、恋も俺だからこそ抱えていたものを吐露できた。俺たちは精神的に限りなく交わっている。

その接点は、蜜柑花子だ。

6

俺は部屋から出るなり、平山に言った。

「恋を頼む。俺は蜜柑に話がある」

発声ができない平山は、ドアを指しながら俺と見比べる。俺たちのやりとりは断片的にしか聞き取れていなかったのか、マスク越しでも困惑が表れている。ノートに『ギオンジさんはいいのか』とでも書きつけようしたのですかさず、

「これは恋の要望なんだ」

恋は涙も涸れたころ言っていた。

蜜柑の心情がどうだったとしても、推理力までは否定できない。解放されるには蜜柑に頼るしかない。アタシたちの感情は二の次だ。蜜柑は、恋が拝島に襲われたものとして推理を組み立てているはず。それではゴールにずれが生じる。早いうちに訂正してきてほしい。

「さあ、早く恋のそばにいてやってくれ」

俺はドアを大開きにし、平山の腰を押しやった。ボディランゲージで深まる困惑を表してきたが、こまごまと説明している余裕はない。

「頼んだからな。もし恋になにかあったら俺が……」

最後まで言い切らずに、ドアを閉ざした。

激流のような重圧が背面に打ち寄せる。内なる情動が俺を突き動かす。胃や爪先や筋組織まで、全身あらゆる箇所が発熱しているようだった。

茹で上がりそうに脳が熱い。思考が混沌としている。まとまらず四方八方に飛ぶ。なにをすべきなのか、したいのか。ここへ至っても結論が出せない日戸涼という人間への苛立ちも降り積もる。歩く道が判然としないまま、足と気持ちだけが前へと進んでいく。

ただ、蜜柑になにかを言ってやりたかった。それだけは、絶対的なものとして俺のなかに根を張っていた。

気がつくと、俺がいたのは書斎だった。

本を読んでいる蜜柑が、予断なしに視覚へ入りこむ。蜜柑は墓標のように山積する本の中心に立っていた。

とたん、神経が尖る。

「日戸さん。これ、妙」

出鼻をくじくかのように、脈絡のない言葉がきた。

「千二百三十一冊、ランダムに調べてみた。全部初版本だった。それなのに、これだけ重版されてた。さらに帯つき」

蜜柑が『名探偵の証明』を掲げた。帯には〝百万部超え〟の惹句《じやつく》が燦然《さんぜん》と輝いている。

「なんでだろう？」

「知るかよ」

俺は考えるまでもなく切り捨てた。

「そんなことより、報告だ。恋を襲ったのは拝島じゃないんだとさ」

襲われた一部始終、絵畑との確執や過去の事件のことを、かいつまんで説明した。

「そうなんだ」

驚きもせず、気の抜ける声音でつぶやいた。視線は俺ではなく明後日《あさって》の方向を向いている。恋のことなど関心がないとでも言わんばかりの態度に、こめかみで破裂音が鳴った。

「お前な――」

「日戸さん」

強い口調が俺の言葉を打ち消す。はるか遠くにあった蜜柑の視線が、俺へと下りてきた。俺の深淵を透かし見るような眼差しに、思わずたじろぐ。

「あたしに恨みが、ある？」

全身が総毛立った。全身が痺れ硬直する。

なんでだ？　なんで察知された？　俺の素姓はひた隠しにしてきた。秘めた感情をさらけ出したのも恋だけだ。蜜柑に知る余地はない。

態度や発言の端々に敵意はあっただろうが、そこから俺が宿す恨みまで看破できるものか？　名探偵だからと結べばそれまでだが、神ではないのだ。なにかしら論理的な思考の道のりがあったに違いない。

「日戸さんの口から、直接聞きたい」

蜜柑の声に感情の抑揚はない。それが俺を冷静にさせる。

なにを狼狽《うろた》えているんだ、俺は。向こうがお膳立てしてくれたんだ。全部ぶちまければいいだけだろ。これはチャンスだ、活かせ。

だがその前に、尋ねるべきことは訊いておかなければ。

「俺より先に蜜柑が答えろ。すでに三人が殺されて、恋は負わなくていい怪我を負った。絵畑も危うく殺人犯だ。もうとっくにみんな限界なんだよ。はっきり言え、事件はどこまで推理できてるんだ?」

見通しの利かない行程は人を不安に陥れる。暗い未来は人を絶望の底に叩き落とす。期限日まで俺たちは、不可視の死の影に怯えていなければならないのか。

恋はとっくに限界を超えた。俺もいつ壊れてもおかしくはない。名探偵はデスゲームを早期終了させる救世主としての参加なのに、モブキャラ程度の働きしかしていない。こいつがなにをした? 三人が殺され、恋が傷つくのも手をこまねいて見ていただけだ。名探偵なら、こうなる前に謎が解けてなきゃいけないはずだろ。

それなのに。それなのに蜜柑はこう言い放った。

「もう謎は解けてる。でも、推理を言うか迷ってるとこ」

日常会話のような、なんということもない声だった。

意識が黒に染まる。

記憶がない。消えた。

感覚も、思考も。

意識が再起動する。

俺の下に蜜柑がいた。馬乗りだ。周囲には散乱する本。俺の両手の甲には筋が浮き立っている。開いた手の平は蜜柑の喉元を狙っていた。蜜柑が手首を摑み阻止する。押し返す力は強烈だ。だが俺は気道一点を狙って体重をかける。

「やめて……こんな」

ずれた眼鏡の奥の両目は、薬殺される前の猫を思わせる。

「こんなことだと！　お前がやってることとなにが違う？　救えるはずの命を救わないのは殺してるのと同じだろ！」

「あたし……そんな」

「つもりはなかったとでもほざくつもりか！　予告されていながらふたりも殺されてんだぞ。死にそうな患者になんの措置もしない医者に罪はないのか？　犯罪者って病原菌につきまとわれてる名探偵なんじゃないのかよ。使命なんだろうが！　だったら救える命を救え！　使命を果たせよ！　なにもかもが終わってから推理してんじゃねえ！」

止まらなかった。あとからあとから罵詈雑言が湧いてくる。溜めて、凝縮して、発酵せんばかりになっていたどす黒い塊が放出される。視界が赤く染まっていく。

「名探偵が聞いて呆れるな。無能だからか？　それとも、事件と謎解きを楽しんでるのか？　人が殺されるのは刺激的な娯楽だもんな。じゃなけりゃ、謎は解けたが推理を言うか迷ってるなんてよ。そんなに殺戮を延長させたいのかよ。殺人者以下だお前は！」

「違う。違う」

蜜柑が真っ青になった唇を震わせる。人が死のうが喚《わめ》こうが崩れなかった無表情に亀裂が入った。それは俺の指摘が蜜柑のアキレスの踵を刺した証だ。暗い快感に俺の血は沸いた。まだだ。もっともっとこの三流名探偵を叩きのめさなければ。こいつの遊びにつき合わされるのはもうまっぴらだ。

蜜柑に実例をわからせてやる。無能で快楽主義の名探偵のとばっちりで、どれだけの一般人が苦しんだのかを。

「なにも違わないんだよ。俺が証人だ。覚えてるか？　一昨年《おととし》だ。ある一家に脅迫状が届いた。蜜柑花子を呼べと名指しでな。オチはどうなったと思う？　一家惨殺だ。名探偵がいながら全員な」

蜜柑が意味不明な声を漏らし、握力が弱まった。

俺を俯瞰《ふかん》する日戸涼が、冷静に囁く。

八つ当たりだ。

わかっているさ。俺だってバカじゃない。蜜柑が〝直接の〟原因でないことぐらいわかっている。俺がやっているのは犯罪者の家族を糾弾するバカ共と一緒だ。

だがまったく責任がないと言い切れるのか？　蜜柑は事件を未然に防止できる立場にあった。そうできなかったのが無能だからか、事件を楽しむ気持ちがあったからなのか、そんなことはどっちでもいい。

事実として俺の大切な人たちが殺され、犯人はすでに死んでいる。重要なのはそこだ。

八つ当たりだろうが責任転嫁だろうが知るか。もう止められない。

「俺はな、そのとき殺された男の息子だ。お前の責任で親父は、家族は殺されたんだ！」

とどめの一撃を放った。不意を打つ狙いだ。よもや恋以外に過去の事件の関係者がいたとは思わなかっただろう。しかも激切な恨みを孕《はら》ませて。

思惑どおり、蜜柑は頬の肉を硬化させ、握力がさらにゆるんだ。俺は手を振り払う。自由になった右手で喉を摑みにかかる。鷲摑みにし、やわらかい喉を渾身の力をもって握り潰す。

そのイメージが、寸前で蜜柑が差し出した手により防禦される。握り潰しにかかった俺の手と、防禦に入った蜜柑の手首がからみ合う。勢いそのままに、スタジャンの袖が捲《めく》れ上がった。

些細な偶然。手と手首がぶつかり袖が捲れただけだ。劇的なことはなにもない。しかしそれは、蜜柑の秘密を暴く偶然だった。

全神経が露出した手首に釘づけにされる。

一見、ただの蚯蚓《みみず》腫れだった。赤や青紫の線が横に刻まれている。だが、数が尋常でなかった。一本や二本ではすまない。手首全体が色づいて見えるほどだった。傷は皮膚を変形させ歪《いびつ》に隆起させていた。手の平の触覚を通じても、無数の凹凸を感じる。両腕の産毛がぞわっと逆立った。

リストカット。

なんで、こんなものが……。

啞然としていると、手が振り払われた。蜜柑は急いで袖を直す。ちっぽけな頭脳からの指令。そうとしか表現しようがない衝動的な行動だった。

俺はどうしてそんな行動を取ったのか、いまだに謎だ。

俺は払われた手を蜜柑の下半身へ転じた。グレーのデニム。ウェストの開閉部に指をかけ、力任せに引き裂く。トップボタンが弾け飛び、ファスナーが異音を立てて全開した。蜜柑が悲鳴を上げたが、俺はかまわず脱がしにかかる。下着が露《あらわ》になり、腿が見えた。

幾筋も生々しく刻印された傷痕。そのなかの一本は、いまにも鮮血が滴りそうなほど真新しかった。まるで昨日今日切り裂いたかのように……。

これはいったい、いつどこで刻まれた?

蜜柑がいつのころからかデニムを穿《は》き始めたのはなぜだ?

腕だけでは収まらず、腿に刃が向かった……。

疑問が渦巻く。混乱で眩暈《めまい》がする。

顔面に激痛。思考が断裂し、本棚で側頭部を打つ。

蜜柑はレイプ犯以外の何者でもない俺から距離を取り、素早くデニムを穿く。

ファスナーを上げ切った蜜柑は、もう完璧に通常の蜜柑花子だった。ゆったりとした動作でずれた眼鏡を整え、スタジャンの皺を伸ばし、跳ね曲がった金髪を撫でつける。ひとつ息をつき、俺を見たようだった。

俺自身は蜜柑の目を見られない。視野をぼんやりと広げ、かろうじて蜜柑の姿を視界に収めているだけだった。

「トリックが推理できたのはついさっき。大塚さんが、綿林瑠依子さんのお父さんだってわかってから」

重大な発言だったが、俺の耳からは素通りしていった。

「でも日戸さんのおかげで、確信に変わった」

血液や骨が鉛に変質してしまったかのように体が重い。どうにか気力で起こす。

「推理を言うか迷ってるっていうのも理由が……」

「なんでこなかった」

どうして蜜柑は己の手足を執拗に傷つけたのか。そんなことは明白だ。

だからこそ、なんで……。

「なんで父さんたちの葬式にこなかったんだ！」

奥の奥の最奥にあった叫びがそれだった。

やっとわかった。俺は蜜柑にいくつもの憤りを列挙してきた。だが芯にあったのはこれだったんだ。

俺は蜜柑に葬式にきてほしかった。たった一言、嘘でもいい。謝ってほしかったんだ。なんてガキな感情。噴飯ものだ。

でもそれが、たったそれだけのことが俺には大切だったんだ。

「ごめんなさい」

蜜柑がどんな表情で謝ったのか、見ることができなかった。いたたまれなかった。矢も盾もたまらず駆け出す。いっときも蜜柑と同一の空間にいられなかった。

走って走って走って。どこをどう走ったのか、俺はベッドに倒れこんでいた。クッションに押し返され、どうやら自室へ戻ってしまったようだと知る。

なんで俺はここにきたんだ。帰るべきは恋の部屋だろ。平山がついてくれてはいるが、二人と三人とでは雲泥の差だ。

「恋のところへいかないと……」

いや、恋の心配の前に、自分の心配が先か。バカの一つ覚えみたいに単独行動を取るなと力説しておいて、ひとりでベッドに寝転がっている。殺すならもってこいの的《まと》だ。

危機感はあるのに、動く気力が湧かない。無気力無関心になっていた栖原の気持ちが少しだけわかった気がする。

「まあ、大丈夫か」

蜜柑は謎を解いたのだ。正解であればゲームセット。俺たちは解放され死人は出ない。もはや喜べそうにないが、生き延びることはできるのか……。

しかし待てよ。ルールでは拝島に推理を提示できるのは一日一回だった。絵畑の不正答でその一回はなくなっている。つまり今日中は手も足も出せず、午前零時までは解放されないってことだ。

俺はなにがおかしいのか笑った。

それなら拝島、どうせなら俺を殺しにくるか?

その問いかけに答えるように、モニターが点《つ》いた。

上半身を浮かせ、モニターを注視する。

画面は絵畑のときそうだったように四分割されていた。映るのは拝島を見上げる蜜柑と、バルコニーから蜜柑を見下ろす拝島だった。蜜柑は無表情で、拝島は目元も頬肉も不気味なほどゆるませている。対照的なふたり、名探偵と殺人者が、ついに一対一で対峙した。

「ここにいらっしゃったということは」

拝島は芝居がかった仕草で柵に片手を突いた。

「トリックが解けた、ということですね」

「そう。解けた」

蜜柑は決然と答えた。一片の淀みもない。

「それはそれは。いよいよ名探偵の本領発揮ですね」

拝島は驚嘆することもなく、笑った。

「しかし、わたくしの記憶違いでしょうか。本日の解答権はすでに消失したはずですが」

そのとおりだ。ゲームマスターが拝島である以上、いかに理不尽なルールでも追従《ついじゅう》するしかない。蜜柑だって承知していただろう。なんの考えがあってそこに立っているんだ？

「これ以上、長引かせるの？　意味ない。事件は起こった。あたしは推理した。それでもう充分なはず」

蜜柑がやや声高に言い返すと、拝島は得心したようにうなずき、くつくつと笑い出した。

「どうやら……わたくしの期待を軽く飛び越えてくださったようですね。それでこそ名探偵です。よいでしょう。一時的にルールを変更いたします。推理の披露を許可しましょう」

すんなりとルールが覆《くつがえ》された。

俺たちが縛られていたルールはなんだったのか。そう抗議したくなる切り替えの早さだった。

「じゃ、始める」

蜜柑がゆるやかな所作で眼鏡を外した。それは儀式のように、どこか厳《おごそ》かだった。瞑想するようにまぶたは閉じられている。

一秒。

二秒。

三秒ほどの無音を経て、まぶたを開く。光に慣れるかのようにゆっくりと。

俺は呼吸を忘れた。

鋭い目つき。練達の舞台女優のような立ち姿。纏《まと》う雰囲気は突き刺さるような鋭さに変わっている。まるで別人だった。

「事件を大まかに整理します。ことの始まりは昨日でした。あたしを含めた八人は、この密室館と名づけられた館に監禁され、デスゲームを強いられたのです。解放の条件は、拝島さんが仕掛けた殺人トリックを解くこと。その際、ルールと注意事項がいくつかありました。期間は四日。全員が殺される可能性があるが、あたしは例外。解答は二十四時間で一度だけ。午前零時から翌朝八時まで、自室から外出してはいけない。ただしひとり一回は認める。破れば問答無用で殺害する。これはあたしにも適用される。場合によってはルール変更がある。それらのルールのなか、初日の夜に勝己さんが殺されました。厳重な警戒をかいくぐった、剣での刺殺です。続いて、大塚さんが亡くなっているのが発見されました。ドアがベッドで封鎖された部屋で首を吊っていたのです」

蜜柑の口ぶりは別人のように明瞭で流麗になっていた。なめらかな声質に聴き入ってしまう。ともすると失笑されそうなほどの変化だ。しかし、その一歩手前の最適最善の範囲で立ち振る舞っている。

推理を披露する際、蜜柑はいつも眼鏡を外し、口調も変えるという。憧れていた探偵を真似ているのだとか、普段のしゃべり方では推理に説得力が出ないからなど、いくつか説はある。だが、真相が蜜柑の口から語られたことはない。

「トリック解明の前に、はっきりさせておくことがあります。大塚さんは殺されたんじゃありません。自殺したんです」

自殺？　そりゃ状況は完全なる自殺だった。だが、やったのは拝島ではないのか。

「順番にいきます。まず訂正をしておかなければいけません。大塚洋二という名前は偽名です。本名は綿林邦雄《くにお》。かつて栖原さんと親しかった綿林瑠依子さんの父親です。栖原さんから直接聞きました」

俺は大塚——いや、綿林の遺体を見た栖原の過剰な反応を、感情を取り戻したがゆえだと解釈していた。だが事実はそんな情緒的なものではなかった。いるはずのない人物の遺体が突然現れたことに驚愕していた……そういうことだったのか？

「初耳ですね」

拝島が白々しくとぼけた。人員を集めたのは拝島だ。知らないはずがない。

「なぜ綿林さんは素顔を隠し偽名をつかっていたか。のちほど解説しましょう。先に自殺だとする根拠を説明します。ことの起こりは、あたしが祇園寺さんに依頼され、栖原さんが関わった過去の事故について拝聴しにいったときです。綿林さんは亡くなられた娘の瑠依子さんをとても愛していて、瑠依子さんの事故原因を巡り、栖原さんには恨みがあったようです。そんな人の耳に『栖原さんが過去の事故について語る』という趣旨の報が入ればどうするでしょうか。なにをおいても聞きに走るはずです。ところがそこで語られたのは、綿林さんこそが瑠依子さんの死に深く関わっていたという、あたしの推理でした」

綿林は、恋が蜜柑に助力を求めたしばらくあとに部屋を出ている。あれは娘の仇《かたき》である——と思っている——栖原がなにを語るか盗み聞きにいっていたのだ。ところが待ち受けていたのは、自分こそが娘を死に追いやったのだという推理だった。

「綿林さんの絶望は生半可なものではなかったでしょう。栖原さんを殴っていたほどです。自分に非があるとはつゆほども考えていなかったんでしょう。そこへなんの心構えもなく自らの非を突きつけられた。愛していればいるほど、反動は激しかったはずです。そして自責の念に堪えられず、命を絶った」

蜜柑が畳んだ眼鏡で拝島を指す。

「拝島さん、あなたはそれに便乗し、あたかも自殺に見せかけた他殺であるかのように思いこませたんです。ゲームをおもしろくするために。密室なのも当然です。正真正銘の自殺だったんですからね。思い返してみると、拝島さんはあの件で密室殺人の謎を解けとは言ってません。言ったのはただ、次の謎が大塚さんの部屋に用意されている、ということだけでした。なのにみんな室内の状況などから、密室殺人の謎を解け、という指令なんだと勘違いさせられていたのです」

拝島は穏やかな声で、

「愉快な想像ですね。しかしおしいかな。臆測でしかありません。ものはハウダニットですから、唯一無二の解答は不可能ではあります。クイーンはだしの論理を披露しろとまでは求めませんが、論拠があまりに薄くはないでしょうか」

「論拠はあります。綿林さんの手の小指側の側面にあった黒い跡です。あれはペンのインクでした。インクがついたからには、綿林さんはなにか書きものをしていたんです。おそらくは遺書です」

「それが論拠ですか？　遺書などどこにもなかったではありませんか」

「そうです。室内のメモ帳にはなにも記入されていませんでした。しかしメモ帳の枚数は減っていました。それなのに書き損じの紙はない。遺書が書かれたはずの紙はどこへ消えたんでしょうか。ここまでくると、もう答えは簡単です。拝島さん、あなたが持ち去ったんです。あなたなら、部屋にある取っ手のないドアから出入り自由ですからね。自殺を見届けてから遺書を持ち去るのは簡単です。その枚数が一、二枚ですまなかったのは遺書が長文だったか、裏移りや筆圧による凹凸がメモ数枚に及んでいたためです。遺書の存在を隠したいあなたは、それも持ち去るしかありません」

「まずまずですが、まだ弱くないでしょうか。おっしゃるとおりインクの跡から、なにかをしたためてはいらしたのでしょう。しかし死の直前に書いたのではなく、夜間や蜜柑様が見ていないときに書いたのかもしれないではありませんか。事件に関する覚書などですね。メモにしても、遺書だったという証拠はありませんよ」

「綿林さんは手を覆う籠手をしていました。あたしたちの前では鎧と共に終始はめていたんですから、なにかを書き記したとしても素肌にはつきません。つくとしたら自殺を決意し、鎧や籠手を脱いだあとです」

「各々の監禁から全員が一堂に会するまでには、時間差がありました。その間にメモ帳をつかったのではないですか」

「それだと解せないことがあります。そのとき書かれたメモはどこへいったんでしょうか。なんでもないらくがきや覚書であったなら、ゴミ箱にでもなければおかしいです。各部屋を見回りましたが、どこにもメモはありませんでした。跡形もなく消したということは、トイレに流すかキッチンで燃やすかするのが適当です。そこまでして消さなくてはならないほどの内容とはどんなものでしょうか。まだ明確な事件も起こっていない段階です、事件に関することではないでしょう。かと言ってのんびりとプライベート上のことを書き記すような局面でもありません。完全消失させるほどの内容を書く要因がないんです」

「聞けば大塚様——いえ綿林様は、栖原様を憎悪していたそうではありませんか。恨みとは日を追うごとに育つもの。内包する憎悪を留め切れず、紙に恨み言を綴っていたのではないでしょうか。顔合わせで栖原様の存在を知り、これはまずいと紙を処分した。そのケースもなきにしもあらずですよ」

ふっ、と蜜柑が微笑した……俺にはそう見えた。

錯覚だ。現実には笑っていない。それどころか表情は険しいほどだ。

「綿林さんの瑠依子さんへの感情。綿林さんと栖原さんの関係。綿林さんが単独行動を取ったタイミングと、あたしが推理を述べたタイミング。疑う余地のない自殺体と状況。インクの跡となくなった紙。そしてゲームの性質。これらを総合すると、綿林さんが自殺し、それに拝島さんが便乗したと考えるのが合理的です。拝島さんが言ったばかりじゃないですか。ハウダニットを唯一無二の推理で解くのは不可能なんです。ここは推理小説の世界ではなく、あらゆる可能性がありうる現実世界なんですからね。フーダニットですら、唯一無二の推理は不可能。

それが現実です。あなたは正答をご存じでしょうが、探偵側からすれば絶対的な正答なんて見出せません。収拾した証拠から作り上げた最適解を、九十九パーセントの精度に近づけるしかないんです。人類がどんなに光速に近づけたとしても、決して光速には到達できないように。たしか少なくともあたしは、現状ある証拠から最も蓋然性の高い解答をしていると思います。しかしそれに恨み言を書いていたというのも可能性のひとつです。しかしそれにどれほどの蓋然性があるでしょうか。あたしは高くはないと思います。拝島さんは、どう思いますか？」

蜜柑の反論に、拝島はにやついた。

「そういきり立たないでくださいませ。わたくしも同意見です。可能性をあげつらえばきりがない。いかに高い蓋然性の推理を提示するか、肝要なのはそこです。いけませんね。読者側に立ったせいなのか、ついつい重箱の隅をほじくるようなことを申し上げてしまいました。ご指摘のように、これまでの推理は高い蓋然性を保っております。どうぞ再開してくださいませ」

拝島は舞台への再登場を促すように手を蜜柑へ向けた。

「綿林さんは自殺だった。それを念頭に置いて、勝己さんの事件に移ります。この殺人での謎は一点。いかにして易々《やすやす》と警戒網をかいくぐり殺害したか、です。このケースでまず疑われるのは機械トリックです。特殊な建物ですからね。壁から剣が射出されるなどの仕掛けがあってもおかしくはありません。ですが、それを暗示するような痕跡や物証などは見当たりませんでした。なんの証拠も残さないようなトリックだったのでしょうか。いえ、このトリックはとてもチープなものです。ただし、解くのはとても厄介です」

「それは手厳しい。わたくしが精魂こめて考案したトリックですのに」

拝島は自慢のトリックをチープ呼ばわりされたというのに、人を食った薄ら笑いはびくともしない。

「トリック解明の突破口は、集められた八人の関係性にありました。八人はある条件によって一対の組み合わせとなっていたんです。栖原さんと綿林さん。祇園寺さんと絵畑さん。勝己さんと平山さん。あたしと日戸さんです」

そこまでで、俺は先を聞かずとも条件に見当がついた。

「ある条件とは、殺意……いえ、害意と言い換えましょう。前述のように、綿林さんは栖原さんを恨んでいました。詳しい事情まではわかりませんが絵畑さんも、祇園寺さんを憎んでいたのはたしかです。日戸さんもあたしに遺恨がありました。この三組に関してははっきりとした証拠や証言を得られましたが、勝己さんと平山さんに関しては推察しなければなりません」

はっきりとした証拠や証言……そのなかに、俺が蜜柑の首を絞めようとしたことも含まれる。

蜜柑の傷の感触が蘇り、手が震えた。

「勝己さんは自己紹介のとき、近々大金が手に入ると言っていました。殺意の根はおそらくここです。どうすれば短期間で大金が手に入るのでしょう。ぱっと思いつくのは遺産相続であるとか宝くじが当たったなどです。いずれにしても平山さんは、勝己さんが死ねば、大金をそっくりそのまま手に入れられる立場にあったんじゃないでしょうか。こう仮定してみると、それぞれ大小の差はあれ、恨みや害意がある、またはあったと推察されます。このおぞましい組み合わせは、とても偶然では片づけられません。これこそがトリックの要《かなめ》だったんです。つまり勝己さんを殺害したのは拝島さんではなく、平山さんです」

ぬらりと影のように浮かび上がってきた犯人。俺は推理にショックを受けながらも、一方では冷静に否定する。それは、

「それは矛盾しますね。わたくしは断言したはずですよ。共犯者はいない、と。よもやわたくしが嘘をついたとでもおっしゃいますか？」

そうだ。共犯者については検証ずみだ。その結果、棄却されている。棄却された仮説をどうして引っぱり出すんだ？

「拝島さんは嘘をついてはいません。しかし真実でもありません。拝島さんは期待していたんです。平山さん、綿林さん、絵畑さん、日戸さんのうちの誰かが殺人を犯すことを。そして舞台と環境を整え、凶行まで導いた。自らが殺人をして回ると豪語しておきながら、実際は手を汚さず、第三者に殺させる。これこそがトリックの正体です。

ハウダニットを解けと声高に掲げたのは、フーダニットやホワイダニットを意識外へ追いやるためだったんです。フーもホワイも、拝島さんが早々と開示していましたから、推理の矛先はそちらへは向きません。ところがトリック解明には、フーダニットとホワイダニットの解明こそが重要だったんです。ただし、その方向は拝島さんにではなく、あたしたちに向けなければいけませんでした。こちら側にある害意と犯人を突き止めたとき、初めてハウダニットが解けるんです。共犯ではなく、便乗犯。拝島さんは嘘はついていませんが、真実を語ってもいな

い。共犯者ではなく、正しくは便乗犯なんですからね。勝己さんを殺したのは共犯者である、という推理がいずれなされるのも思惑どおりだったんじゃないですか。推理の披露は一日一回。推理が固まっていなくても、一日の終わりにはなんらかの推理を披露するのが常道です。その際、証拠はないが極めて疑わしい共犯者説の正否を確認する、との方向でここへやってくるのは自然な展開です。そこであなたは堂々と発表する。共犯者はいない、と。それにより推理の矛先は外へ捻《ね》じ曲げられる。トリックの解明はさらに深い混迷へと陥ってしまう。あなたはそれを企図し、ほぼ思惑どおりにことが運んだ」

俺の蜜柑への恨みは、拝島のトリックの駒でしかなかった。その推理が無限回路のようにぐるぐると周回する。

「以上の観点で回想すると、いくつもの企みが透けて現れます。デスゲームの宣言があってしばらくのことです。あたしたちはこの場へ集合させられましたが、グループがふたつにわけられていました。いまにして思い返すと、先陣が害意を受ける側。遅れて入ってきた第二陣が害意を持つ側という構成でした。害意を持つ側のグループは、モニターで因縁を持つ相手も監禁されていると知ります。この時点で、害意の具現化が頭をよぎった人もいたでしょう」

俺はあのとき、この機に乗じて蜜柑を殺してやろう、とまでは……たぶん思わなかった。だがそれも、俺の害意が霧のように曖昧で摑みどころがないようなものだったからだ。探るまでもないほど鮮明な害意を持つ者だったなら……。

「くすぶる害意に火をつけるべく、拝島さんはこう発言します。『わたくしはこのゲームが完結したあかつきには、自らの命を絶つ所存でございます。どのような結末になろうが、生き残るつもりはございません。なにが起ころうと誰がどうなろうと、すべての罪を背負い、すべての秘密を握ったまま地獄へ旅立ちます』。この発言は害意を持たれる側には表向きの意味しか汲み取れませんが、害意を持つ側はこう受け取れるんです。密室館で殺人を犯しても、罪はすべて拝島登美恵が被って自殺する、ということは自分は罪に問われずあいつを殺すことができる、と。絵畑さんによると、この発言の箇所だけがエンドレスでリピートされていたそうです。リピートすることで意図を明確に伝えたかったんでしょう。

拝島さんがあの女性を殺害した真の目的は、害意を持つ側へのアピールです。殺人という重罪を見せつけることで、不退転の決意も見せつけた。言葉のみでは、本当に自殺してくれるのかと疑われますからね。暗に殺人を唆《そその》し、行動によって決意を誇示する。拝島さんからの暗示を受け取れた人はこう思うでしょう。秘密を握ったままということは、自分が殺人を犯しても公表されることはない。四日間、蜜柑にさえ推理されなければ罪は立証されない。千載一遇のチャンスだ。乗るしかない――この段階まで推測できれば、拝島さんの言うトリックにも察しがついたでしょう。拝島さんの殺人への誘いにプラスして、少人数の閉じた世界という環境、豊富な刃物や鈍器といったアイテムなどを考慮すれば、少し勘のいい人なら拝島さんの狙いとトリックに気づくのは難しくありません。夜間の単身の義務づけや、一度だけの外出許可のルールもそれを補強してくれます。これは夜間に殺せという拝島さんからのメッセージです」

そう上手いこと暗示に気づけるものか……と疑心が芽生えたとき、ババ抜きでの出来事がフラッシュバックした。

俺は、言葉を伴わない恋のメッセージを受け取ったじゃないか。ババ抜きと殺人。スケールこそ異なれ、言外のメッセージを受け取り行動に移したという点では一緒だ。

「殺人の手助けとして用意されたのが、鎧や武器の数々です。あれは拝島さんを迎撃するものじゃありません。害意を持つ側の凶器として用意されていたんです。頭部を覆う兜などは、素姓を隠すマスクとしてつかうことができました。今度は害意を持たれる側の立場に立って、誰も顔を隠さなかったパターンを想像してみてください。あたしは違いましたが、栖原さんや祇園寺さんの例のように、相手の害意が了解事項である人もいます。そんな人がこの異常空間で、自らに害意を持つ者と深夜、部屋でふたりきりになるでしょうか。どさくさにまぎれて殺されるかもしれない、そこまでは思わなかったとしても、なにかしら面倒事が起こりそうだと警戒しそうなものです。殺すならば午前零時から八時までが最適なのに、その時間に訪問すれば警戒されてしまう。その予防策が、素顔の隠匿です。素顔を隠し、別人になり切れば、深夜に訪問しても警戒されません。まさか縁もゆかりもない人に殺されるとは考えませんし、その時点では共犯者を強く疑う理由はありませんでしたからね。いずれマスクや兜を脱げと迫られる危険性はありますが、脱いだとしても言い訳できます。平山さんならこう言えばいいんです。犬猿の仲の勝己さんがいて、無用なトラブルを避けるためにマスクをしていた、と。綿林さんなら、勝己さんの部分を栖原さんに変えるだけです。そう言えば一応は顔を隠していた理由になります。多少不自然でもかまいません。ターゲットの殺害後であれば、素顔を知られても拝島さんが守ってくれるんですから。殺害以前に脱げばターゲットに警戒されてしまいますが、殺害のチャンスは消滅したわけではありません。あたしたちに目撃されずに殺害しさえすれば、拝島さんが罪を被ってくれるんです。マスクや兜を使用するメリットは大きい。

顔を隠し登場したのは二名でした。平山さん――兜と鎧は不自然だと敬遠したのか、自作のマスクでしたが――と綿林さんです。平山さんは不明ですが、綿林さんは大塚という偽名も使用していました。あのライトノベルのキャラクターのような大仰な発話も、声質やしゃべり方の特徴を隠そうとした産物でしょう。髪が雑に切られ、髭が綺麗に剃られていたのは、おそらく人相を変えるためです。兜の隙間からうっかり素顔を見られないともかぎりませんからね。洗面所の剃刀《かみそり》などで急いで切ったんでしょう。本名もパーソナリティも偽り、なにを為すつもりだったかは説明するまでもありません」

「蜜柑様こそ、害意を持たれる側の立場に立ってみてはいかがでしょうか。深夜のもっとも警戒すべき時間帯に、顔を隠した人物が訪問してくるのですよ。わたくしが変装してやってきたと懐疑されるのは必至でしょう。狼と七匹の子山羊ではないのです。素顔を確認するまで、ドアが開かれるとは思えませんね」

「拝島さん、あなたは目測で百八十センチメートルはあります。対して平山さんは百六十センチメートルほどでした。正確な数値ではありませんが、拝島さんと平山さんに大きな身長差があるのは明白です。その差は出窓からはっきりと確認できたでしょう。拝島さんについて重要な話があるとでも持ちかけられれば、事件解決に意欲を燃やしていた勝己さんならドアを開いたはずです。実行には移されませんでしたが、綿林さんも同様です。声質が男性そのものだったので、拝島さんの変装だと疑問視されることは――」

俺はすでに部屋を飛び出していた。

蜜柑の推理が正しいとするなら、恋は殺人犯と密室にいることになる。恋に恨みはないだろうが、平山は一線を越えている。やけになって恋を襲わないともかぎらない。解放後、真相を知った俺たちとの交渉材料として人質にする、という悪循環もありうる。俺はなんて奴に恋を任せてしまったんだ。

平山の部屋につき、ドアを開く……寸前で、急停止した。ドアレバーにかけた指が硬直する。俺が入って大丈夫か？　恨み、害意、殺意、意味表現は異なれど、俺の悪感情は蜜柑の推理で周知の事実となってしまった。そんな奴が恋の前に出ていって怯えられでもしたら……。逡巡《しゅんじゅん》は寸秒だった。どう思われるかどんな反応をされるかなんてのは後回しだ。恋の安全に勝るものはない。

ドアを開き、なかへ飛びこむ。

恋は、ひとりだった。ベッドの上に座り、肩から布団をかけている。危害を加えられた様子はない。むしろ俺の闖入《ちんにゅう》に驚いているようだった。家具の陰や部屋の隅を見渡してみるが、平山はいない。

「恋、なにもされてないか？」

恋の様子を目視で確認する。頭部以外の怪我も、服装の乱れもない。

「光一さんにですよね……はい、アタシは無事です」

恋の言葉で、ようやく安堵できた。ほっとしてベッドに腰かける。

「よかった。平山になにかされてないかと心配で……あいつはどこへいったんだ？」

「先輩が出てったあと、十分か十五分ぐらいして花ちゃんがきたんです。くるなり光一さんを呼び出して、廊下でなにかやってたんですけど……汗をかいたとか、手は出さないとか、細切れにしか聞こえませんでした。たぶん、推理の裏づけ取ってたんです。推理が正解なら、平山さんはやっぱり火傷《やけど》をしてないってことですから」

別れる前と寸分変わらない声音と態度だ。

俺の醜い一面を見逃したはずはないだろう。それでも変わらず接してくれている。気配りかもしれないが、少し安堵した。

「平山はどうしたんだ？」

「わかりません。部屋を出たあと、そのまま帰ってきませんでしたから」

「そうか」

蜜柑が決戦に臨めたのは、平山にマスクを脱がせて火傷のない素顔を見たからだろうか。マスクを脱いでないのだとしても、この局面に及んで否定していたのだとしたら認めたも同然だ。蜜柑の推理も平山の火傷は虚偽だという前提でなされているようだし、平山はやはり火傷などしていなかったと考えるのが妥当だ。

平山が戻らないのは、観念してどこかの部屋にでも立てこもったか……。

モニターに映る蜜柑は推理を続行している。恋の無事は確認できたのだ。命を脅かすような危機もいまのところない。顚末《てんまつ》を見守ろう。謎という濃霧はまだ晴れ切っていないのだ。

俺は念を入れて、ドア前に陣取った。不安げに寄り添ってきた恋の肩をやさしく叩きながら、推理に耳を傾ける。

「このトリックはお世辞にも優れたものではありませんが、反面、解くのに相応の時間が必要となります。四人、少なくとも三人の害意を察知し、事件のあらましと関連づけなければならないからです。勝己さんや祇園寺さんの事件がなければ、解明はもっと遅れていたでしょう」

「優れたものでないとは……ずいぶんな物言いですね。わたくしもミステリ作家の端くれなのですが」

「事実です」

苦笑いの拝島を、蜜柑は真っ向から断じた。

「謎の難易度は低くてもよかったんです。このトリックは難易度と解明に要する時間の長さが相互補完しているのですから。拝島さんにとっては運よく、初日に殺人を為す者が現れましたが、二日目三日目までずれこむ恐れも大いにありました。直接的に唆せば確実ですが、それではただ単に共犯者がいただけというさらに陳腐なトリックになってしまいます。トリックを完成させるには、辛抱強くトリックの発芽を待たなければなりません。そうした脆弱さがある一方、解くのに要する時間の量が脆弱さを補完しています。害意のあるなしなんて、そう簡単に察知はできないですからね。察知して確認しようとしても、非常にプライベートなことですから、口は重くなりますし、訊かれなければ進んで話すようなことでもありません」

あたしに恨みが、ある？

蜜柑の問いかけが脳内で木霊《こだま》する。あの問いかけは、推理が結実しかけていた証左であり、確証を得るためのものだったのだ。

それを訊く以前にトリックが完全に解けていたなど……ありえない。もっと前から真相を推理できていたなんていう俺の怒りは、実体のない言いがかりでしかなかった。

「推理に水を差すようですが、あまりにトリックが杜撰《ずさん》ではないですか。蜜柑様もおっしゃったように、膝を突き合わせて唆すのであれば首肯《しゅこう》もしましょう。ですが、教唆としては非常に不確実で間接的です。述べられた方策が成就する可能性がないとは言いません。殺意や恨みの程度によってはぶら下がった人参に飛びつくこともあるでしょう。しかし、その可能性は極めて小さいとも断じざるをえません。わたくしは大見得を切っておきながら、お粗末な結果で終結したやもしれないのですよ」

「害意を持つ側の選定を慎重に行えば、確率は高められます。絵畑さんなどはあなたのファンで親交もあったそうですね。さりげなく恨みのほどを聞き出せば、その程度を測れるでしょう。熾烈な害意を持つ本命をひとり、ふたり集めればトリックは発動できます。あとは人数合わせです。トリックが推理できなければ、そもそもゲームとして不成立となってしまいますからね。一定の人数を集め、推理できるようにしなければいけません」

「否定的な物言いが多く申し訳ありませんが、そう都合よく、害意を持つ者とやらが見つけられるでしょうか。この疑問を払拭してくださいませんか?」

「身近に他者への強固な害意を持つ人がいたからこそ、このトリックが発案できたんじゃないですか? あたしに害意を持つ人は、ネットを探せば見つかりますしね」

蜜柑の口調は、なんでもないことのように平坦だった。無数のリストカット痕が、蜃気楼のごとく中空に浮かび上がる。

俺は傀儡《かいらい》だった。

このゲームに蜜柑を参加させ、推理も可能とするには、蜜柑に害意を持つが殺意まではない者の招集も必須となる。拝島は2chやブログなどを巡り、適当な人材を探していたのだ。そのアンテナに引っかかったのが俺だ。害意の程度や居住地などから選出されたのだろう。おあつらえ向きの数合わせとして、俺は利用された。俺の恨みなど、トリックの土台を成す柱の一本でしかなかった。

「それだけでは、まだ白旗を掲げられませんね。いかに確率を高めようとも、このトリックの成功率は決して百にはなりません。人の心とは指紋のように多種多様。理論で括れるものではないのです。いかなる謀略を巡らそうとも、意のままに操るなど不可能です。催眠術でさえも、殺人まで誘導するのは針の穴に駱駝《らくだ》をとおすようなものなのですよ。言葉の微妙な意味合いや環境だけで他者に殺人を犯させるなど、失敗の憂惧で実施できたものではありません」

蜜柑の推理を批判しながらも、拝島は笑顔を絶やさない。

俺には、蜜柑優勢の戦況に見える。拝島はどうして笑っていられるんだ。笑顔の裏に底知れない企みが潜んでいるようで、俺は慄然とした。

「そのとおりです。このトリックに百パーセントの精度はありません。そこで有意となるのがルール変更もありうるというルールです。引っかかりませんか。世に数あるデスゲーム系の小説やゲームでは、ルールは厳密に定められています。その枠内で知略や人間関係を繰り広げるからこそ、おもしろみがあるのです。ルール変更がありなら、ゲーム展開はどうにでも歪曲されてしまい、おもしろさは減じてしまいます」

「これは小説でもゲームでもないのですよ。現実です。不測の事態も考慮に入れておかねばなりません。ルール変更有りというルールは、その備え以上でも以下でもありません。なにが引っかかるというのでしょうか」

「大事なのは、ルール変更によりおもしろさが減じるという部分です。動機からして享楽のためにやっているとしか思えないあなたが、あえておもしろさを削ぐルールを導入したのが引っかかるんです。拝島さんなら、不測の事態すら楽しみそうなものです」

拝島が鼻を鳴らすが、蜜柑は気にも留めず、

「マジックではときに〝マルチプル・アウト〟というものが使用されます。たとえば、こんなマジックがあったとしましょう。お客さんがカードを選ぶと、それと同一のカードがマジシャンの胸ポケットから出てくる。このマジックでは、マジシャンが胸ポケットに入れているのはハートのA《エース》一枚です。マジシャンがお客さんに選ばせたいのは当然ハートのAとなります。しかし、拝島さんが言及したように、人を意のままに操るのは不可能です。仮にスペードの2

が選ばれてしまったとしましょう。そこで効果を発揮するのが〝マルチプル・アウト〟です。マジシャンはさも予定どおりであったかのように、卓上の財布を開きスペードの2を取り出すんです。マジシャンにとっては望んだ結果とはならなかったわけですが、お客さんにとっては見事にマジックが成功したように見えます。〝マルチプル・アウト〟とは、逃げ道なんです」

蜜柑は眼鏡をつかい、空中に道を二か所描いた。

「拝島さんはこのトリックに〝マルチプル・アウト〟を用意していたんです。不確実なトリックですからね。失敗を見越して代替案を用意していたんでしょう。だからルール変更ありというルールが必要だった。これは想像ですが、三日目ぐらいまでにトリックの発動が見込めなければ、推理を伴うデスゲームから、互いが殺戮し合う『バトル・ロワイアル』や『ハンガー・ゲーム』のようなデスゲームに様変わりさせるつもりだったんじゃないでしょうか。殺さなければ殺すと脅せば、従わせるのは造作もありません。手当たり次第に仕入れましたというような武器防具の数々を思えば、この推測が順当だと思います。〝マルチプル・アウト〟なら殺意を持つ側に大義名分を与えて、気兼ねなくターゲットを殺させることができますしね。ひとりが刃《やいば》を抜けば、望むと望まないとに拘《かか》わらず、応戦するしかなくなります。あなたにとってはさぞおもしろい展開になるでしょう。それにこの密室館を舞台にした『密室館殺人事件』は、まさに登場人物同士の殺戮を主題にした作品でしたからね。視点を変えればこちらの〝マルチプル・アウト〟の方こそが、拝島登美恵の望んだルートだとも解釈できます」

密室館を舞台にした殺戮劇。それを思い浮かべてしまい、立ちくらみがする。あるはずのない血臭が鼻孔を刺した。

「この推理の正しさを示す伏線は、拝島さんの口から発せられています。第一の殺人が起こったあとの『大半を亡き者にする覚悟でおりました』という発言です。これは直接的でした。互いが殺戮し合うデスゲームになれば、おのずと大半が死亡することになりますからね。あとは『今後殺すとしてもひとりか、ふたり……多くても三人までといたしましょう』との発言もそうです。害意を持つ者と持たれる者が四対四である以上、勝己さんが殺害されたあとは多くても三人までしか殺される可能性はありません。これらの発言はあたしへのヒントだったのか、つい口に出たものなのかはわかりません。ですがあたしの推理の真実性を高めているのはたしかです」

「いいですね。犯人を公言する身としては、脂汗《あぶら》の一滴でも流したい心境です。なるほど、これまでの推理は的を射ているようです。ならば、わたくしも敬意を表して迎え撃ちましょう。どうか、残るふたつの反論を退けてくださいませ」

左手が痛む。俺の手を握る恋は、まったく力加減ができていなかった。推理も終盤だ。解放されるかされないかの瀬戸際にある。俺は黙って痛みを受け止めた。

「第一の反論。勝己様殺害についてです。犯人は平山様だとおっしゃいましたが、論拠がまことに薄弱です。組み合わせ上、平山様は勝己様を殺す動機を持っていただろう、という臆測のみでした。これでは白旗は掲げられません。コピー用紙のように薄い論拠でなく、鉄材のように厚い論拠をご提示ください」

「論拠は、平山さんの部屋にあった生乾きのTシャツです」

蜜柑は間髪を容れずに答えた。

「なぜ生乾きのTシャツがあったんでしょうか？」

「知れたことです。恐怖や緊張で発汗し濡れた服を洗った。俎上に載せるほどのことではないでしょう」

「替えの服は大量にありました。洗濯機はないんですから、あえて手洗いまでしなくても困りはしません」

「手洗いをすることで、恐怖や緊張で乱れた精神状態を鎮めようとしたのでしょう。わたくしも鬱々としたときなどは、料理や掃除で気分転換を図ることがよくあります」

「それはありません。なぜなら、平山さん自身が証言してくれたんです。汗をかいたので洗ったと。精神安定のために洗ったのならそう証言したはずです。嘘をつくようなことではないですから」

恋が聞いたという蜜柑と平山の会話には「汗をかいた」という単語が出たらしい。あのとき蜜柑は、拝島の反論を予期して推理の裏づけを取っていたのだ。平山は質問の裏にそんな意図があったとは知らず、汗をかいたというもっともな答えを言ってしまったのだろう。

「おっと、それは失礼いたしました。知らぬこととはいえ、推理に水を差してしまいましたね」

拝島はにやけながら袖口で唇を覆った。

「手洗いするまでもないTシャツを、あえて平山さんは洗いました。この違和感は勝己さんの事件を振り返れば埋められます。なんのことはありません。返り血を洗っただけのことです。勝己さんは剣で刺殺され、周りには血が飛び散っていました。刺した方も返り血を浴びたでしょう。服の色はブラウンだったので、血色を完璧に落とさなくても、薄められれば目立ちません。もっとも、鎧を着ていれば服への返り血を防げたでしょう。しかし布の鎧では血を洗い流すのが逆に厄介になりますし、鉄製の鎧なら洗うのは楽ですが、機動性の点で難があります。いざ殺人の実行となったとき、素人が一撃で命を奪える保証はありません。一撃や二撃で行動不能にできなかった場合、勝己さんからの逆襲は必至です。そうなったとき重い鎧を着ていたら、動きの鈍さのせいで捕まえられてしまうかもしれません。勝己さんから身軽な体で逃げつつ、剣で反撃するというのがリスク対応としてベターでしょう。鎧で返り血を防がなかった理由は、このようにシミュレーションすれば納得できます。

他の部屋を巡回しましたが、服を洗っていたのは平山さんだけでした。勝己さん殺害の動機があるのは平山さんと考えられます。それらを総合すれば、犯人は平山さんしかいないんです」

拝島は大きくうなずいた。

「なるほど。唾棄するほど粗末な推理ではありませんね。及第点をあげましょう。では、これで最後です。拝島登美恵として最大の反論をいたしましょう」

拝島がかしこまるように背筋を伸ばす。

「わたくしは新本格ブームを牽引し、長らくその一翼を担ってきました。トリックの奇想天外さでは、かの島田荘司氏と並び称されたほどです。デビュー以後も高水準のトリックを創出し、読者評論家双方に高い評価をいただきました。わたくしにとっては新奇なトリックこそが本格ミステリの華であり命です。過去に類を見ない、唯一無二のトリックを考案してきた自負もあります。天下の名探偵、蜜柑花子様に挑むのなら、会心のトリックをご用意するでしょう。そのわたくしが、そのわたくしがです。蜜柑様が推理されたような低水準のトリックを、この晴れ舞台で披露するでしょうか。本気でそうお思いなのでしたら、無念の極みです」

初めてだった。拝島の笑顔が、蟻地獄のように中心へ集まる皺に支配された。背骨は折れ、年老いた体を支えるように柵へもたれかかる。傷つけられたミステリ作家としてのプライドが、堅牢だった笑顔を打ち崩している、とでも言うように。

蜜柑の頭脳はトリックを暴いた。しかし暴かれたトリックは、いくら近年スランプだったとしても天下の拝島登美恵が考案したとするには低レベルだ。拝島はそこを衝こうとしている。ただの難癖だ。だが、拝島の小説を読みこんできた俺には、一蹴できない難癖だった。

俺は蜜柑に目を移す。

名探偵の顔つきは不変だった。無表情とはまた違う。そびえ立つ山に挑むかのように拝島を見上げていた。

「トリックが低水準なのは当たり前です。なぜなら、これは現実なんですから」

そう聞いた瞬間、拝島は真顔になった。

「この事件が小説内の出来事であれば、拝島さんは新奇なトリックを導入したことでしょう。ですがトリックに合わせて舞台を設計し、人物を生み出し、小道具をそろえることによって。

現実はそんなご都合主義にできていません。たとえば動く建物を設計建設しようにも多額の資金がかかる。人物はコントロールが利かず、非論理的な思考にも従って行動する。特殊な小道具がほしければオーダーメイドしなければなりません。小道具も建物も、事後に建設会社や製造業者に聞き取りをすればトリックが露見してしまう恐れがあります。トリックによっては体力、技術的な制約もあるでしょう。つまり、いかに新奇で壮大なトリックを考案できても、実現するのは至難なんです。そうなればトリックのレベルを落とすか、順序を変えるかしかありません。トリックから発想するのではなく、舞台や人物からトリックを発想するんです。むしろ書き換えできないこの現実では、ほとんどの場合そうするしかありません。これは、拝島さんの周辺に他者への害意を持つ者がいたからこそ思いついたのではないか。そう言った所以《ゆえん》がそこなんです。既存の密室館という建物にそれらの人物を当てはめ、トリックを創出した。舞台や人物にトリックを合わせるのですから、必然としてレベルは下がってしまいます。たしかに拝島さんはミステリ界の大家です。もっと秀逸なトリックの腹案もあったでしょう。しかし、これは現実です。奇想天外なトリックを実行するという理想は叶わなかった。それだけのことです」

俺は一連の『名探偵の証明』を読んで、単純で簡単なトリックばかりだと扱《こ》き下ろした。だがそれは当然だったのだ。俺たちが生きているのは小説のなかではない。現実だ。好き勝手に世界は作り変えられない。改変には限界がある。

ちょっと想像してみれば蜜柑の正しさがわかる。名作傑作とされるあのミステリやこのミステリのトリックを、現実で再現しようとしても連木《れんぎ》で腹を切るようなものだ。ほとんどは再現不可能だろう。島田荘司だって、本格ミステリの多くは物語全体を人工的に設計し、構成した小説だと言っている。これが小説なら百パーセント人工的に作れるが、現実で人工的に作れる部分なんてたかが知れている。

もし現実で本格ミステリ規模の事件が起こせるなら、いくら名探偵ブームとはいえ、これほど本格ミステリが書かれ読まれることはなかっただろう。

「お見事です」

拝島は目尻に皺を蓄え、盛大な拍手をした。まるでスタンディングオベーションだった。弄したトリックが解体された犯罪者の姿ではない。鳴り止まない拍手が耳障りに響く。三日月形に裂かれた口は、そこはかとなく不気味だった。

「これぞ名探偵でございます。制限時間を大幅に短縮しての解決、感服いたしました。名探偵と称される存在の実力、しかと拝見いたしました。敬意を表し、わたくし自らの告白によって推理のたしかさを保証いたしましょう。蜜柑様の推理こそが、唯一の正解であると。わたくしのトリックは完膚《かんぷ》なきまでに解き明かされました。積み残しは皆無です。デスゲームはここに完結いたしました」

それは事実上の敗北宣言であり、終了宣言だった。

蜜柑の推理によって、血と混迷のゲームにピリオドが打たれた瞬間だ。歓喜がつぼみとなり、ゆるやかに花開いていく。

「先輩」

胸元に、重みが乗る。恋だった。

俺のTシャツを握り締め、胸に顔をうずめていた。泣いている。俺にはわかった。声が震えていたわけでも、泣き顔が見えたわけでもない。でもわかる、当然だから。泣かずにいられないから。

「これで出られるんですよね。おいしくごはんを食べられるんですね。布団に入って朝まで眠れるんですよね」

恋が未来を語るたびに、熱い思いが胸で共鳴する。

これで終わりだ。長かった。とても。

何週間も監禁されていたような感覚だったが、実際に経過したのはほんの一日だ。たったそれだけで、俺を構成する要素のいくつかは確実に作り変えられてしまった。

あと、ほんの数ミリでなにかが決定的に断裂していただろう。寸前で止めてくれたのは、俺の胸にいる恋と、蜜柑の推理——。

「まだです」

蜜柑は、臨戦態勢を解いていなかった。鷹の目つきで拝島を見据えている。

お祝いムードに、影が差す。

ゲームは終わった。なのにこれ以上、なにをする気だ？

「どうなさいました？　あなた方の勝利なのですよ。矛を収め、どうぞ勝どきをお上げください」

「そうはいきません。拝島さん、あなたはあたしの推理に再三反論を挟んできましたね」

「それが気に障ったのでしょうか？　であれば申し訳——」

「違います」

蜜柑は否定すると、スタジャンのポケットに手を突っこむ。らしくもない態度だった。

「トリックの〝マルチプル・アウト〟について推理したとき、あたしはこのように言いました。『推理を伴うデスゲームから、互いが殺戮し合う『バトル・ロワイアル』や『ハンガー・ゲーム』のようなデスゲームに様変わりさせるつもりだったんじゃないでしょうか』。拝島さんはどうしてこれに反論しなかったんですか？」

「どうしてもこうしてもありません。反論するほどの綻びではなかったので反論しなかったのです。噛みつくようなことではないでしょう」

「いえ、看過できません。あなたがこのゲームを企図した動機は、自らが考案したトリックを現実で実行することでした。ならば互いが殺戮し合うデスゲームをするつもりだったのでは、という推理には反論しなければいけません。謎解き要素がないばかりか、あなたがこだわるトリックの入りこむ隙がなくなってしまうんですから。『密室館殺人事件』を引き合いに出しましたが、あれも最終的にはミステリ的な驚きのあるれっきとしたミステリでした。これこそ反論すべきポイントです。ミステリ作家のあなたが、ただのサスペンスを企画するわけがないと。しかし反論どころか、拝島さんは肯定しました。そもそもいくら現実にトリックを実行したかったとは言っても、このレベルのトリックで満足だったんでしょうか。拝島さんのように高レベルなトリックの創作を信条とする方が」

蜜柑の推理が腹に落ちると、心臓どころか体中が搏動してきた。なにかがまだ潜んでいる。その恐怖が足元から這い上がってくる。

「この矛盾はシンプルに解消できます。動機がでたらめであり、真の動機があったと仮定すればいいんです」

「深読みのされすぎですね。名探偵の悪い癖です。それこそシンプルに思考なさってはいかがですか」

「いいえ。先ほどの根拠に加味して、動機がでたらめだとほのめかす伏線もありました」

「ほう。どのような伏線かは存じませんが、余興として伺いましょう」

拝島は打って変わって素の表情になっていたが、口端がぴくぴくと爬虫類のように蠢《うごめ》いていた。

なにかある。とぼけているが、確実にある。幕引きを図っておきながら、拝島はなにをひた隠しにしているのか。

「発端は書斎の蔵書でした。立ち並ぶ本棚には、古今東西のミステリ小説が所狭しと所蔵されていて、ランダムに千冊ほど確認したところ、すべてが初版でした。ところが一点、テーブルクロスの染みのように異彩を放っている部分があったんです。それが正続の『名探偵の証明』です。それらだけがミステリではなく、名探偵の活躍を描いた実録ものでした。奥付も初版ではありません。その上、百万部の突破が記された帯つきでした。この明らかに異質な区分が偶然であるはずがありません。拝島さんが自らプレゼンしたように、出題者は力量のあるミステリ作家です。なんらかの伏線と捉えてしかるべきです。では『名探偵の証明』に特徴的なことはなにか。

作者が屋敷啓次郎であり、その活躍の実録であること。実録なのに、特に屋敷さんをよく思わない人からは、ミステリとして読むとお粗末だと筋違いな評価がされていること。発売部数は百万部を突破していること。その大ヒット要因は、普通の人が一生のうちまず体験することのない、現実のトリック殺人が記録されているからだと、世間的には認知されていること。そんなところです。これらに拝島さんのパーソナリティとやたらに多かった監視カメラのことを足したとき、あたしはひとつの結論に至りました」

蜜柑がポケットから手を出し、拝島をまっすぐに指した。

「あなたはこの密室館での事件を、小説化するつもりですね」

拝島は無言で、あの笑みを湛《たた》えていた。血の通った人間を駒と見なし、右往左往する様を高みから悠然と見下ろす。見る者の不快感と恐怖心を喚起する笑みだ。

「『名探偵の証明』はいずれも、ストーリーが極上に優れているわけでもなければ、出てくるトリックが過去に類を見ないほど新奇なわけでもありません。あえて言えば天空城事件ぐらいですが、あのトリックも目も瞠《みは》るものではありませんでした。あれが昭和史に残ったのは、動機や犯人が驚愕すべきものだったからです。ミステリとして全体を見ると、とても高い評価は下せません。正続の『名探偵の証明』がフィクションであったなら、百万部には届いていなかったでしょう。逆に、もし既存のミステリ小説のどれかが、実は現実に起こった事件そのものだと発表されたらどうなるでしょうか。おそらく売り上げは爆発的に伸びます。売れるか売れないかに、本のおもしろさやクオリティは必ずしも関係はしません。ミリオンセラー作品のすべてがおもしろく高クオリティであったかと言えばノーでしょう。平凡な出来でもミリオンセラーになります。少なくないケースで、作者の注目度や同時代性、宣伝、運など本の内容以外がヒットへと押し上げているんです。話題となった作曲家のゴーストライター問題も、それを裏づけています。拝島登美恵はミステリ作家である前に、作家です。最上の欲求は、自著をミリオンセラーにすることなのではないでしょうか。あるいは一度ミリオンセラーを味わってしまったことで、その味が忘れられなくなったのかもしれません。それとも純粋に、多くの人に自著が読まれるのが望みだったんですか？」

拝島は一言もなく名探偵を凝視している。旺盛だった反論も止まっていた。拝島の底意は、万年雪のように消えない笑みからは解読不可能だ。

「デスゲームを題材にした小説は星の数ほどあります。当たり前ですが、そのどれもが創作です。現実に起きた事件を記録したものはありません。そこへ現実に実行されたデスゲームの実録小説が投入されたら、市場はどうなるでしょうか。劇薬のように浸透し、爆発的なヒットが発生すると予想できます」

作家がどんなに努力しようとも、どんなにおもしろい小説を書こうとも、ヒットするかどうかは別次元の要因によって決定されることは多々ある。

そうであるならば、別次元の要因を追求するまで。

話題性を自ら作る。

拝島はある日、そう悟ったのだ。

「課題は流通です。こんな反社会的な小説を出版する会社はないでしょう。売れはしても、世間からのバッシングは明々白々ですからね。真相を隠して出版したのち、事実を公表するしかありませんが、その後の自主回収も逃れられません。自費出版にしても、置く書店が嫌がるでしょう。需要はあっても、供給するフィールドがないんです。これらが杞憂《きゆう》に終わる可能性はありますが、出版社が一か八かの大博打に出るものでしょうか。一昔前なら、夢想はしても実現はされなかったかもしれません。しかし現代はインターネットというツールがあります。思う存分、世界中に自著を流通させることができます。電子出版サイトを自作すれば、法律違反でもない小説の流通を阻止するのは困難でしょう。宣伝は放っておいてもマスコミがやってくれます」

大御所ミステリ作家が起こした事件となれば、報道されないはずがない。その実録小説が電子出版されたとなれば、ネットでも大いに盛り上がるだろう。マスコミの影響力もネットの拡散力も、俺は身をもって知っている。

「この何十台と設置されたカメラも、監視目的だけではありませんね。実録小説にするため、あたしたちの行動を逐一記録しなければならなかったんです。映像を撮り、一部をネット公開することで事件が実際にあったと立証する。そのような小説は前代未聞です。あなたの小説は長く読まれ、語り継がれる。日本だけでなく、世界中でです。作家として永遠に名前が残るでしょう。どこか間違っていますか?」

蜜柑は問いかけをもって、論を結んだ。終止符は、ここまで沈黙した拝島にゆだねられた。推理の味を噛み締めるように拝島は喉頸《のどくび》を蠕動させた。

俺と恋も固唾を呑んでクライマックスを見届ける。それしかできない。

やがて、

「よもや本の暗示を感づかれるとは……屋敷啓次郎氏の名言を思い出しました。名探偵に必要なのは勘と運と想像力。蜜柑様はそれを見事に披露してくださいましたね」

静かに、蜜柑の推理を肯定した。

深い、深い笑みで。

「完璧です。完璧ですよ。これぞ神に選ばれし名探偵。ここまでのハイパフォーマンスを披露してくださるとは、望外の喜びです。これでわたくしの小説は聖典の高みにまで昇華いたしました。わたくしの名と作品は世界に伝説として生き続けることができるでしょう」

拝島は両の手を翼のように広げ、歓喜に咽《むせ》ぶ。涙が谷のような法令線を伝い、両目は天のさらに上方を仰ぎ見ていた。演説めいた口上や、誇張した笑みはどこにもない。心底からの陶酔だった。それは何者もふれられない真黒の炎。

狂っている。そんな表現はもはや無意味だ。拝島はなにかを超越してしまった。

もう謎は解けてる。でも、推理を言うか迷ってる。

あの蜜柑の言葉。やっと真意がわかった。

そう迷う蜜柑を、勘違いで殺そうとした。

蜜柑はポケットから手を抜き、おもむろに眼鏡をかける。またも瞑想をするかのように、まぶたが閉じられた。

真の動機を推理し白日の下に晒《さら》せば、拝島のバベルの塔は完成してしまう。蜜柑はそれを承知していたはずだ。そうでありながら、蜜柑が最後まで推理を述べた動機。

蜜柑がまぶたを開く。天高くにいる拝島を見上げた。

「お願いです。小説の公開をやめてください」

その動機は、世間の好奇や非難の目から、俺たちを守るためだ。

7

『原点に立ち返ってみれば、並行宇宙の考えはもとから強制されている。インフレーション理論は、伝統的な宇宙論と先進の素粒子物理学が組み合わさった成果だ。素粒子物理学は一種の量子論なので、並行宇宙の創造のように起こりそうにない事象にも有限の確率があると訴える。だから、ひとつの宇宙ができる可能性を認めた時点で、無数の並行宇宙ができる可能性を生み出すことになるのだ。たとえば量子論で電子がどのように記述されるか考えてみよう。不確定性原理により、電子はどこか一点に存在するのでなく、原子核のまわりのあらゆる点に存在する。原子核を囲むこの電子「雲」は、電子が同時に多くの場所に存在することを表現している。これは、電子が分子の結合をもたらすという化学の根本原理になっている。分子が分解せずにいられるのは、いわば並行電子が分子の周囲を跳ねまわり、束縛しているからなのだ。宇宙もかつては電子より小さかったのだから、量子論を宇宙に当てはめると、宇宙が同時にさまざまな状態で存在する可能性を認めざるをえなくなる。つまり、宇宙に量子ゆらぎを適用したとたん、並行宇宙の可能性をほとんど強制的に受け入れることになり、そこに選択の余地などないように見えるのである』

『パラレルワールド――。

ひと昔前まで、こんな言葉はSF小説でしかお目にかかれなかった。日本語では「並行宇宙」や「並行世界」などとも言われ、われわれが住んでいる世界以外にたくさんの世界が存在し、まるでいくつもの物語が同時に語られるように、それぞれの世界で別々の物事が進行しているという世界観だ』

『だから本書のタイトルを見て、いわゆるトンデモ本ではないかと思った人もいるかもしれない。けれどもこれは、一流の物理学者が書いた、れっきとした科学ノンフィクションだ。しかも、いまや科学者のあいだで、現実にそんなたくさんの世界の存在が真剣に検討されているという話なのだから、下手なSFなどよりはるかに面白い』

俺は『パラレルワールド　11次元の宇宙から超空間へ』という本を本棚に戻した。

大学の図書館には静寂が流れていた。靴音や本のページを捲《めく》る音がかすかにするだけだ。

俺の心搏は正常だった。あの事件直後のように、静寂で精神がかき乱されることはもうない。

ふと目を移せば、テーブルに本を積み熱心に黙読する茶髪でマスクをした女性や、ノートになにやら書き写している中年男性がいた。彼に彼女らは、いつ殺されるかもしれないという恐怖を一生体験しないまま生きていくのだろう。うらやましい。このなにげない日常はなによりも幸せだ。

だがいずれは、この幸福感も薄まっていく。当たり前のように日常生活を送る日がくる。それでも俺は知っている。忘れはしない。日常がどんなに幸せかを。

あの事件からおよそ二か月。平和だった。

図書館内にあるパソコンの前に座り、キーボードに文字を打ちこむ。

『犯罪白書』

平成二十五年度版の犯罪白書を開く。第1編　犯罪の動向。刑法犯　認知・検挙人員・検挙率。見るべきは殺人の認知件数だ。

千四十一件。

その数字を見ながら、さっきの本の内容を想起する。

量子論、マルチバース、M理論等々。正直なところ、内容は五パーセントも理解している自信がない。とはいえかなりおもしろく、興味深く読んだ。気まぐれで手に取った本だったが、俺の世界の認識をゆるがすような内容が満載で、つい読みふけってしまった。俺が突然消失して壁の向こう側で再度実体化することも理論上はありうる、なんてあの本を読む前なら、はいはいとあしらって終わりだっただろう。

物理学や哲学の基礎でも勉強してから読めば、さらにおもしろく理解を深化して読めるのだろうが、文系で並以下の脳みそしかない俺には、現段階で理解できたと言えることはほとんどない。

それでも、パラレルワールドが現実に存在しうるとだけは理解した。どうやらフィクションでも絵空事でもないらしい。俺が観測できないもうひとつ、いや無数の宇宙や地球があって、その世界にはもうひとりの日戸涼がいるのだ。

無論、日戸涼がいない世界もある。俺の存在など、様々な偶然で引き起こされたにすぎない。それはもちろん、名探偵――蜜柑花子だって同じだ。

俺が観測できないどこかに、蜜柑花子や屋敷啓次郎のいない世界がある。そこにはどんな常識や人間模様があるのだろうか。

予測できるとすれば、デビューに際し屋敷啓次郎の影響を認めている拝島登美恵という作家は誕生していないだろうし、平成二十五年度版『犯罪白書』の殺人認知件数は千四十一より少ないだろうってことだ。

名探偵がいるから事件が起こる。

俺が突然消失して壁の向こう側で再度実体化する可能性はたしかにあるが、無視できるほど極小な確率だ。だが拝島のように、名探偵に触発されて犯罪を犯す奴が出てくる確率は無視できないほどには大きいだろう。現に何度となく起こっている。いくら使命だなんだと言い添えたところで免れない事実だ。

名探偵の存在が招く事件で、命を落とす人がいる。その人たちは、名探偵がいない世界でなら死なずにすんだはずだ。

「ねえ、あれって、密室館の……」

静かな図書館ではでかすぎるひそひそ声が背面からした。

「あ、マジじゃん。日戸とかいう人だっけ？」

女性の声が二対。俺には聞こえていないつもりで、きゃっきゃとトークを投げ合っていた。

嵐はすぎ去っても、雨や雹《ひょう》は時折降ってくる。

どうせ、新入生だろう。この二か月、在学生どもは夏の花火ばりに騒いで、とっくに飽きている。いまだに学内で騒ぎ立ててくるのは、入ったばかりの新入生一同か外部から俺を見物しにやってくる暇人ぐらいだ。

パソコンをシャットダウンした。鞄を持ち、音を立てて椅子をずらした。すると女ふたりのトークもシャットダウン。しん、と静まる。俺はそいつらに目もくれず、出入口へ向かう。睨みでもくれてやりたかったが、それも面倒だ。俺が外へ出ると、トークが再起動。司書さんの注意の声を小耳にしながら、図書館をあとにした。

いまにも雨粒が落ちてきそうな曇天だ。ベタな表現だが、俺の心にも雲が立ちこめていた。それでも、学生はそこらじゅうで思い思いにすごしている。俺は人の垣根を突っ切っていく。こそこそすることはない。

午後の講義はさぼるとしよう。講義を受けていられるようなコンディションではない。

その判断は悪手だったと、キャンパスを出て一分後に思い知ることになる。

「日戸さん、ちょっとだけお時間よろしいですか」

道路に面した歩道。腰の低い声が横合いからした。げんなりすることに、この二か月で聞きなじんでしまった声だ。

そいつは人のよさげなスマイルで、小走りに近寄ってきた。ネイビーのスーツに黄色いネクタイをし、アンバランスにスニーカーを履いた男だ。

俺はうんざりしながら、

「俺の賞味期限はとっくに切れてるだろ、鏑木《かぶらぎ》さん」

こいつは、俺の名が全国区になってからというもの、折を見ては接触を図ってくるフリーの記者だ。元から全国区の蜜柑花子と――あのメンバーのなかでは――一番関わりが深かった俺は、恰好のゴシップネタらしい。

「いえいえ。需要は常にありますよ。表舞台から姿を消した蜜柑花子が久方ぶりに遭遇した大事件、密室館殺人事件。その関係者なんですからね。日戸さんのお話は大勢の日本国民、いえいえ、全世界が待ち望んでいますよ」

「それはご高評をどうも。でもそれなら……」

俺が抗議を区切ると、鏑木があとを継ぎ、

「いえいえ。蜜柑花子への取材なんてほっといても同業者がやっちゃうんですから。ぺんぺん草も生えないですよ。後追いで売れるのはしょっぱなだけです。鮮度が落ちてきたらば、新鮮な切り口でいかないと買ってもらえないんでね。その点、日戸さんはまだ瑞々しい。しょっぱなに食い散らかされましたけど、まだまだ新鮮だ。それにあの面子《メンツ》のなかじゃ、日戸さんが一番蜜柑花子と密接なつながりがある。次点が祇園寺恋ですが、情けないことに所在がつかめず……いやはや面目ないことです」

鏑木はわざとらしく頭部を掻いた。

「とまあ、ぶっちゃけて言うと、日戸さんを取材することによって、蜜柑花子に別角度から切りこもうという腹づもりなんですよ」

「はっきり言うんだな」

「ガセネタなしの真っ正直がモットーですから」

こんなスタイルでよくやってこられたな。怒らせて本音を引き出そうとでもしているのか？それとも捏造や臆測は書かないと断言することで、信用させようとしているのか？

……って、なんだっていいか。もう取材につき合う義務も義理もない。鏑木には俺の行動も心情も、覚えている限りのことは話してやった。これ以上、蜜柑に群がるマスコミの呼び水になるのはごめんだ。

「というわけでご教示願えないですかね。ご存じのようにあの小説は、拝島登美恵、蜜柑花子、平山光一——本名は勝己栄治《えいじ》ですが——の三視点でした」

拝島は監視カメラによって、小説の主人公たりうる人物を見繕っていたとみられている。

蜜柑の懇願が効いたのか、策略に乗った平山への報酬なのか、小説や公開されたネット映像では、俺たちの顔が加工され本名も偽名に変えられていた。だがこのご時世、小説の内容と映像から登場人物を特定するのは存外簡単だ。本名も住所も知られるのはあっという間だった。特にブログで名探偵批判をしていた俺はトップで身元が特定された。最初に殺されたあの女性も、拝島の近所に住んでいた主婦だと判明している。どうやら普段懇意にしていた拝島から旅行に誘われ、密室館まで自ら足を運んだらしい。夫には四日で帰ると言いおいたようだが、生きて帰ることはなかった。

顔や身元を偽っていた平山も、勝己正との関係性や身長などのデータから勝己栄治という人物だとほぼ特定されている。拝島の主宰する創作塾の生徒だったようだ。本人は事件との関わりを一貫して否認しているが、実は勝己栄治は勝己正の実子であり、意識不明で余命わずかの祖父が亡くなれば代襲相続で遺産が転がりこんでくる立場にあったらしい。勝己栄治には多額の借金があったそうだが、父親と確執があったため資金援助が望めなかった。蜜柑が予想したように、遺産狙いの犯行だったのだろう。

おそらく拝島は創作塾で親交のできた勝己栄治から、父親との確執や相続のことを聞いており、おあつらえ向きの登場人物として計画に組みこんだのだ。教え子である勝己栄治なら自分の意図を汲《く》み取れるはず、と大いに期待があったに違いない。綿林邦雄は拝島が贔屓《ひいき》にしていた劇団の団員で、娘と栖原の件を拝島に話していたとみられている。

「あなたが蜜柑花子を襲うシーンは外側からしか描写されていません。小説を読んだ印象じゃ、蜜柑花子を恨んではいても殺意まではなかったように見受けられます。殺人未遂――」

足に木杭が打ちこまれた。歩みが止まる。

が、それも一瞬。俺はすぐさま歩き出す。

「と、すみません、殺人未遂直前までいってしまったのには、それなりに大きい着火材があったんじゃないかと踏んでるんですがね。空白を埋める一シナリオがあったんじゃないですか。それをぜひとも話してくださいませんかね。もっと詳しく、当時の心情をまじえて。おもしろみがなければそれで退散しますんで」

鏑木が俺の動揺を誘っているのなら、成功だ。競歩ほどの速度で足を移動させるが、同調するように心臓が搏動する。毛穴という毛穴が痺れる。

俺が蜜柑を襲ったという事実は、拝島の小説で世間の知るところとなった。警察にもその件を事情聴取されたが、実際に首を絞めてはいないし、襲ったのも監禁状態による心身衰弱による影響が大きかったのだろうということで御咎《おとが》めはなかった。

代償に、俺の悪評が世間や大学では吹き荒れた。新入生は芸能人を目撃したかのように騒ぎ、中学生ぐらいの子から年配のおばさんまで幅広い世代が、俺にうしろ指をさしてきた。二か月もたち静まりつつあるが、荒天は晴れない。

自業自得だ。

「日戸さ……おっと、失礼します」

着信があったようで、鏑木は懐から携帯を出すと耳に当てた。俺は好機と見て引き離しにかかるが、鏑木も負けじと並走してくる。鬱陶《うっとう》しい。古畑任三郎《ふるはたにんざぶろう》につきまとわれる犯人の気分だ。

「おっと、それガチネタですか！」

鏑木は驚きの声を発し立ち止まった。チャンス。俺はさらに足の回転数を上げて、鏑木を引き離す。

「待ってください」

誰が待つか。俺はスパートをかける。これであいつともおさらばだ。

「逃亡中の拝島登美恵が、死体で発見されたそうですよ」

＊

『殺殺殺殺殺殺殺殺殺』『殺人未遂犯に死を』『夜ニハ気ヲ付ケテクダサイ。必ズ殺シマス』

俺は自宅に帰り着くと、玄関で靴を脱ぎ捨てた。郵便受けから溢れ出た、蜜柑のファンどもからの脅迫文を蹴り払う。鍵を厳重にかけると、部屋へ駆け入った。一も二もなくテレビとパソコンの電源を入れる。額や背中から発散される汗は、全力疾走をしたせいだけではない。長い散歩あとの犬みたいに荒い呼吸がやかましい。

電源は入れたが、テレビはまだ暗いままだ。部屋をうろつきながら、スマホでニュースサイトを検索する。

俺たちが解放されたのは、蜜柑の推理披露から二十四時間経過してからだった。各部屋にあった開かずの扉のロックが解除され、全員が解放された。拝島はとっくに逃亡しており、バルコニーにつながる部屋はもぬけの殻だった。平山も、いつの間にかいなくなっていた。おそらく俺たちより前に解放され、逃亡したのだろう。

二か月たっても進展は絶無だった。ニュースでどっかのおっさんが拝島の目撃情報を話したりしていたが、行方を摑んだという情報はどこにもなかった。

それが急転直下、事態の激変だ。しかも逮捕ではなく犯人死亡の一報でだ。

すでにいくつかのニュースサイトに速報がアップされている。だが島根県のアパートで遺体が発見された、という報があるだけで、詳細はない。

空回りする気持ちが沸点に達しそうなころ、ようやくテレビに色がつく。

画面には、神妙な態度の男性リポーターが映っていた。裏腹に、目つきや口調には隠しきれない興奮が内包されている。右隅には『拝島容疑者自殺』とのテロップ。

『――拝島登美恵、本名拝島富容疑者の遺体が発見されたのは、あちらのアパートの一室です』

リポーターの背後には古びたアパートがある。制服やスーツの警官がいきかい、野次馬が群がっていた。異様な熱気がこっちにまで伝播してくる。

『拝島容疑者は首を吊った状態で見つかったとのことです。第一発見者によると室内は施錠されており、長文の遺書も残されていたとのことです。その内容はすべての犯行を認めるもので、証拠品も複数そえられていたという情報もあります』

密室館は、俺たちの脱出後に炎上している。警察によると、時限式の発火装置が仕掛けられていたらしい。

それ自体はどうでもよかった。あの忌まわしい建物が燃えようが朽ち果てようが知ったことではない。問題は、勝己、綿林、あの女性の遺体や、事件の凶器などもろもろまで焼失してしまったことだ。そのせいで、平山が勝己を殺したという物証は消滅した。

こうなると蜜柑の推理や拝島の小説だけが犯行を実証する要となる。だがいくら蜜柑の推理といえども、物証がなければ起訴までは持ちこめない。顔と身元を偽り、声質まで隠していたことも、平山にとっては幸いした。あらゆるデータから平山光一＝勝己栄治だと推定されているが、確たる証拠はない。平山は俺たちより先に解放され事情聴取を受けていないのだから、密室館になどいっていないと言い張られれば、実証するのは難しい。俺たちは平山が勝己を殺したと知っているが、平山が勝己栄治だったかまではわからない。

蜜柑の推理や拝島がノンフィクションだとした小説がある以上、警察も勝己栄治を捨て置くことはできないようだったが、起訴まで持ちこむこともまたできないようだ。そこへきて拝島が全犯行を遺書で認め、証拠もそろえていたとなると、結末は論をまたない。

ケーシー・アンソニー裁判の顚末《てんまつ》が思い出される。

あれも状況証拠や世論では限りなくクロだった。しかし判決は無罪。疑わしくとも証拠がなければそうなる。推定無罪が遵守されるならば。

ここは日本だ。平山への社会的制裁は避けられないだろう。だが彼は勝己が死んだことで代襲者として相続権を得たはずだ。勝己殺しは立証されないだろうから、時がたてばいずれは遺産を手に入れられる。差し引きゼロ……プラスかもしれない。

拝島の遺書で勝己の殺害が自白されていたとしても、俺からすれば虚偽なのは火を見るより明らかだ。そうであっても、起訴や裁判での高い障壁が築かれてしまったのは間違いない。

そんな思索をパソコンの起動音がカットした。

俺は座椅子に座り、ネットに接続。アドレスバーの履歴からあるサイトに飛ぶ。

そこは飾り気のない白いサイトだ。余計なポップアップもなく、スクロールもできない。一枚絵だけで完結している。文章も必要最低限しかない。クリックできるのは、小説のダウンロードのみ。

これこそが拝島登美恵のサイトだった。『密室館殺人事件 弐』を電子出版するためだけに作成されている。

俺たちが解放されて一週間後のことだった。YouTubeやニコニコ動画でこのサイトが宣伝された。拝島が編集した証拠映像をそえてだ。動画は瞬く間に拡散し、いまやどうやっても消し切れない規模になっている。

サイトにはダウンロード数を示すカウンターがある。その数四百九十万。たった二か月でだ。拝島の悲願は見事に達成されている。初期は千八百円だった値段も、いまでは無料になっている。これからのダウンロード数は天井知らずだろう。違法ダウンロードや文章丸写しのものまで合算すれば、いったい何人の人間が拝島の小説を目にしたのか想像もできない。拝島の小説は新種のウィルスのように蔓延していくのだろう。どう抗《あらが》おうが、拝島登美恵と『密室館殺人事件 弐』は歴史に刻みこまれることになる。拝島の悪意は永遠に生き続けるのだ。たとえ作者が死のうとも。

スマホの着信音が鳴った。

液晶には見知らぬ番号が表示されている。また悪戯《いたずら》か脅迫か。しばらく放置してみるが、鳴り止まない。しつこい奴だ、と思ったが、正々堂々と発信番号が表示されているのが目に留まった。

社会正義を掲げる奴らは、非通知か公衆電話からの攻撃が主流だ。正面切って突撃してくるんなら、こっちも受けるのが義務か。

そう臍《ほぞ》を固め、通話ボタンをタップする。

一秒後、意外な第一声に驚愕することを俺はまだ知らなかった。

8

そのビルは市の中心部から外れた場所にあった。三階建てで、周辺のビルと比較すると一段低い。くすんで灰色がかった外壁は時代を感じさせる。魚介の香りが匂い立つラーメン屋からサラリーマン風の男たちが出ていき、大手金融会社の看板が掲げられたビルに入っていった。クラクションを鳴らして、道路を車が走っていく。元気のない太陽は雲の毛布に覆われてしまう。

俺はいま一度スマホで住所を確認する。

間違いなく、このビルの一室こそが蜜柑花子の探偵事務所だ。地図アプリもここが目的地だと示している。

俺の横をばあさんがとおっていった。ぱんぱんになったゲオのビニール袋からは、『ファイナルファンタジーⅩⅣ』のロゴが覗いていた。よっぽどうれしいのか、スキップするような足取りだ。軽やかにビル内へ入っていくばあさんを見、持参した紙袋の中身を確認してから、俺も足を前へ運ぶことにした。

ビル内は都心にあるようなオフィスビルと比べれば狭く、通路などの経年汚れは顕著だった。しかし塵やゴミはなく、掃除が行き届いている。蜜柑ほどの探偵なら、都心の一等地にあるだだっ広い小ぎれいなオフィスビルにでも事務所を構えていそうだっただけに、どうしてもギャップに戸惑う。無作法に上下と見回しながら、エレベーターの前まできた。蜜柑のいる事務所は二階だ。俺は上階への矢印ボタンを押そうとして、やめた。

踵《きびす》を返し、階段を選択する。少しだけ、時間がほしかった。

とっくに腹は決まっている。あのときの俺とは違う。蜜柑と再会するのになんの躊躇《ちゅうちょ》もない。足を動かすのは感情の力だけではない。しっかりとした理屈が下支えしている。

一段。また一段。階段を踏みしめて上る。一歩ごとに心音が高まっていく。街の雑音が遠くなり、血の騒ぐ音だけが鼓膜を突いてくる。

時間がほしいとは言っても、たかが二階、六メートルほどだ。まばたきするほどの時間で、目的地への入口は見えていた。眼前には、なにかが擦れたような跡やひっかき傷のあるドア。張りつけられた〈探偵事務所〉のプレート。ここが、蜜柑花子が拠点とする探偵事務所だ。ノックをすれば蜜柑が出てくる。第一声はなんと言うべきだろうか……などと思案する暇もなかった。

待ち構えていたかのように、ドアが勢いよく開かれた。

「あ」

まるで学校の廊下でぶつかりそうになった男女だった。俺は反射的に後ずさり、蜜柑は伸び上がりながら急停止。金糸の髪も驚きジャンプする。その拍子にキーケースが落ち、甲高い音を立てた。泡を食ってキーケースを拾おうとしたが、同じく拾おうとした蜜柑と手がぶつかる。

なにリアルでお約束やってるんだ。俺はまたも反射的に引きそうになった手を、捻じこむように前へ出した。パンダを模《かたど》ったキーケースを蜜柑に渡す。

「……ありがと」

蜜柑はもう落とすまいとするように、胸元でぎゅっとキーケースを握った。大きな目をぱちくりさせながら、傾いた眼鏡を直し俺を見る。

しばし見つめ合ってしまう。蜜柑はあの日の再現であるかのように、縦幅も横幅も広い黒フレームの眼鏡、彩度の高いピンクのスタジャン……デニムも穿《は》いていた。

「あの、依頼の相談……じゃない……よね？」

蜜柑が俺の顔から紙袋に視線をやる。俺はとっさに紙袋を背後に隠した。

「ああ……でも、ある意味依頼、かな……」

うまく続きが出てこない。蜜柑も忙《せわ》しなく髪先をいじり落ち着きがない。密室館から解放されて以来、蜜柑とは会いもしなければ、三日前の電話まで話をしたこともなかった。腹は決めていたが、いざ目の前にすると感情のまとまりがつかない。

「なんか、急いでるのか？」

無難な質問で合間をつなぐ。あのドアの開けっぷりからして、のんびりしているわけではなさそうだが。

「……ちょっと」

蜜柑は申し訳なげに声をしぼませた。急用ならば日を改めるか……。

いや。先送りにすれば、決めた腹がゆるんでしまうかもしれない。やるなら、いまだ。

「なら、ちょっとだけでいいんだ。話せないか？」

「ん、と、えと」

蜜柑は手足や頭をわたわたさせながら、デニムとスタジャンのポケットを漁る。あっちこっちとさわりまくり、最終的にはスタジャンのポケットからスマホを取り出した。ほぼゼロ距離まで顔を寄せスマホを操作すると、

「……ちょっとだけなら、オッケ」

初めて男が家へ訪ねてきたかのようにおどおどしながらも、なかへと案内してくれた。とても拝島と真っ向勝負していた探偵と同一人物とは思えないな。スイッチがオフだというのもあるだろうが、俺への遠慮や負い目もあるのだろう。

事務所内は十畳ほどの面積しかなく、壁はひび割れていた。天井には、どうやってできたのかわからないような染みもある。掃除は行き届いていて清潔だが、素地の劣化はいかんともしがたい。勧められたソファはシートが破れかかり、クッションも固い。応接机もゴミ捨て場で拾ってきたかのように塗装が剝がれ、傷もあった。その上のバスケットは色とりどりの飴が山盛りだが、全体的に暗色でなんの遊びもない事務所だ。蜜柑のセンスからすれば、あまりに質素で地味だった。

俺は自作感が漂っている本棚に目を向けた。資料らしきファイルや、小説が収納されている。そのなかには『名探偵の証明』があった。

「コーラ、嫌いじゃない？」

蜜柑は小型の冷蔵庫からコーラのペットボトルを出す。

「ああ、ありがとう……ところで、事務所にいるのは蜜柑だけなのか。助手やバイトとかは？」

「……ん、個人で活動中」

「ひとりで大変じゃないか？」

「……平気。忙しいの、慣れっこ」

蜜柑はコップ一客にだけコーラを注ぐ。

「依頼は全国からくるだろ。雇わないのか？」

「……あたし……迷惑かけるから」

どういう意味でだ？　蜜柑花子としてか、名探偵としてか。

その問いかけを遮断するように、俺の前にコップが差し出された。蜜柑は向かい側のソファにちょこんと座る。猫背でありながら、腕も足もぴんと伸ばされている。まるで叱られるのを覚悟した五歳児だ。

炭酸が弾《はじ》ける。蜜柑にも予定があるんだ。ぐずぐず先延ばしにしている猶予はない。前置きなしだ。俺は紙袋を開く。

「あのときは、本当に悪かった！」

俺は菓子折りを差し出すと、応接机に額がつくほど頭を下げた。

「あわわ、ちょちょ、なに、そんなそんな、やめて」

突然の謝罪に、蜜柑は泡を食いまくりだ。ろれつが回らず、立ち上がってふらふらと寄ってきた足元が見える。俺の肩にふれては、焼けた鉄にさわったかのように引っこめてしまう。かと思えば、あわあわ言いながら、足があっちにいったりこっちにきたりし始める。

慌てふためきすぎだとは思うが、蜜柑を困らせるのは本意ではない。俺は数秒後、長くも短い謝罪から頭を上げることにした……が。

なんの運命の悪戯か、目と鼻の先に蜜柑の顔があった。俗にいうキスができる距離だ。頭を上げさせようとでもして体を屈めたのだろう。吐息が届きそうなほど近くで蜜柑と見つめ合う。

気まずい沈黙。

ぶわっ、と蜜柑の顔が赤くなったかと思うと、

「うきゅう……」

目を回してソファにずり落ちていった。

意識を回復した蜜柑は、俺が新しくコップに注いだコーラを一口飲み、

「……びっくりする」

何度も眼鏡を直しながら、一言抗議した。ほぼゼロ距離で見つめ合ったことではなく、いきなり頭を下げたことへの抗議だろう。

「悪い。でも俺は、紙一重で蜜柑を殺すところだったんだ」

本来なら、これしきの謝罪や詫びではすまない。ラブコメみたいになってしまった空気を引き戻す。

俺が姿勢を正すと、蜜柑もまたかしこまった。

「でも殺してない。なにもされなかった。それに、悪いのはあたし。あたしがポンコツだから」

潮が引くように、蜜柑から表情がなくなった。口調は自身を嘲笑うような響きがある。俺への気づかいでも社交辞令でもなんでもない。この発言は、蜜柑の本心なのだ。心の奥の奥底からの。

だからこそ俺は、

「それは違う」

断固否定した。

「違わない。あたしが、もっとできる子だったら……いっぱい命が救えた」

熱くなるでもなく、冷徹に蜜柑は反論した。

無意識なのだろう。左手で右手首をひしゃげるほど握っていた。あの下には、蜜柑が立ち会いながら失われてきた人々の命が刻まれている。

証拠がそろわなければ推理はできない。指し手の見えない犯罪者の手をすべて見切り、対処するなど不可能だ。シークレットサービスだって、複数でたったひとりを警護している。単独でできることなどたかが知れたものだ。

そう反論するのは可能だし、正論でもあるだろう。しかしこんな理屈は蜜柑が尊敬する屋敷啓次郎も公言し、蜜柑も自覚していることだ。思わず否定してしまったが、慰めにはなっていないだろう。いま俺がやることは慰めではない。

「平成二十五年度版の犯罪白書。第1編　犯罪の動向。刑法犯　認知件数・検挙人員・検挙率。殺人の認知件数は千四十一件だった」

出し抜けな発言に蜜柑がきょとんとする。

「それでだ。パラレルワールドって知ってるか？」

続けざまな意味不明発言に蜜柑は、

「……うん。この世界と別の、もう一個の世界」

でかいハテナマークを浮かべながらも返答した。質問の意図は理解できていないだろうが、かまわず前へ進める。

「想像してみたんだ。名探偵がいない世界があったとしたら、その世界での殺人認知件数はどうなっているかを。思うに十中八九、少なくなっているはずだ」

「……だと思う」

蜜柑は表情を欠落させ言った。

「名探偵に挑戦してくる輩《やから》や、名探偵の介入を前提として引き起こされる事件は確実にある。名探偵がいなければ、殺人の件数は少なくなっているはずだ。これは厳然たる事実。拝島の事件がいい例だ」

「……うん」

蜜柑はなんの感慨もなさそうにうなずいた。事実は事実。傷つくことなんてない。ゆるぎない面構《つら》えはそう物語っていた。

「でもだ」

俺は声を張った。

「それは一面的な見方でしかない。犯罪者たちはよく事故に見せかけた殺人や偽装自殺を企てる。名探偵がいなかったら、これらは殺人事件として扱われたか？　おそらく事故として処理されたはずだ」

蜜柑はまばたきもなく、俺を直視している。

「名探偵ってのは使命だ。それは蜜柑も認めているし、世間も認めている。俺もだ。年に何回も殺人事件に巻きこまれる人間なんて確率的にいるはずがない。だからって、名探偵が数多《あまた》の事件の黒幕だったなんて真相はナンセンスだ。裏づけ捜査や犯人の証言からはっきりしている。それでも名探偵はこうして存在しているんだ。超自然的な力によって事件に導かれていると考えるしかない。だが名探偵は、決して全知全能の神じゃない。生身の人間なんだ。発生前の事件を食い止めるなんてできない。できたとしても、ごく一部の事件でだけだろう。毎回毎回被害をゼロにするのは不可能だ。だったらなんで蜜柑には使命が与えられている？　それは――」

これから展開する理屈は、蜜柑にとっては既知だろう。それでかまわない。

「事故や自殺で処理されていたはずの事件に、光を当てるためだ。名探偵のいない世界では、それらは闇に覆われたままだろう。だから殺人の認知件数は少なくなるんだ。その世界じゃ、事故や自殺として葬り去られた事件がいくつもある。犯罪者はのうのうと人生を謳歌し、被害者遺族は真相を知らずに一生を終える。蜜柑はそんな悲劇を未然に防いでるんだ」

蜜柑は静かに、一度だけまばたきをした。

「もちろん、明らかな殺人事件にも名探偵は導かれている。これは迷宮入りするはずの事件に光を当てるためだ。警察が解けるような事件なら、名探偵は導かれない。長期化するはずの事件を短期間で解決するために遣わされることもあるだろう。この考えに至って、俺は認識を改めたんだ。名探偵の存在が引き起こす事件は確実にある。でも、その責任を名探偵に求めるのはお門違いなんだってな」

今度は、俺が自嘲する番だった。

「わかってたんだ。蜜柑を恨むのは、犯罪者の家族を糾弾するようなものだってな。でも非は皆無じゃない。救えるはずの命を救えなかった責任がある。そう理屈をつけて、恨みを殺意にまで成長させて、蜜柑を手にかけようとした。救いようのないバカだよな、俺は」

「そんなこと」

「あるさ。人間は生きている限りひとりでは生きられない。どこかで誰かとはつながっているんだ。責任を求め始めればどこまでだって求められる。拝島の件で言えば、拝島を生んだ両親や異常性を悟れなかった編集者までな。こういうケースならもっとわかりやすい。ある女性が子供を、暴走車から身を挺してかばい死亡したとする。このケース、子供のせいで女性が死んだと糾弾することもできるよな。でも蜜柑がその女性の親友だったとしたら、子供を糾弾するか?」

「しない」

蜜柑は首を横に振った。

「そういうことだ。感謝や応援はしても、名探偵を恨む道理なんてない。全身全霊で事件解決に臨んでいるんなら、なおのことな。葬式のことにしたって、いまなら気持ちが痛いほどわかる。うしろめたければうしろめたいほど、関係者のところには向かいづらいよな」

蜜柑は反応薄く、表情が変わることもなかった。

少しでも肩の荷が軽くなってくれれば——そんな願望がなくもなかったが、想定から大きく外れてはいない。これでかまわない。俺は小奇麗な慰めをしにきたのではないのだから。

これまで展開してきた理屈が必要だったのは、俺自身だ。ここを訪れるためには自分を説得し、納得させなければならなかった。

そうして俺が蜜柑の前へきた、最大の目的は——。

9

「……それなら、一緒にきて」

そう言われたのが二時間ほど前だ。

蜜柑は路肩に軽自動車を停めた。ずっと硬い表情で、二時間の間会話らしい会話をしていない。ひたすらハンドルを操作する蜜柑の横で、俺は窓の外を眺め連れられていくしかなかった。不安はないが、疑問はあった。

路肩の外れには空と海、崖が広がっていた。人っ子一人いない。火曜サスペンス劇場を思い出す環境だ。こんな辺境で蜜柑はなにをしようというのだろうか。はたまた俺になにかをさせたいのか。

フロントドアを開けると、ふたりでその地に降り立った。俺たちを迎えるように大風が吹く。岩肌が剝き出しの崖が海へと手を広げている。

「そろそろ教えてくれないか。ここでなにがある？　なにがしたいんだ？」

蜜柑は風に前髪を散らしながら、俺を見る。

「待ち人」

「こんな辺鄙《へんぴ》なところでか？」

カモメが翼を休め、風は鳴いている。人工物はガードレールと道路、標識ぐらいのものだ。海の青が鮮やかで眺めは絶景だが、待ち合わせをするような場所ではない。

「うん」

「いったい誰を……」

そのときだった。

「おーい」

遠くで声がした。振り返る。一台のスクーターが走ってきていた。ハーフヘルメットを被り、黒のネクタイとスカートをはためかせている。どこかで見たファッションスタイルだ。俺たちに向かって大きく手を振っている。あれは……たぶん、いや間違いなく、

「恋！」

思わず声を張り上げていた。スクーターが近づくにつれ、その姿が鮮明になる。

猫目で、ハーフヘルメットに無理矢理押し込んだような長いサイドポニー。ホワイトシャツと、黒とグレーのチェック柄のネクタイをゆるめて締めている。下も黒でまとめられていて、チェックのスカートとロングブーツという、あの日と寸分違わぬファッションだった。遠景だと登校中の高校生のようにも見えた。

恋は軽自動車のうしろにスクーターを停めると、窮屈そうにヘルメットを脱ぐ。髪型をリセットするように頭を振った。

「あっれ～。懐かしい顔だと思ったら、やっぱ先輩じゃないスか」

恋は旧知の友に会ったかのように、笑顔を満開にさせた。

「じゃないスかじゃないいんだよ。お前一体全体どこへいってたんだ？　なにも言わずに消えやがって」

俺も興奮ぎみに捲《まく》し立ててしまう。蜜柑もそうだが、恋も再会したかった関係者のひとりだ。こんな辺鄙な場所でまた会えるとは思いもしなかった。

「どこって、アタシはず～っとホームタウンにいたっスよ」

恋はにこにこしながらスクーターを降りると、シートにヘルメットを置いた。

「ホームタウンって、鏑木……記者が言ってたぞ。俺たちの高校に恋の名前がなかったって」

密室館に閉じこめられた面々で、恋だけは記者にもネット住民にも素姓が摑めなかった。俺も、恋を見かけたのは事情聴取の直前までだった。以降はここで会うまで消息不明だったのだ。

「そんなの当たり前じゃないスか。だってアタシ、全然別の高校出身っスもん」

「はあ？」

快活になされた返答に、脳がバグったのか意味が追えない。そんな俺の気も知らず、ハグするように軽く背中と腰に手を回してきた。

「どういうことだよ？」

機械的に訊くのがやっとだった。恋は俺から離れながら、

「もう～、鈍感っスね。先輩と仲よくなりたかったからに決まってるっしょ。ほら、共通点があると親密になるとか話が盛り上がるとか言うじゃないっスか」

俺は絶句してしまった。

そういうことじゃない。なんであの生死がかかった状況で、そんなのんきなことができたんだ？　精神を守るために状況を楽しんでいたにしても、お遊びがすぎる。俺たちの過去や素姓が事件解決の鍵かもしれないと訴えたのは恋だ。自分でそれを拒絶するような嘘をついてどうする。

斜めに見すぎ……か？

あの異常状況下で、特定の人間と親しくなって安心感を得たいと考えるのはおかしくはない。推理のことにしても、過去や素姓が鍵かもしれないと訴えたのは、事件が進行してからだった。タイミングを計ってカミングアウトするつもりだったが、時機を逸しただけのことだ。

そう……だよな。

あれこれ思いが巡るが、そのどれもが言葉にはならなかった。

恋は俺の内心などまるで気づいた様子もなく、ストレッチをしていた。

「いや〜、それにしても花ちゃんから着信あったときは度肝抜かれたっスよ。こんなソッコーで見つかるなんて予想外でした。さっすが名探偵。人捜しの素質もばっちりっスね」

からかうように肘で蜜柑を突くが、蜜柑はくすりともせず硬い表情を保っていた。

「つれないっスね。まいいや。再会のご挨拶も完了ってことで、エピローグへいきましょっか。アタシ待ちきれないっスよ」

飛び跳ねながら崖の方へ向かっていった。時折振り向くと、遊びに誘うかのように手を振る。

俺は未知の感覚に取りこまれていた。まるで銃弾が飛び交う戦場で同窓会を行い談笑しているような、そんな感覚だ。

「いこう」

蜜柑が歩き出し、俺は混乱を内包したままついていくしかなかった。

断崖の近辺までくると、それ以上の立ち入りを拒むかのように強風が吹いた。目を細め、ふんばらなくてはならないほどだったが、カモメは涼しげに羽ばたいている。石巌《せきがん》で破砕される波音がここまで届いてくる。落ちたらひとたまりもない。一定ラインから先へ進むのを体が拒絶する。

「ここ指定して正解だったっスね」

恋は崖の端までいくと、いたずらっぽく振り返った。

「一生に一回やってみたかったんスよ。この火サスシチュ。さしずめマイナー役者の犯人がアタシで、片平《かたひら》なぎさが花ちゃん、船越英一郎《ふなこしえいいちろう》が先輩ってとこっスかね」

危ないと注意するのがバカらしくなるほど、断崖絶壁で恋は楽しげだった。

「それじゃ、そろそろスタートといきましょうか。花ちゃん、どんな用件があってアタシを呼び出したんスか?」

蜜柑は恋の問いかけには答えず、となりにいる俺を見つめた。

「これから明かすことを見て、聞いて。それから、決めて」

眼鏡こそ外していなかったが、蜜柑の顔つきは推理を披露するときのそれだった。俺は言葉の意味を理解するより前に、うなずいた。

俺が決意を胸に探偵事務所を訪れたように、蜜柑にもなんらかの決意があってここまでやってきたのだ。うなずくという選択肢以外ない。

蜜柑は俺に目礼すると、前へと踏み出した。恋と真正面から向かい合う。

「あたしがしたのは推理じゃない。勘と想像」

「でしょうね」

恋がにやけながら腕を組む。

「あたしは四回殺人事件に巻きこまれたとき、運命だって思った」

静かでありながら、その声は風音を裂いて耳に浸透する。

「あの事件のあと気づいた。祇園寺さんが、少なくても三回殺人事件に巻きこまれてること。祇園寺さんの父親の事件。吹雪の山荘の事件。密室館での事件」

「そーまとめサイトされてみればそうっスね。まあ花ちゃんほどじゃないっスよ」

まるで他人事のようにへらへらと笑う。

「普通の人が三回も殺人事件に巻きこまれる。まずないこと。でも、確率はゼロパーセントじゃない。だからあたしは調べてみた。偶然なのか、必然なのか」

三日前、蜜柑からかかってきた電話。恋がなんらかの事件に関わったという話はなかったか、というものだった。俺は恋と絵畑の確執の原因となった熊本の旅館での事件を教えたのだが、その質問の真意は尋ねていなかった。

モザイクが像を結びつつある。主題がおぼろげな蜜柑の話のゆく先が見えてきた。目的地に待ち受けているものはまだ見えない。

「最低四回。祇園寺さんは殺人事件に巻きこまれてた。これは偶然——そうやっておしまいにもできる。でも、あたしは必然だと思えた」

蜜柑は恋を見据えた。蜜柑と拝島の対決を想起するが、この肋骨が割られるような胸騒ぎは比較にならない。蜜柑と恋は、住む世界が違う。交じり合わない。そう俺は感じた。

「祇園寺さん、あなたにも名探偵としての使命がある。だよね」

これが、蜜柑の明るみに出そうとしたもの。屋敷啓次郎、蜜柑花子に続く現実の名探偵。それが恋だというのか？

「アタシが名探偵っスかぁ。いやぁ、新説ぶち上げてくれますねえ。どうスか。『Nature』に投稿してみません？　きっと超ウケるっスよ」

恋は蜜柑の説を一笑に付した。

「そりゃ死体は見飽きてるっスよ。でもその推理はいただけないスね。原因結果を読み違えてるっスよ。アタシが事件に呼ばれたんじゃなくて、事件に呼ばれた花ちゃんにたまたまアタシがドッキングしただけっスよ。ほら、アタシが関わった事件って、ほとんど花ちゃんも関わってるじゃないスか」

「それは変。吹雪の山荘と、祇園寺さんの父親の事件。あたしが関わったのは、殺人があったあと。あたしが事件に呼ばれてたなら、前後が逆じゃないとダメ。あたしがまず事件の渦中にいて、祇園寺さんがあとからくる。それかふたり同時にいないといけない」

「なーる。けど実質ギリ偶然ラインの三回じゃないっスか。密室館のやつじゃふたり同時参戦だったっしょ。あれこそ花ちゃんの悪運に巻きこまれた感じっスよ」

「そこ」

蜜柑がらしからぬ高声を発したが、

「あの事件は、あたしが解くべき事件じゃなかった……んだと思う」

声音は夕日のように沈んでいく。

「あたしは推理のとき言った。このトリックは解くのに時間がかかるって。でも、ほんとにそうだったのかな」

「なに情けない声出してんスか。例のトリックの性質上、発動後でないと推理は不能っスよ」

「推理はできないかもしれない。論理をつらねて組み立てて、蓋然性の高いトリックの可能性に辿りつくのは。でも、トリックを想像するだけならできた。監禁された人たちの組み合わせが害意を持つ側と持たれる側になっているんじゃないか、それに気づけば想像は難しくない」

「想像するだけなら、でしょ。想像できても推理しなきゃあのおばあさん納得しないんスから、無意味っスよ」

「日戸さん」

「な、なんだ」

急に振られ、俺は狼狽《うろた》えた。

「日戸さんは最初全員が集まったとき、あたしを恨みをこめて睨んだ。あたしが振り向くまでにやめたけど、祇園寺さんには見られてた。だよね？」

それは俺にとって掘り返したくない記憶だ。

だが、電話で『恋が俺の蜜柑への害意に早い段階で気づく機会はなかったか』という趣旨の質問をされたときと同様に、

「……ああ。そのとおりだ」

明瞭に答えた。掘り返したくなくとも、俺の証言が、蜜柑の推理の礎《いしずえ》となると確信しているからだ。

「祇園寺さんは、日戸さんがあたしに悪感情を持っているんじゃないかって早くから感づけた。絵畑さんが自分に害意があるのはわかりきってること。つまり、最初の集合の時点で、祇園寺さんはペア四組のうち最低二組に気づけた。八人中、ふたりずつ二組に共通点があったら、それがミッシングリンクじゃないかって考えることができる」

俺は恋と同校出身であると知ったとき、それがミッシングリンクじゃないかと疑った。俺が蜜柑に、絵畑が恋に害意があるとわかれば——そこまでいかずに仮定だとしても——八人が害意を持つ者と持たれる者のふたりずつ四組であると想像するのは可能だ。可能だが……。

「まさに想像の産物っスね。常識的にいきましょうよ。アタシが例のトリックを想像することはできなくはないっスよ、できなくは。けどそれと実際に想像できるかどうかは別のベクトルっしょ。アタシはそんなにお利口さんじゃないっスよ」

恋は眉をハの字にしてうなだれて見せる。

「あたしは……そうは思わない」

一言一句を噛み締めるように、確認するように、蜜柑は異を唱えた。

「祇園寺さんは、推理力と想像力があったと……思う。勝己さんの事件を思い出して。祇園寺さんは、平山さんが共犯者じゃないかって推理した。みんなその推理を支持してたけど、あたしは慎重にいくべきだって言った。そしたら焦れた絵畑さんが独断で推理を披露して、不正解になった。それで一日一回の解答権が消滅した」

「あれは失神ものでしたよねぇ。丸々一日監禁決定ーだったんスから。花ちゃんの機転がなかったらどうなってたことか、ブルブルしちゃうっスよ」

「綿林さんの件も。あたしと綿林さんたちがいる部屋に祇園寺さんがきて言った。『栖原さんの秘密の話がある』って。それであたしは栖原さんのとこにいって、推理した真相を伝えた。でも推理を密かに綿林さんが聞いてて、罪の意識から自分の命を絶った」

「あ〜、無視するんスか。虐めカッコ悪いっス」

蜜柑は恋の茶々をスルーし、なにかに憑かれたように話していく。

「あたしと日戸さんの件。祇園寺さんは、あたしに恨みがある者同士だと言って日戸さんと親密になった。そして絵畑さんに負傷させられたのをきっかけに、お父さんの事件を吐露した。それが口火になって、日戸さんは抱えてた感情を暴走させた。場合によっては、あたしも拝島さんの小説に被害者として書かれていたかもしれない。本来の計画だと、あたしは探偵役として生き残る想定だったのに」

責任転嫁をするほど下卑《げび》てはいないつもりだ。蜜柑を殺そうとしたのは誰のせいでもない。俺自信の弱さや思慮の浅さのせいだ。

しかし俺は出端から蜜柑に殺意を持っていたわけでないのもたしかだ。恨みや殴ってやりたいぐらいの害意はあったが、明確な殺意にまでは肥大化していなかった。

なのに気がつけば、蜜柑の首に手をかけようとしていた。

自分がしでかした愚挙に胃を捻《ね》じ切られそうになりながら、冷静に、感情抜きで回想してみる。

恋とすごした時間や会話が俺の負の感情に餌を与えなかったとは、言い切れない。とはいえ、他人の言動に影響されたからと責任を追及していたらきりがない。人との関わりのなかで生きていれば、他人からの影響は避けてとおれないのだから。

問題があるとするなら、それが意図的なものであるかどうかだ。

「絵畑さんにしても、精神は自壊寸前だった。そこを元々恨みのある祇園寺さんが一突きすれば、恨みが暴力に変異するのは簡単に予想がつく。自分を殴らせようと思ったらできる。栖原さんのことにしてもそう。祇園寺さんは栖原さんの過去の話を聞いたとき、綿林瑠依子さんの死が事故じゃなくて自殺だって気づいた。栖原さんに害意を持つ者が密室館にいるなら、それは彼女の父親だろうと見越して『栖原さんの秘密の話がある』と言って餌を撒いた」

「なんか、なにもかもアタシが巨悪の根元みたいな言い草っスね」

その発言だけなら悲しんでいるように見えただろう。だが、恋が浮かべているのは人を食った薄ら笑いだ。拝島の幻がダブる。背中に冷たいものが走った。

「勝己さんの事件を除いて、大きな事件は祇園寺さんが起点になってる。これも偶然？」

風が吹きすさぶ。強風に髪や服を弄ばれながらも、蜜柑はまばたきすらせず直立していた。

蜜柑の問いかけは、なによりも真摯《しんし》だった。それは幼なじみに語りかけるようで。姉妹の手を握り締めようとしているふうでもあった。

るように見えた。

「そんなの偶然に決まって……」

恋は口元を手の平で覆い、肩を小刻みに震わせている。それは罪を悔恨し、嗚咽《おえつ》を堪《こら》えているように見えた。

そう。見えただけだった。

「る、わけないじゃないスか」

恋が腹の底から吹き出した。極上の漫才を観覧しているかのように全身で笑う。

「いやぁ、いいっスねえ。これが名探偵に追いつめられる犯人の気持ちなんスね。悪くないっス。ようやく初体験できましたよ。マジ、イッちゃいそうっス」

恋は股間に手をやり、妖艶に唇を舐める。自然にやっているのか演技なのか、もはや推し量ることすら困難だった。俺のなかにあった祇園寺恋という人物像が掻き消えていく。

これまでの流れから、わかってはいた。俺が認識していた恋は幻想でしかなかったのだと。

しかし、目の前にいるこいつは……俺の常識のはるか埒外にいる。一体、何者なんだ。

正体を暴いた蜜柑でさえも、震えていた。

「ええっと……これで犯人役はやれたし、探偵役も熊本でお腹いっぱいやってると、傍観者も雪の山荘でエンジョイした……あとは、被害者遺族も記念すべきファーストケースで満喫してる、と」

恋は輝かしい思い出のように指折り数えた。

「感謝しますよ、名探偵さん。犯人役だけは、名探偵の協力なしじゃ始められないっスからね。

これぞ手と手を取り合った共同作業。麗しくて落涙うるうるっス。得難い体験させてくれて、どうもありがとうございました。花ちゃんならやってくれると信頼してたっスよ」

この真相を、なぜ笑顔で話しているんだ？　混乱が幾重にも重なって、なにが紐解かれつつあるのかすら理解が追いつかない。

だから俺は、

「恋は、わかってたのか？　熊本のやつとか山荘での事件の全体像が。でなきゃ、探偵役なんかはやりようがない」

直接訊くしかなかった。

「もちっスよ。熊本でのやつは警察も友達も自殺だ自殺だと騒いでましたけど、アタシからすれば事故丸出しででしたしね。解決まで三分でしたよ。吹雪の山荘の事件は、どうも無差別殺人っぽかったんで、殺される前にちゃちゃっとエスケープさせてもらいました。大雪でしたけど、アタシだけは近くに山小屋があるの知ってたんで。一、二分寒いの我慢したら安全安心の傍観者になれましたよ。パパが殺された記念すべき最初の事件も、ぱっぱと真相はわかっちゃったんスけど、このまま放置してたらパパも殺されそうだなぁ〜、と思ってたらやっぱ殺されちゃいましたね」

舌をぺろっと出し、恥ずかしげに頭を掻く。まるで些細な失敗を笑い飛ばすかのようだった。軽い。罪の意識は微塵《みじん》もない。

「密室館のは九割二分ぐらい花ちゃん推理のとおりっス。いやぁ、けっこう長い道のりでしたよ。犯人役は前々からやりたかったんスけど、犯罪に手を染めるような度胸はないっスし、アタシってよい子でとおってますからね。やりたくてもやれなかったんスよ。まあ度胸があっても、就活が控えてますから。前科者にはなりたくありません。そんなこんなで悶々としてたところへアタックチャンス到来っスよ。活用しない手はないっスよね。花ちゃんの想像どおり、ちょっち遊ばせてもらっちゃいました……って、アタシ長文で自白してるっスよ。犯人ぽくないっスか。ね、ね」

恋は饒舌《じょうぜつ》で、にこやかだった。休み時間に友達とダべり、内緒話に心が躍ってしょうがないとでも言うように。

眩暈《めまい》がした。浮遊感が襲ってくる。踏ん張らなければ風に吹き飛ばされそうだった。

なにもかもが演技であり演出だったのか。あの笑顔も、言葉も、涙も。

「おかしいって。栖原さんは最後まであの事故の話を嫌がってたんだぞ。カミングアウトしてくれたのはババ抜きで負けたからだ。勝てたからよかったようなものの、負けてたらそれまでだっただろ」

必死の抗弁だったが、蜜柑は冷静だった。

「栖原さんはずっとジョーカーを持ってたって言ってた。カードをシャッフルして配ったのは祇園寺さんで、栖原さんのカードを引いたのも祇園寺さん。しるしをつけたジョーカーを栖原さんに配れば、百パーセント勝てる」

「それはないだろ。恋はちゃんと交ぜてたし、印なんかもなかったんだぞ」

「ジョーカー一枚だけなら、コントロールするのは難しくない。印もちょっとカードの隅をへこませるとか、爪で跡をつけるとかで見分けられる。素人相手ならそれだけで欺ける」

「花ちゃんが正しいっスよ、先輩。アタシ手先は器用なんスよ。まあ、あのときは不器用を装ってましたけどね。というわけでアタシを信用してくれるのはキュンとくるんスけど、そろそろ現実見ましょうよ」

恋は臆面もなく、言い放つ。一縷の望みは、俺が信じようとした本人によって断ち切られた。

蜜柑が恋へと詰め寄る。

瞳がゆれていた。

「推理力って、役立たず。力が発揮できるのは、事件が起こったあと。未然には防げない。それができるのは、想像力。勘。運。このみっつ。少ないヒントや違和感を漏れなく拾って、事件の全体像を描いて対策を取る。祇園寺さんは、それがやれた。命を救えた」

初日の議論のとき、恋が例のトリックの可能性に言及していたらどうなっていたか。それこそ想像するしかないが、おそらくは……。

「アタシはありがちな名探偵よろしく『仮説の段階だ。いまはまだ言えない』ってセオリーに倣っただけっスよ。そもそも拝島さんのご所望は論理的な推理っスよ。想像力の出る幕じゃないっしょ。むちゃぶりっスよ」

「みんなへの忠告と牽制《けんせい》にはなった。想像したトリックを発表してれば、勝己さんは平山さんを警戒してた。殺されることもなかったかもしれない。それに、あのトリックの強味は盲点に隠れて喉笛を裂けるところにある。警戒されたら平山さんは手が出せない。その間に論理や証拠を固めればいい」

「拝島さんの至上目標の御前《ごぜん》じゃ、儚《はかな》い一時しのぎっスよ。トリック不発となれば『いまからちょっと殺し合いをしてもらいます』って殺戮ゲームにシフトされるだけでしょ。かえって被害者が増えちゃいますよ」

「それは最終手段。拝島さんは腐ってもミステリ作家。小説として書くならミステリにしたかったはず。論理的に解くってルールも、ミステリ小説として成立させるため。だから拝島さんが提示した謎が論理的に解かれたなら、潔く幕引きして――」

「たかもしれない、っスよね？　たられぱなら、なんとでも言い放題っスね」

恋の揶揄《やゆ》にも、蜜柑は素直にうなずいた。

「だとしても、なにも言わずに見てるのは間違ってる。絶対に。祇園寺さんならもっと早く謎を解けてた。命を救えてた。あたしはそうとしか思えない。だって」

蜜柑が叫ぶ。一瞬、風が止んだ。

「祇園寺さんにも使命があるから。名探偵としての」

奇跡のように多くの事件に巻きこまれる運命。事件の謎を快刀乱麻の鮮やかさで解き明かす頭脳。ふたつを天から与えられた人間。それが名探偵だ。恋はその条件を満たしている。

「は？　使命？　なんスか、それ」

恋が鬱陶《うっとう》しそうに、髪を留めていたゴムを外した。強風が唸りを上げ、ゴムは仄《ほの》暗くなった海へと運び去られた。

「勝手に使命なんかプレゼントされても、こっちは知ったこっちゃないっスよ。それ従う義務あるんスか？　だいたい、使命とかいうのも、花ちゃんや屋敷さんがご大層に宣伝してるだけっスよね。偉い学者さんが実証したわけでも、神から啓示があったわけでもない。そうでしょ？　論理第一の名探偵が、非科学的な妄想を押しつけないでくださいよ」

恋の黒髪は海風に乗り激しく暴れている。漆黒の翼に見えた。魅入られたようにその姿から目が離せない。

「ま、もし使命があっても関係ないっス。アタシはアタシの生きたいように生きますよ」

恋が蜜柑に肉薄した。蜜柑の左腕を抱き上げる。そこで初めて恋の接近を認識したのか、蜜柑は数秒遅れでびくんと反応した。

「花ちゃんもそうすれば、こんな痛い思いをしなくてすむのに」

慈しむように蜜柑の手首の辺りをなでる。左手は艶めかしく腿へと指を這わせていた。

「あたしは……」

蜜柑は振り払うでもなく、反論するでもなく立ちすくんでいた。それは砂の城のように危うく見え、風に吹き消されてしまわないかと怖くなった。

「かわいそう」

恋はつぶやき、手を放した。

蜜柑の手はなにかを掴もうとするかのように空中に留《とど》まったままだった。恋は一瞥《いちべつ》もせず、にこりと笑う。

「ま、お好きにどうぞ。ぜひぜひがんばってください。陰ながら応援してますんで」

恋は手首を回すようにしながら手を振り、崖をあとにしようとする。

「待てよ」

俺の横をとおり抜ける寸前、強く呼び止めた。恋は待っていましたとばかりにスカートを翻《ひるがえ》し振り向いた。

「言うことはそれだけかよ。自分がなにしたかわかってるのか？」

怒号を上げ胸倉を摑み上げてやりたい。衝動を、手の平に爪を突き立て抑えこんだ。貶《けな》そうが罵倒しようが、たぶん恋の心にはなんの影響も及ぼさない。俺の怒りが解消されるだけだ。それよりも反撃に打って出てやる。たとえ蟻が象をひと嚙みするようなものだったとしても。

「そんな怖い顔しないでくださいよ。アタシ法律にふれることなんて、これっぽっちもしてないっスよ」

恋はなにも言わずに最初の一日をやりすごし、蜜柑に栖原の話を聞いてやってくれと頼み、俺と親しくなっただけだ。それで勝己が無警戒に平山と接触し殺されようが、罪悪感を喚起された綿林が自殺しようが、俺が殺人未遂を犯そうが、恋に直接的な責任はない。

だが、恋はすべて故意だったと自供していた。つけ入る隙があるとしたら、そこだ。

「アタシだって体張ってんスよ。あの一撃でマジ意識飛んだんスから。あんな強く殴んなくたってよかったのに。まったく困ったちゃんっスよねぇ、凪さんも」

自慢するように頭をつつく恋に、俺は口を開こうとした。

「なーんて。全部嘘っスけどね」

恋は両腕を広げ、底抜けに明るい声で言った。切り札が喉の奥に引っこむ。

「あれもこれも不幸な偶然に決まってるじゃないっスか。そんな都合よく他人を操れるわけないっスよ。あまりにトンデモ推理なんでつい、さっきから笑っちゃって……すんません」

恋は笑いを我慢するように、口を塞ぐ。

俺を見上げる目は、あからさまに笑っていた。隠しだてすることもなく堂々と。

残念でした。恋の目はそう皮肉り嘲っていた。

未必の故意としてならあるいは——と、俺がかすかに持っていた切り札は、一刀両断にされた。

蜜柑が構築したのは非常に曖昧な推理だ。物証はなにもない。恋の自供があってなんとか告発できるかできないかというレベルだった。自供を全消去されてしまったら、打つ手はなくなる。ぺらぺらしゃべっていたのは、これを計算に入れていたからか。

「あーおかしい。けど暇つぶしにはなりましたよ」

恋は笑みを色濃くしながら、涙をふく真似をした。

「ではでは、いっぱい笑ったんでこの辺でドロンさせてもらうっスね。また会いましょう。花ちゃん、先輩」

用はすんだとばかりに、去っていこうとする。

途中、背中で手を組み半ターンすると、上体を前へ屈め、

「浮気はしないでくださいね、せ〜んぱい」

思わず魅了されてしまう笑顔。三十分前なら、発情した猿のようになっていたかもしれない。強く惹きつけられる仕草と表情だ。それが怖ろしかった。

恋が今度こそ去っていく。軽やかに飛び跳ねながら。

このまま行かせていいのか。また同じような被害が出るかもしれない……きっと出るだろう。だが、阻止する術《すべ》はない。武器は折られ、どんな攻撃も恋は弾き返す。素手で空気を相手に戦うようなものだ。殴れば気が晴れるのかもしれないが、いまの俺はそんな選択肢を選べない。暴力に訴えるような方法は、もう選びたくない。

恋はスクーターにまたがり、大げさに手を振った。振り返したりはしない。俺はなにもできないのだ。

恋が消えていく。どこへとも知れない場所へ向かって。

手をこまねいて見送るしかないのか。本当に俺にはなにもできないのか——。

「ほら……ポンコツだ。あたし」

蜜柑は俺と目が合うと、笑った。

生まれて初めて作ってみたかのようにぎこちない。ようやく見られたのは、そんな笑顔だ。

俺は蜜柑に向かって歩んでいく。

「当てつけにしか聞こえないな、俺みたいな凡人には。蜜柑はきっちり解明しただろ。拝島のトリックも、恋の裏の……違うな。恋の真の顔も暴いたじゃないか」

俺は事務所で、名探偵という存在について長々と独演した。蜜柑の肩の荷が少しでも軽くれば、という願いもあったが、主目的ではない。

本当の願い、目的は――。

「ダメ。あたしは命を見殺しにした。助けてあげられなかった。その力が、あたしにはあるのに……あるはずなのに」

「本来解くべきは恋だったんだ。なのにあいつはそれをしなかった。尻拭いを蜜柑がやったんだ。なにがダメなもんか」

「そんなの、言い訳。あたしの根拠ない言い訳。条件は一緒だった。祇園寺さんがひらめいたとき、あたしもひらめかないといけなかった。それなのに、ふたり……ふたりも死ぬまであたしはひらめけなかった。ポンコツじゃなかったらなに?」

俺の目的は、名探偵の存在意義を見出すこと。それも自力でなければ無価値だ。借りものや他人の論説の引用はなんの役にも立たない。

「運が向かないときだってある。誤誘導に騙されるときだってあるだろう。推理の組み立てにだって相応の時間がかかるさ。蜜柑は神様じゃない。人間なんだから。完全無欠なんて不可能なんだよ。あんな短期間で解放されたのは、蜜柑のおかげだ。まぎれもなくな。蜜柑がいなけりゃ、もっと人が死んでたに違いない。失われるはずだった命をちゃんと救ってるんだよ。分岐した未来が俺たちには見えないだけでな」

「……だといいな」

蜜柑が投げやりに、かさついた唇をゆるめようとした。だが、まるでうまくいかない。発作を起こしたように震え出す。傷が疼《うず》くのか左手で右手首を鷲掴みにし、折れんばかりに締め上げる。

「でも、綿林さんが自殺したのは、あたしの責任。余計な推理したせいで、死に追いやった。絶対絶対、変えられない事実。命救うどころじゃない。奪ってる。あたしが、命を奪った！」

蜜柑は、泣いていた。この世に生まれ落ちた赤ん坊のように。現実は残酷なのだと気づいてしまった人類のように。呼吸を妨げるほどの強風が吹き荒れる。空はこんなに暗かっただろうか。海はこんなに波立っていただろうか。足場は最悪だ。歪み起伏する岩が足をすくってくる。

こんな世界で、蜜柑は立っている。同い年の女の子が。ひとりだけで。支えもなく。

蜜柑は凄惨な事件の渦中にあっても無表情だった。それは感情がないのでも、事件に慣れたからでもない。余計な感情や私情で、推理に不要な乱数を入れないためだ。喜怒哀楽は純粋な推理の不純物になる恐れがある。感情にゆれ動かされまくっていた俺の仕儀がいい例だ。蜜柑はそうならないように感情を封印し、表に出さないことで推理の純度を保っているのだ。それはどれほど辛いことか。

俺は前進する。

吹きすさぶ風は、流れることすら赦さないとでも言うように蜜柑の涙を消滅させていく。髪も服もぐちゃぐちゃだ。

俺にできることはあるか？

ある。だがそれは正論で飾った慰めを連呼することではない。糠に釘となるのは事務所で思い知らされた。

裏で糸を引いていたのは恋だ、蜜柑の推理は正当であって、まったく罪はない。正論も慰めもいくらだって言える。しかし蜜柑の傷は癒えやしないだろう。俺みたいに他人へ責任を押しつけられたら楽だろうが、それをやれるぐらいなら剃刀《かみそり》は握らない。

だとしても、無駄だとしても、言うべきことはある。自分で自分を赦すのは容易ではない。赦しを与えられるとしたら、本人以外の人間だ。

それこそが、いまこの時、この場で俺だけができることだ。

「蜜柑はやるべきことをやった。なにも悪くない。結果としてあんなことになっただけだ。責任をしょいこむなよ。栖原を救うために推理して、事実救ったんだから」

反論をさせなかった。蜜柑を引き寄せ、肩を抱いた。傷を深めようとするような左手も包みこむ。蜜柑は拒否しなかった。ただ、されるがままになっている。力を強めれば折れてしまう。そう怖れてしまうほど危うい感触だった。

かつて蜜柑を殺そうとした男がなにをやってるんだ。俯瞰《ふかん》し、嘲笑う俺がいる。

恋の影が立ち現れ、にやつきながら歎息する。そういうの、アタシにもやってたっスよね。

ソッコー浮気っスか。

言ってろ、クソ野郎。

「俺の気持ちはなにも変わらないからな」

もうひとつ、俺ができること。俺の望み。

それが——。

「俺を助手にしてくれ。蜜柑さえよければ」

いくら言葉を尽くしても傷は治せない。屋敷啓次郎や恋のように名探偵としての使命も俺にはない。蜜柑の苦悩を真に理解するのは不可能だろう。

それでも、そばで支えることとぐらいなら。これからも襲いくる痛みの一部を共有するぐらいなら、俺にもできる。蜜柑の傷や弱さを知る俺になら。

「犯罪はなくなってくれない。ポンコツなあたしなんかといたら、日戸さんが危ない」

こんなに傷ついていながら、他人の心配かよ。

そんなだから、放っておけないんだ。

「俺のことはいい。どうした方がベストなのかも忘れろ。大事なのは蜜柑がどうしたいかだ」

「あたし、あたしは……」

助手を志望しているのは罪滅ぼしか、同情か。それ以外のなにかなのか。俺にもよくわからない。

「蜜柑が戦うことを選ぶなら、俺は支えたい。その痛みを、一緒に背負わせてくれ」

やはり俺は放っておけないんだ。蜜柑花子というひとりの人間を。

少しだけ抱く腕に力をこめる。
蜜柑は声を上げ、泣いた。俺の服の袖を、少しだけ握ってくれた。

了

引用文献

『パラレルワールド　11次元の宇宙から超空間へ』ミチオ・カク著／斉藤隆央訳（日本放送出版協会）

「WS刊　島田荘司」http://ssk-ws.cside3.com/new/award/note1.htm

「これで完成っと」

アタシは〝了〟の一字を打ってキーボードから指を離した。ぐっと伸びをする。

これにて、原作・拝島登美恵、翻案・祇園寺恋の小説が完成だ。

「いやぁ〜、小説一本書くのって重労働だなあ。西尾維新って、この分量二週間で書くとか。化物でしょ」

アタシはポテチを口に放りこみ、指を舐めた。

「ま、疲れたけど、終わってみれば壮快だな」

最後はなにも知らずに死んだ拝島登美恵に〝拝島登美恵に捧ぐ〟と書いてあげてもいいかも。それぐらい気分がいい。

「あとはこれをネットで世の中に流すだけ……おっと、推敲《すいこう》もしないとなぁ」

アタシが苦労して創り上げた物語だ。中途半端には出せない。ちゃんとした小説として、引用元もしっかり書いておいた。あと、伏線にしたいから、編集して蜜柑花子のウィキペディアにデニムの件を入れておこう。

絵畑凪が思いのほか強く殴ってきたことや、想定以上に早く蜜柑花子が推理を組み立てたせいで、先輩への唆《そそのか》しが駆け足になってしまったことなど、読みの浅さあった。それでもまあ及第点だろう。小説化を思いついてから即興で事件を演出したにしては、まずまずの物語に仕上がった。

拝島登美恵ほどは売れないだろうけど、柳の下の泥鰌《どじょう》は二匹目までならいる。それに詳細不明のアタシが書いた小説であり、新規エンディングが追加されているとなれば、相当数のダウンロードが期待できる。

アタシはあの事件で充分に楽しんだ。

あとはこの小説を読んでどんな人材が現れるのか。いまの楽しみはそれに尽きる。

蜜柑花子に憧れ、アタシの代わりに名探偵として覚醒する者が現れるか。それともアタシに憧れてあとに続く者が現れるか。

物語にはアイデンティティや人生観を変えるだけの力がある。アタシがエンターテインメントに仕立て上げ、なおかつ現実に起きた事件だ。必ず感化される人間が出てくる。これはいわば、アタシ主催の新人賞だ。

しかし物語にする際、蜜柑花子かアタシの視点では不適切だった。視点がどちらかに偏れば感情移入や憧れもどちらかに偏ってしまう恐れがある。両方に距離の近い先輩が、視点人物として最適だった。

そのために記者や知り合いのふりをしての周辺取材や、変装しての尾行も行った。棚の上をちらりと見る。そこには茶髪や巻き毛のカツラが置いてある。

アタシのいないところでの行動は、拝島登美恵が自らが犯人であるという証拠に残した映像をコピーして参考にしたからばっちりだ。第一発見者の特権だ。死んでいなければ直談判するつもりだったけど、首を吊ったあとのベストなタイミングでの発見だった。

感動のラストシーンも、ハグしたときに先輩のズボンに仕込んだ盗聴器でちゃんとリアルを確認している。

最初から先輩に目をつけ、べたついていて正解だった。おかげで細かい心理や感情が簡単に想像できた。人の心を読むのは得意だ。なんたってアタシは名探偵なんだから。念を入れて、口の上手いバイト君に記者のふりさせて直撃取材もさせたしね。大きな出費だったけど、実録ものとしての必要経費だ。

思い返してみると先輩って、ちょっと適当に話を合わせただけで後輩だと信じてくれたり、隠れ熱血漢だったりでかわいい人だった。またぜひ遊びたい。

まさか蜜柑花子の助手にまでなってくれるなんて、ツイてる。

名探偵に助手は必須だ。時に名探偵にヒントを与え、時に潰れないように支える。ふたりが手を組み支え合うことでパフォーマンスは大幅に上昇する。楽しさ倍増ということだ。

思わず笑みが漏れた。

きっとアタシの人生はもっともっとおもしろくなる。これからが楽しみだ。

感謝するよ神様。アタシに名探偵という人生を与えてくれて。

「さてと、最後にタイトルだけは入れとかないとね」

タイトルはとっくに決まっている。

蜜柑花子という名探偵と、祇園寺恋という名探偵の物語。いきつく先はひとつしかない。

アタシはキーボードに指を躍らせた。

『名探偵の証明　密室館殺人事件』

本書は二〇一四年、小社より刊行された作品の文庫化です。

検　印
廃　止

著者紹介　高知県生まれ。太成学院大学卒。2013年『名探偵の証明』で、第23回鮎川哲也賞を受賞しデビュー。著作はほかに『名探偵の証明 蜜柑花子の栄光』『屋上の名探偵』『放課後の名探偵』等がある。

名探偵の証明
密室館殺人事件

2021年7月21日　初版

著　者　市《いち》川《かわ》哲《てつ》也《や》

発行所　(株)東京創元社
代表者　渋谷健太郎

162-0814/東京都新宿区新小川町1-5
電　話　03·3268·8231-営業部
03·3268·8204-編集部
URL　http://www.tsogen.co.jp
フォレスト・本間製本

乱丁・落丁本は、ご面倒ですが小社までご送付ください。送料小社負担にてお取替えいたします。

ISBN978-4-488-46514-8　C0193

ぼくの名探偵は屋上にいた

ROOFTOP SYMPHONY◆Tetsuya Ichikawa

屋上の名探偵

市川哲也

創元推理文庫

◆

最愛の姉の水着が盗まれた事件に、
怒りのあまり首を突っ込んだおれ。
残された上履きから割り出した
容疑者には全員完璧なアリバイがあった。
困ったおれは、昼休みには屋上にいるという、
名探偵と噂の蜜柑花子を頼ることに——。
黒縁眼鏡におさげ髪の転校生。
無口な彼女が見事な推理で犯人の名を挙げる！
鮎川賞作家が爽やかに描く連作ミステリ。

収録作品＝みずぎロジック，人体バニッシュ，卒業間際のセンチメンタル，ダイイングみたいなメッセージのパズル

放課後、彼女は名探偵になる

ROOFTOP SYMPHONY2◆Tetsuya Ichikawa

放課後の名探偵

市川哲也

創元推理文庫

◆

高校生活も残りわずかとなった三年生の秋。
姉への依存症を克服し新たな目標へと邁進する中葉悠介と、
名探偵という能力をひた隠しにしながらも
充実した生活を送る蜜柑花子。
彼らを巡る四つの事件を、犯人（？）側の視点で描く。
それぞれの出来事が繋がり、思わぬ事態へと展開する
怒濤の二日間の後に、蜜柑はどんな景色を見るのか？
『屋上の名探偵』に続く、
名探偵・蜜柑花子の高校生編、第二弾。

収録作品＝ルサンチマンの行方，
オレのダイイング・メッセージ，誰がGを入れたのか，
屋上の奇跡

第22回鮎川哲也賞受賞作

THE BLACK UMBRELLA MYSTERY◆Aosaki Yugo

体育館の殺人

青崎有吾

創元推理文庫

◆

旧体育館で、放送部部長が何者かに刺殺された。
激しい雨が降る中、現場は密室状態だった!?
死亡推定時刻に体育館にいた唯一の人物、
女子卓球部部長の犯行だと、警察は決めてかかるが……。
死体発見時にいあわせた卓球部員・柚乃は、
嫌疑をかけられた部長のために、
学内随一の天才・裏染天馬に真相の解明を頼んだ。
校内に住んでいるという噂の、
あのアニメオタクの駄目人間に。

「クイーンを彷彿とさせる論理展開＋学園ミステリ」

の魅力で贈る、長編本格ミステリ。

裏染天馬シリーズ、開幕!!

第26回鮎川哲也賞受賞作

The Jellyfish never freezes◆Yuto Ichikawa

ジェリーフィッシュは凍らない

市川憂人

創元推理文庫

◆

●**綾辻行人氏推薦**——「『そして誰もいなくなった』への挑戦であると同時に『十角館の殺人』への挑戦でもあるという。読んでみて、この手があったか、と唸った。目が離せない才能だと思う」

特殊技術で開発され、航空機の歴史を変えた小型飛行船〈ジェリーフィッシュ〉。その発明者である、ファイファー教授たち技術開発メンバー六人は、新型ジェリーフィッシュの長距離航行性能の最終確認試験に臨んでいた。ところがその最中に、メンバーの一人が変死。さらに、試験機が雪山に不時着してしまう。脱出不可能という状況下、次々と犠牲者が……。

第28回鮎川哲也賞受賞作

The Detective is not in the Classroom◆ Kouhei Kawasumi

探偵は教室にいない

川澄浩平

四六判上製

◆

わたし、海砂《うみすな》真史《まふみ》には、ちょっと変わった幼馴染みがいる。幼稚園の頃から妙に大人びていて頭の切れる子供だった彼とは、別々の小学校にはいって以来、長いこと会っていなかった。

変わった子だと思っていたけど、中学生になってからは、どういう理由からか学校にもあまり行っていないらしい。

しかし、ある日わたしの許に届いた差出人不明のラブレターをめぐって、わたしと彼――鳥飼歩は、九年ぶりに再会を果たす。

日々のなかで出会うささやかな謎を通して、少年少女が新たな扉を開く瞬間を切り取った四つの物語。

第10回ミステリーズ！新人賞受賞作収録

A SEARCHLIGHT AND A LIGHT TRAP◆Tomoya Sakurada

サーチライトと誘蛾灯

櫻田智也

創元推理文庫

◆

昆虫オタクのとぼけた青年・魞沢泉《えりさわせん》。
昆虫目当てに各地に現れる飄々《ひょうひょう》とした彼はなぜか、
昆虫だけでなく不可思議な事件に遭遇してしまう。
奇妙な来訪者があった夜の公園で起きた変死事件や、
〈ナナフシ〉というバーの常連客を襲った悲劇の謎を、
ブラウン神父や亜愛一郎《ああいいちろう》に続く、
令和の“とぼけた切れ者”名探偵が鮮やかに解き明かす。
第10回ミステリーズ！新人賞受賞作を収録した、
ミステリ連作集。

収録作品＝サーチライトと誘蛾灯、
ホバリング・バタフライ、ナナフシの夜、火事と標本、
アドベントの繭《まゆ》